진묵실화 연구

김명선 지음

보고사

서문

　20세기 말 아무런 목적의식 없이 남도기행을 단행하였다가 우연히 들른 곳이 쌍계사였다. 그곳에서 이곳저곳 무심결에 보이는 것들이 유년 시절에 각인된 종교의 색깔과 겹쳐지면서 여전히 내 허접한 육신을 압도했다. 어느 때던가 할머니 따라 신흥사 절간을 드나들면서 알게 되었고 그 뒤부터였다.

　그 후로 절간의 것들을 무시로 무서워했는데도 멀리하지 않고 내 의식의 언저리에 본능처럼 잠재하고 있다는 사실을 대학 생활 이후 어렴풋이 알게 되었다. '꼭 허는 짓이 땡초 같다고' 한 주위 분들의 시선과 얄궂은 놀림이 신통하게 영글어서일까. 우리 학교에 출강을 나오셨던 구사회 선생님께서 불교 관련 설화로 연구를 해보는 것이 어떻겠느냐고 하기에 얼굴만 붉어져서 대답도 못하고 헤어졌다. 그 뒤였다. 그분께서 손수 인물전인 소책자를 건네주시면서 불교 인물 설화의 큰 개요를 자상하게 설명해 주셨다. 그래도 하겠다든지 안 하겠다든지 좌우간 가닥을 잡아야 했는데, 아무런 반응을 보이지 않은 채 자취방 가까운 선술집에 들러 얼굴이 발갛게 불어터지도록 나는 혼자 술만 마셨다.

　채 술이 깨기도 전인데 어수선한 책상머리에 덩그렇게 놓인 노란 표지가 퉁퉁 부운 눈에 선명하게 기어 들어왔다. 〈진묵대사소전〉이다. 그것을 펼쳐들자 묘한 친근감을 느꼈다. 전혀 보지도 않은 진묵의 영정을

3

펼쳐놓고 그 옆 페이지 한시를 읽어 내려가다가 인연이라는 게 있다 싶어 눈감 땡감 진묵대사에 얽힌 일화로 연구 텍스트로 삼고 오로지 작정하였다. 〈진묵대사소전〉을 모본으로 하고 손수 현장 채록을 한 진묵설화로 얼개를 짜서 문헌 설화와 구비설화의 관련 양상까지 모두 아우르는 연구를 해보라는 권유가 나에게 가장 손쉽고 훌륭한 안내인지도 모를 일이다. 그 후 작심하고 현장 채록을 위한 도구들을 대충 챙겨들고 일부 전북 지방을 돌아다녔다. 전주 경기전에서 바둑이나 장기를 두는 노인들 옆에서 다리에 쥐가 나도록 쭈그리고 앉아 있는 게 좋았고, 남부시장 부근 전주천 다리 밑을 기웃거리는 일이 일상사가 되어버렸는데, 그것도 더없이 좋았다. 그리고 용진면 간중리 마을 회관 마당에서 진묵대사 이야기를 영웅담처럼 신명나게 들려주던 나이 지긋한 농부의 표정도 오뉴월 마자산에 핀 하얀 찔레꽃보다 더 선연하다. 진묵 대사와 관련된 일화를 채록하기 위해 여기저기 다니지 않은 곳이 없었다.

이곳저곳 돌아다니며 관련 이야기를 채록하면서 진묵대사의 이야기를 들은 것이 아니라 현지 주민들과 농부로서 그들의 일상적인 정서와 숨결이 무척 소중하다는 것을 난 배웠다. 게다가 문학의 공간에서 사는 친구들과 어울리며, 어깨 너머로 듣고 귀동냥하고 식당에서나 주점에서나 하시는 말 하나 하나 금쪽같았던 스승님의 얘기를 허투로 흘리지 않았다. 그래서 나르시시스트가 되어가고 있는지는 모를 일이지만, 지금 모든 게 자랑스럽다.

그 당시만 해도 권위주의가 위세를 떨치던 독재의 시절이었으므로 '민중'이란 말이 진묵설화에 나타난 민중과 그 의식과는 동떨어진 개념으로 수용되던 시기였다. 선무당이 사람 잡는다고 어설피 안 설화문학 개념들을 마치 다 안 것처럼 위세하며 스승님께 고집을 부렸다. 그야말로 지도 교수 앞에 고집불통 그 자체였다. 지금도 그분을 생각하면 겸연쩍기도 하고 한편으로 무량한 고마움을 느끼기도 한다.

진묵설화는 당대인들의 의식이 종횡으로 적층화된 삶의 이야기들이다. 그야말로 시대의 아픔과 질곡을 함께 한 기층 민중들의 의식이 설화문학의 형태로 발현된 결정체이다. 거기에는 한 시대를 풍미한 민초-민중들-들의 역사의식, 사회의식, 민족의식, 경제의식 등의 제반의식이 농축되어 있는 유기적인 생명체인 것이다. 당대의 민중들은 진묵대사를 통해 그들의 세계관과 가치관, 인생관, 공동체 의식을 진묵대사의 훌륭한 발자취에 곁들여 유감없이 향유하였고, 격변하는 시대의 슬픈 모꼬지 속에서 그들의 고통이나 현실 부조리, 모순, 원망 따위를 직간접으로 담아내었다. 그래서 생활인으로서 소박한 꿈의 희구와 위정자들의 그릇된 행태를 여지없이 풍자하기도 하였다. 그런가 하면 승려인 진묵의 행위들이 불교와 관련되었다고 다 불교적 취의와 그 세계를 포양하고 고양하려는 데에만 있지 않다. 설령 불교적 개념이나 그 사상을 모토로 했다하더라도 궁극적으로는 민중들의 의식과 바람을 빗대어 그들의 입장과 태도를 발산하고 있다는 점에 주목할 일이다.

아무쪼록 어리석고 게으른 자가 말이 많다고 어느 현자가 설파하였지만, 그래도 학문불치(學問不恥)하고자 하였으나 이젠 부끄러움과 염치없는 낯짝만 남았다. 임제 선사의 법어처럼 부처를 만나면 부처를 죽이고 조사를 만나면 조사를 죽이라고 했는데, 그야말로 진묵대사만 생각하다 진묵대사의 프레임에 갇혀버려 헛것만 쥐고 자랑스러운 몰골로 남은 격이다.

진묵이라는 선승을 인물 전승으로 하여 제대로 된 연구서 하나 변변하지 않은 마당에 본고가 일조를 하였으면 하는 바람이다. 게다가 아직도 현장 채록을 하다보면 많은 진묵설화가 전승되고 있는데, 그것을 다시 추려서 설화문학의 토양을 풍성하게 하고 갈무리하는 것도 좋은 공부가 될 것이라고 믿는다. 미숙한 점, 적지 않을 것이다. 양해를 한량없이 구할 뿐이다. 그리고 당신의 연세만큼 고생만 하다 이태 전에 돌아가신 아버지! 아버지 이름으로 책 표지에 눈물을 담아 고이 당신께 바칩니다. 또한 이 책을 기꺼이 만들어 주신 보고사 김흥국 사장님과 편집국에서 노고를 아끼지 않는 박현정 님에게 고마움을 오롯하게 표할 뿐이다.

2007년 4월
화산정에서 원당

6

목차

진묵설화 연구

I. 서 론

　설화는 당대의 현실을 반영한 민중들의 생각이나 기원, 희망, 원망, 고통 등을 이야기 양식으로 풀어낸 언어기술의 결정체이다. 민중들에 의해 구비전승되는 설화는 그들의 삶의 양태와 삶의 바탕을 가늠해 볼 수 있는 훌륭한 자료적 가치를 지닌다. 뿐만 아니라 그들의 의식 구조가 이야기를 통해 전달되는 양식이기 때문에 열린 소통 구조를 지닌 적층 문학으로써 언제고 이야기를 통해 전달하고 그것을 향유하면서 그들의 원망의식을 표출하기도 한다. 그래서 설화는 민중들의 삶이 어떤 형태로든지 구현되어 있게 마련이다. 설화는 이야기이지만 그렇다고 아무 이야기나 설화라고는 하지 않는다. 설화는 개인의 창작물이 아닌 민족 집단의 공동생활 속에서 공동심의에 의해 자연발생적으로 형성된 문학이다. 그 속에는 민족의 역사, 신앙, 관습, 세계관 등이 문학적으로 형상화되어 있다.[1]

　설화는 민중이 향유하고 창작하는 민중의 문학이다. 구비문학은 전문적인 작가가 창작해서 소수의 독자만 향유하는 문학이 아니다. 구비문학은 작자와 향유자가 널리 개방되어 있는, 작자가 향유자이고 향유

---

1) 최운식, 한국설화연구, 집문당, 1991, p.13.

자가 작자일 수 있는 공동작의 문학이다. 즉 널리 개방되어 있는 공동의 문학적 광장인 것이다.[2] 이야기를 하고 들을 수 있는 사람만 있으면 어느 공간에서든지 연행이 가능한 문학이며, 이러한 이야기 속에서 문학의 바탕인 흥미성과 교훈성이 깃들어 있으며 첨삭과 개변이 자유롭게 이루어지기도 하는 역동적인 문학이기도 하다.

그런데 설화가 종교적인 목적을 띠거나 그와 관련될 때에 종교설화라고 명명할 수 있다. 종교에는 유·불·도를 비롯한 여타 종교가 있지만, 우리나라는 삼국시대부터 전래된 불교와 관련하여 종교적 성격을 드러내는 서사문학인 불교 설화가 매우 활발하게 전승되고 있으며 지금도 언제 어디에서든지 연행되어질 수 있는 터전이 마련되어 있고 그것을 바탕으로 창작되거나 자연스럽게 소멸되어지기도 한다.

불교설화[3]는 불교의 사상이나 교리를 민중교화의 방편으로 삼기 위해 종교인들이나 재가수도자(在家修道者) 및 호불자(好佛者)들이 문학적 상상력을 동원하여 그들의 의도된 목적을 성취하기 위한 방편이었다. 더군다나 심오하고 어려운 불교 철학적 토대나 인문 사유체계를 일반 민중들의 귀를 용이하고 원활하게 개방시키기에는 그 자체로 매우 어렵다. 그렇기 때문에 이야기 방식을 빌려 적극적으로 활용한 나머지 풍부한 이야기 문학을 꽃 피웠다. 그 결과 불교 문학의 토양적 확대를 꾀하며 그 활성화를 촉진시켰던 측면도 연행현장에서 적지 않게 목격

---

2) 장덕순(외), 구비문학개설, 일조각, 1990, p.7.
3) 불교설화라는 개념에는 불교 경전에 국한해서 개념을 활용하는 것이 아니라 보다 폭넓은 범주의 불교설화를 지칭한다. 이를테면 경전에 있는 에피소드나 설화문학 뿐만 아니라 그 외에 선사나 고승들과 관련된 에피소드나 이야기이다. 더 나아가 사찰이나 불교문화와 관련된 제반요소를 기반으로 한 이야기를 다 포괄한다. 다만 여기서는 경전 외에 우리나라라는 지역적 경계를 제한해서 구비전승되거나 문헌에 정착된 설화문학만을 그 텍스트로 하였다.

할 수 있었다.

따라서 불교설화는 불교의 교리에 관련된 민중들의 삶의 표출이라고 볼 수 있다. 황패강은 불교설화를 정의하여 '민중교화의 방편으로 부처의 참모습을 형성하여 귀의심을 일으키게 하려는 목적의 설화'[4]라고 정의하였다. 조동일은 불교설화를 '삶의 시련과 결단을 불교와 관련시켜 다루는 설화[5]라고 정의하였다. 불교가 한국에 전래된 이후에 한국적 토대 기반 위에서 한국적 특징으로 토착화된 불교설화는 종교적 신심을 불러일으키는 흥미성만으로 끝나지 않는다. 의식하든 의식하지 않든지 교훈과 사상 및 시대적 정신이나 풍속 문화의 다양한 코드를 정밀하게 집적(集積)해 놓고 있다. 경전에 있는 불교설화는 그 자체가 한국인의 기호와 정서에 부합되지 않을 땐 과감히 한국적 토양과 정서에 밀착하여 그 의미를 전달하였다. 그 실상이 번안적 성격을 띠다가 민중을 위해서라면-신도나 호불자-더욱 적극적으로 창작하고 향유하며 구비전승되면서 폭넓은 발전을 이룩하였다.

불교설화에는 사찰연기설화(寺刹緣起說話)나 대승고덕과 선승들에 대한 이야기가 주류를 이룬다. 그 이유는 여러 가지로 추론해 볼 수 있지만 무엇보다 불교의 전래와 흥법, 포교와 직접 또는 간접적인 연관성에서 기인한다. 한반도에 불교가 전래된 연원이나 역사를 고려해 볼 때, 당연한 결과라고 묵과해버릴 수도 있다. 그러나 그것은 천번만번 불행한 일이라 여겨진다. 더 나아가서 종교가 어느 특정지역에 유입될 때에는 적지 않은 영향관계를 갖게 되기 때문에 우여곡절을 겪지 않을 수 없다 하겠다. 그런 와중에 새로운 문물과 문화를 향유하고 추종하는

---

4) 황패강, 신라불교설화연구, 일지사, 1986, pp.12-13.
5) 조동일, 한국설화와 민중의식, 정음사, 1985, p.78.

계층과 기득권을 가진 지배계층 사이에 충돌이 불가피할 것이다. 새로운 문화와 문물에 대한 향유와 추구는 기존의 질서와 융합하면서 발전할 수 있는 길을 도모하기도 하겠지만 그러한 바람은 단순히 희망사항에 그치고 마는 예가 과거 역사를 들춰보면 허다하다. 그야말로 문화적 충돌이 불가피하다. 그러한 문화적 충돌이 기존의 질서와 새로운 질서를 재편한다는 차원에서 보면 당연한 대립과 갈등을 야기하고 봉합하는 변증법적인 과정이기도 하다. 당대 지배계층이 새로운 문화에 대한 향유 차원에서 자연스럽게 수용하고 발전시킨다면 다행한 일이다. 하지만 문화의 유입이 자연발생적으로 지배계층에 의해 자연스럽게 받아들여진다면 문제가 없겠지만 지배계층의 이해와 요구에 부합되면 모르거니와 그와 반대된 양상으로 발전할 때에는 적지 않은 사회적인 고통과 국가적 손실을 초래하여 과도기적 양상으로 탈바꿈하여 혼란과 불안을 조장하게 마련이다. 지배적 논리로 보면 종교문화의 유입을 방관하며 그것을 수용한다는 것은 많은 위험부담을 스스로 자초하는 결과가 된다. 그래서 종교 문화가 유입하는 과정에서는 기존 세력의 권력 유지를 공고히 하는 지배 문화와 불가피하게 충돌할 수밖에 없다. 그럴수록 그 파장은 중차대한 결과를 초래하기 쉽다.

종교의 유입과 관련된 사항이라면 종교적인 기사이적(奇事異蹟)이나 신이한 양상의 출현은 실재된 역사로서의 의미와 그와 결부된 제 2, 제 3의 종교적인 의미를 부여하고 확대, 심화시키면서 발전한다. 게다가 종교의 신성성과 희생성, 순교적 정신, 보다 가치있는 종교적인 의미를 거듭해서 지향하며 목적성을 띠고 발전할 수밖에 없을 것이다. 그 과정에서 종교인들이 의도하든 의도하지 않든지 그들의 태도와는 상관없이 우리의 문화 속에서 자연스럽게 역사화된다.

역사화된 불교가 이식된 토양에서 성장을 거듭하면 거듭할수록 이야기는 필수적으로 탄생하고 성장하며 토종의 자리를 굳혀나가는 방편으로서의 활용은 절대적이다. 불교 설화도 예외는 아니다. 설화는 인물중심의 이야기 전승이든 사건중심의 이야기 전승이든 불교적 교의나 흥법(興法), 홍법(弘法)을 드러내는 데에 매우 적합한 방편이기 때문이다. 당대의 민중들이 간절하게 요구하던 현실적인 문제들을 해결할 수 있는 방법과 통로는 매우 제한적이다. 당대의 질곡과 부조리한 현실 세계를 극복하거나 초월할 수 있는 수단이나 방법이 극히 제한적이라면 그들에게 있어 현실 타개책은 관념적으로 다양하게 상상할 수 있지만 봉건적 질서와 압제 속에서 동원할 수 있는 수단과 방법이 실제적으론 전무할 정도이다. 적극적인 타개책을 모색할 수 없는 민중들이 선택한 차선책이거나 그 방법은 종교 신앙에 대한 애착이나 집착과 현실도피였을 것으로 짐작된다. 그러한 상황 속에서 민중들의 질곡과 고통을 극복하려고 고승의 신이한 능력, 신불(神佛)의 도움, 구법 여행(求法旅行) 등이 그들의 민중의식을 투영시켜 향유하는 수단이 되었을 것으로 짐작된다. 민중들이 그들의 삶의 요구를 관철시키기 위해서 적극적인 방법을 모색하기란 거의 불가능하다. 이를테면 민중봉기나 지배계층에 대한 저항, 불합리한 세금 징수에 대한 저항, 권력에 대한 도전이 어려웠던 시대조건의 현실적 상황이다. 그렇다면 그들이 택할 수 있는 방법이란 종교로의 귀의나 신앙행위, 남부여대(男負女戴)의 유랑으로 소극적인 저항이 전부라고 해도 과언이 아니다. 그런 와중에 지배계층의 가혹한 착취와 수탈이 민중들에게는 적지 않은 고통 가운데 매우 냉혹한 현실로 작용하여 두려움과 공포만을 조장할 뿐이다. 냉혹한 현실은 민중들에게 고통과 시름을 잊기 위해 그들의 희망사항이나 원망의식을 이야기로 엮어서 구체화하고 현실화해서 연행(演行)할 수 있는 자양분의 구실을 톡톡히 수행하였던 것이다.

　계층적 질서가 엄존했던 봉건질서 속에서 민중들의 삶이 이야기로 적층화(積層化)될 때에는 화소(話素)나 에피소드(episode)가 주어지면 다양한 변개나 첨삭이 자유자재로 일어나고 역동적으로 교섭양상을 띠며 작용한다. 당대의 사람들이 겪게 되는 체험이 자연스럽게 이야기로 체현되기도 하고 기존의 이야기에 자기의 체험이 덧붙여져 개별적 작품의 이야기가 서로 융합하기도 하고 하나의 이야기가 여러 이야기로 분화되기도 하면서 열린 문학으로서의 위상이 더욱 왕성한 변개를 도모하기도 한다. 그뿐만 아니다. 여느 지역이나 나라를 정점으로 해서 여기저기 산재해 있던 개별 작품(version)이 하나의 작품으로 큰 덩어리를 형성하기도 하고 큰 덩어리의 이야기가 작은 덩어리로 분화되면서 많은 이야기로 거듭나기도 한다. 즉 연작 설화적 성격6)이라고 규정할 수 있다. 한 인물이나 배경을 중심으로 연행되어지거나 한 주제로 해서 산문화되어지기도 한다. 그 이유는 적층문학이 갖는 장점을 그대로 살리면서 언제고 결말이 보류된 열린 구조적 특징을 갖고 있기 때문에 가능한 일이기도 하다. 진묵설화도 예외는 아니다. 개별 작품으로 존재하는 양상을 보이기도 하고 통합된 인물중심의 큰 덩어리로 뭉쳐져 버린 작품으로 존재하기도 한다. 다시 말하면 내용적 변이(變異)와 형식적 변이를 동시에 다 갖추고 있어서 설화 문학의 다양한 존재양상을 확인할 수 있는 계기를 보여주기도 한다.

---

6) 연작 설화적 성격이란 현대문학의 연작소설에서 차용해서 쓰는 개념 용어로 주제나 인물에 있어서 형식과 내용이 언제든지 어떤 상황에서도 개별적 작품으로 확대해서 연행되어지거나 그런 정황 하에 놓인 작품을 필자는 본고를 진행하는 과정에서 임의적으로 개념 규정하여 사용하였다.

본고는 종교적 인물인 진묵(震默)을 중심으로 연행된 설화, 즉 '진묵
설화'를 텍스트로 해서 다양하고 심층적인 접근을 시도하려는 데 목적
을 두고 있다. 고승 진묵은 조선조 명종대에서 인조대까지 살았던 역사
적인 실존 인물이다. 그와 아무런 관련이 없는 설화들도 그와 관련을
맺고 첨삭과 변개 과정을 거치면서 진묵설화의 각편(各篇;version)으
로 자리매김하는 과정에서 그와 관련된 설화적 상상력의 실재와 그와
관련된 구비전승문학의 풍요와 민중들의 의식 세계를 엿볼 수 있는 기
회를 제공하기도 한다. 게다가 불교를 소제로 한 신이한 모티프(motif)
가 진묵에게 덧붙여져 기사이적을 행사하는 신승으로서 진묵의 신이성
과 신성성, 문화적 영웅성을 더욱 확대하고 심화시켜 선승(禪僧)으로서
의 모습을 강화시켜 주고 있기도 하다. 지금까지도 전북지방을 중심으
로-전주를 정점으로 해서 김제 성모암, 모악산 대원사, 완주 봉서사-
그 지방의 연로한 인근 사람들이 진묵에 관한 에피소드 하나 정도는 짐
짓 알고 있는 형편들이다. 진묵은 전북지방을 중심으로 운수행각을 하
기도 하고 주석처를 정하고 선적 요체를 궁구하기도 한 선승이기도 하
고 사회적인 구속과 억압 또는 종교적 계율이나 타부에도 전혀 개의치
않고 거침없이 자유를 구가했던 불기적 태도(不羈的 態度)를 보여주고
있는 보통 사람의 눈으로 보기엔 괴팍스런 고승이기도 하다. 진묵이 역
사적 실재를 보여주고 있는 인물임에도 설화의 세계에서는 실재한 역
사와 실재화된 역사가 혼재되어 민간에 전승되고 있는 까닭에 사실은
진묵의 사상적 배경이나 그의 삶의 족적 속에는 민중들의 삶의 방식과
행태, 그들의 의식이 고스란히 투영되어 형상화되어 있다는 점을 강조
하지 않을 수 없다.

현재 구전되고 있는 그의 행적과 관련된 설화는 민중들의 상상력이

가미된 문학적 콘텍스트로서의 의미를 부여한 채 여전히 존재하고 있다. 말하자면 진묵의 족적들은 민중들에 의해 자주 입에서 입으로 오르내리면서 본래의 모습은 물론 여러 모습의 층위를 다양하게 형성하고 있다. 그렇지만 실재한 진묵 고승이 아니라 보다 민중들의 원망의식과 결부된 이야기 문학의 실재를 이루고 있다는 데 무게를 두어야 되지 않을까 생각된다. 그래서 진묵설화는 지방문화의 한 편린이기도 하고, 설화문학의 실재이기도 하면서 불교 역사의 한 편이자 현세의 질곡과 부조리에 갈수록 피폐해진 민중들의 얼룩진 삶 속에 당대의식을 기반으로 한 긍정적인 시대정신의 고양과 가치를 구현하는 문화적인 중심인물이기도 하다.

그러나 진묵은 여타의 고승들처럼 불교사나 열전에 소략하나마 거명이 되어있긴 하지만 본격적으로 다루어진 그에 관련된 연구 업적은 눈에 띠지 않고 있다. 더군다나 문학적 관점에서 설화문학사의 한 편을 충분히 갖추고 있음에도 불구하고 본격적인 논의는 과문의 탓인지는 몰라도 전무한 형편이다. 그리고 진묵 사후 200여 년이 지난 시기에 초의선사(草衣禪師), 운고거사(雲皐居士), 조수삼(趙秀三), 추사 김정희(秋史 金正喜)가 구비전승되고 있던 진묵설화를 수집하고 찬집(纂集)하여 문헌으로 정착되어 있다. 하지만, 대개의 문헌 자료들이 천편일률적인 형편이어서 주목을 받기에는 부족한 면이 없지 않다. 진묵설화가 갖는 신이한 모티프나 기이한 행위가 불교의 교의나 홍법의 구체적 실상을 보여주는 단면이다. 그럼에도 불구하고 진묵설화의 연구는 불교설화이면서 기층 민중들의 설화문학적 주제나 향유의식을 감안하면 매우 의미있는 탐구작업이 될 것이다. 지금까지 선편(先篇)의 축적된 논의가 없던 진묵설화는 본고를 통해 보다 적극적인 접근과 심층적 분석을 통해 설화문학의 구조와 의미 층위를 되새기는 계기가 되어야 할 것이다.

전북지방을 중심으로 조선조 한 시대를 풍미했던 선승 진묵과 관련된 설화는 민중들의 삶과 당대의 현실을 이해할 수 있는 창이다. 그러기 때문에 심층적 이해를 도모하기 위해서는 설화 일반으로서의 연구방법과 사회사적 의미, 사상사적 접근 방법으로 보편타당하고 다양한 모색을 도모해야 한다. 당대의 민중들이 자기들의 이해와 소망에 부합될 때 그에 관한 설화는 생명력을 갖고 구비전승되어지게 마련이다. 그한 가운데 진묵이 있고 진묵설화가 향유되어지는 역사적 사회적 배경은 어디에 있는지, 불교 설화, 일반 설화의 접점에 있는 진묵설화가 어떤 의미층위를 형성하며 연행되는지 통찰해 보는 것이 적지 않게 유의미한 작업이기도 하다. 진묵설화가 탄생, 성장, 변이, 확장 과정을 거쳐 동심원적 전파 경로를 통해 우리나라 전 지역으로 확대되어 구비전승되고 있을 것이라고 추론해 볼 수 있겠다. 그야말로 유기적인 구조물로서 진물설화가 갖는 역사성과 진실성을 아울러 고찰함에 있어서 필자는 문헌설화는 물론 구비설화의 현장 채록을 통해 얻어진 성과물을 토대로 채록 녹음이나 전사(轉寫)를 마다하지 않고 자료 대상으로 삼고 있음을 주지시키고자 한다.

진묵설화가 개별 작품들이건 하나의 총체화된 작품이든지 간에 진묵은 선방의 고승은 물론 민가의 민중들에게 기사이적을 행사하는 불가사의한 인물이다. 또한 불교와 유교가 엄존하던 당대 현실에서 유학자인 봉곡과 방외자(方外者)로서 교유한 승려이기도 하고 때로는 갈등의 대척점에 서서 당대의 경직된 이데올로기에 희생된 인물이기도 하다. 그런가 하면 민중들의 어려운 세간을 보살피는 보살도(菩薩徒)의 화신이기도 하고, 때로는 성속(聖俗)을 넘나들거나 초월하여 거리낌 없는

삶을 살았던 파계승이자 고승, 선승으로 교직된 뭉툭한 인물이기도 하
다. 게다가 진묵이 신흥종교인 원불교의 현신불(現身佛)로 등장할 것이
라는 제보자7)가 있는가 하면 증산교(甑山敎)에서는 진묵이 미륵불(彌
勒佛)의 현신으로 미래의 선경 공사(仙境公事)를 역사할 미륵으로 나타
나기도 한다.8)

　진묵설화의 텍스트는 필자가 전북지방을 중심으로 채록하고 수집하여
전사한 설화를 중심으로 하되 ≪한국구비문학대계≫·〈진묵대사 소
전〉에 실려 있는 진묵설화 자료 가운데 '진묵이 죽은 이유'·'진묵과 봉
곡의 도력시합'·'중태기의 유래'를 중심으로 진묵설화의 개별 작품들을
망라하여 사회, 문화, 사상, 종교적 의미를 심층적으로 고찰할 것이다.

　설화에 반영된 민중의식과 역사인식은 보는 시각에 따라 견해를 달
리 할 수 있다. 그렇지만 민중의식과 역사인식의 접근 방법이 이성적이
며 합리적 근거와 보편타당한 논리와 과학적인 학문 태도를 견지할 때,
문학작품의 분석과 의미는 그만큼 값진 성과를 향유하게 될 것이다. 따
라서 문학 작품이 갖는 대내외적 비평과 접근은 역사적 진실과 그에 따
른 가치, 문학적 진실과 그에 따른 주제와 의미가 새롭게 되새겨질 것
이라 여겨진다.

---

7) 전북 완주군 용진면 소재 봉서사, 법명;법원(남 33세)1991.10. 봉서사 요사체에서.
8) 안원전, 증산교(상)-만국화계남조선-, 대원출판사, 1991, pp.126-132.

Ⅱ. 진묵설화의 형성과정

1. 시대적 배경

　설화문학은 당대의 문제의식을 문학적 상상력에 의해 형상화된 언어적 기술물이라 할 수 있다. 거기에는 인간 사회에서 발생되는 일련의 제현상(諸現象)들이 구조화되어 나타난다. 따라서 문학 작품을 통해서 역사를 인식하기도 하고 시대적인 배경을 통해서 문학을 이해하기도 한다.

　민중들에 의해 구전되고 창작된 진묵설화는 당대 민중들의 구체적인 삶과 깊은 관련을 맺고 있다. 역성혁명을 통하여 새로운 국가를 이룩한 조선왕조는 임·병 양란을 계기로 기존의 봉건체제가 서서히 붕괴되기 시작한다. 백성들은 전란을 통해 전반적인 사회 기강의 해이와 지배 계층의 무기력을 직접 목격하게 되었다. 그런 후로 민중들의 의식이 점차로 트이기 시작하여 민중의식이 어느 정도 성장하였던 것이다.

　조선 중기 명종대 이후에 정치적인 변화를 겪게 되지만 당쟁과 사화의 거듭된 상황과 혼란스런 전란은 더욱 더 민심을 흉흉하게 만들었다. 임진왜란에 의해 전국이 적에게 유린당하고 농민은 뿔뿔이 흩어져 농지는 황폐화되고 그나마 인구마저도 전화에 의해 심대한 타격을 입고 사망한 자들이 적지 않았다.9) 병자호란으로 인한 전화도 이에 못지않았다. 토지제도의 사유화의 확대는 임란 이후에 더욱 심화되었다. 이에 농민들은 수탈과 토지 상실로 인한 소작민으로의 전락이 급속도로 심화되었다.10) 귀족들의 토지확대로 인한 농민들의 유랑, 이농현상은 점차 늘어나, 그 결과 부자의 땅은 들판을 이었고, 가난한 자는 송곳을 꽂을 땅도 없게 되어갔던 것이다.11)

또한 농업경제를 주축으로 하는 조선시대에서 농민들에게 혹독한 부담은 군역과 부역이었다. 농민들은 이것을 피하기 위해 남의 종이 되거나 중이 되는 경우가 허다하였고, 일정한 가주지를 갖지 않은 채 유랑하는 농민들이 많아져 사회적인 혼란만 야기되었던 것이다. 이러한 조선시대의 농업경제의 제도적인 모순과 이에 따른 관리들의 타락이 비일비재하였던 것이다.

조선시대가 성리학을 이념으로 하는 지배체제를 한층 강화해 나가면서 중앙집권적인 정치를 펼쳐 나갔다. 그에 따른 양민들의 삶이 나아질리가 만무하였다. 조선 중기에 오면서 성리학의 기능변화는 정치와 사상에 큰 영향을 미쳤다.12) 성리학의 지나친 관념화와 그 결과로써 예학(禮學)의 발달은 소위 존화양이(尊華攘夷)사상의 강화, 강상의 계층윤리의 극대화, 대의명분론 중심의 가치론의 강조 등을 가져왔다. 또한 16세기 후반 그들의 지배논리와 연결되어 발생, 심화시키는 반역사적 정치체제, 사회 체제를 유지하는 이론적인 뒷받침을 하였던 것이다.13)

성리학의 이념을 담당하는 주체는 사대부이다. 이러한 이념을 사회적

---

9) 이조실록, 인조 4년(1626)
10) 조기준, 한국경제사, 일신사, 1991, p.193.
11) 전북사학회한국사연구실편, 한국사회・사상사론선, 학문사, 1983, p.323.
12) 한국사특강편찬위원회, 한국사특강, 서울대학교출판부, 1990, p.367.
13) 전북사학회 한국사연구실편, 앞의 책, p.329.

가치체계로 구체화하기 위해서는 자기 자신의 도덕성이 전제 조건이 되어야 할 것이다. 조선조의 성리학자로서 숭앙을 받는 자들은 모두 자기 수련을 통하여 도덕적으로 높은 경지를 이룬 인물들이라고 평가되며, 전인적 인간, 즉 군자의 풍모를 지향하는 도덕으로서의 수기가 정치 사회와 직결되었다. 조선조가 성리학의 절대화를 통하여 통치 기반과 사회체제의 기반을 구축하였던 것이다. 따라서 사대부가 통치의 주체로 등장하는 성리학 자체의 역사적 사명을 현실화시킨 것이다.[14]

도덕정치의 구현이나 현량과의 설치와 같은 조선조의 시책이 사대부 주체의 성리학적 이념을 고착시키는 적극적인 방법이었다. 조선조의 위정자들은 성리학을 지배 이념화하여 모든 백성에게 강제된 규범으로 자리하게 만들었다. 그래서 이를 모든 사람들에게 유교질서를 정립하기 위한 규범으로 수용하게 만들었고, 그와 동시에 불교의 억압이나 통제는 물론이려니와 소격서의 철폐 내지 음사의 혁파를 지속적으로 단행하였다. 그런데 사대부 통치자들이 내놓은 이러한 탄압책들이 소극적인 시책으로 형식적 요식행위에 지나지 않을 뿐 아니라 강력하게 시행할 의사도 거의 없었던 것이다. 그러다보니 일련의 탄압책들이 성리학의 공고한 고착을 도모하는 양태와는 표리부동의 관계에 놓이게 되었고 그 결과 있으나마나한 것으로 사문화되다시피 하였다. 그럼에도 불구하고 불교를 공공연히 인정하고 공개적으로 신앙할 만한 국가적, 사회적 성숙을 도모하기란 불가능에 가깝다고 하겠다. 당대의 지배이데올로기의 근간이라고 볼 수 있는 억불숭유정책이 조선조의 통치이념의 요체로 작용하는데 그것과 정면으로 배치되는 상황이다. 그런 상황이 조선조의 국가 질서를 송두리째 빼앗아 가버리는 자가당착에 빠져

---

14) 황선명, 조선조종교사회사연구, 일지사, 1987, p.125.

버릴 수 있기 때문이다. 그렇지만 그런 상황에 처해 있음에도 불구하고 민간인들이 호불적 행위를 하거나 지배계층 부녀자들이 신앙적 행태로 불교를 가까이하는 것에 대한 어떤 조치도 단행하지 않고 묵과해버렸다는 점이다. 음성적으로 하는 신앙행위까지 제도나 법으로 금지시킨다는 것이 쉽지만은 않았을 것이다. 이것이야말로 수천 년간 신앙해온 종교가 지배이념과 배치한다 하더라도 일시에 없애버린다거나 철퇴를 가했을 때 몰아닥칠 역풍을 경계하지 않을 수 없었을 것이다.

그럼에도 불구하고 불교가 조선조에 와서 지배이념과 관련하여 적지 않게 위축되거나 침체기에 접어들게 된 것이 사실이다. 조선조 억불정책에 노출된 불교는 표면적으로 사회적 의미를 잃어가는 것도 당연한 일이다. 그러니 상류층을 통하여 불교를 발전 중흥시키기에는 기대할 수 없는 상황이 되고 말았다. 일부 군주의 호불정책(好佛政策)과 왕실의 신불(神佛)이 다소 있긴 하였지만, 이러한 왕실 중심의 불교도 사회적인 지위를 높이는 데까지는 이르지 못했다. 그야말로 척불을 외쳐대는 조선조 지배계층의 탄압 앞에서 불교의 발전을 기대한다는 것은 상상도 못할 일이다. 승과가 폐지되고 도승법도 금지당하고 말았다.[15] 승려의 지위가 땅에 떨어져서 팔천(八賤)의 하나로 부역과 노역으로 인한 질적인 저하를 가져왔다. 결국 불교가 산중으로 깊숙이 숨지 않을 수 없게 된 것이다. 임진왜란 이후 국가 재정의 결핍과 함께 사원의 경제적 기반도 완전히 허물어지며, 국가의 승정(僧政)의 부재로 승려들은 스스로 수도와 생계의 길을 모색하지 않으면 안되었다.[16] 이런 상황 아래서 불교는 더욱 침체일로를 걸을 수밖에 없었다. 그러나 불교는 이

---

15) 김영태, 한국불교사개설, 경서원, 1986, p.175.
16) 황선명, 앞의 책, p.141.

러한 탄압책에도 불구하고 불교 자체의 자구책을 모색하였던 것이다. 이를 테면 함허 기화는 유교와 불교의 교리를 비교하여 유, 불의 공통점을 들어 〈현정론〉을 논파하였고, 휴정은 유·불·도 삼교의 근원은 하나라고 하여 삼교회통을 주장하였다.[17] 그런가 하면 임진왜란이 일어나자 휴정은 호국불교를 내세워 승려들을 모아 나라를 구하는데 열정을 바치었지만, 한편 일부 승려들은 세상의 명리에 이끌리기도 하였던 것이다. 또한 진묵은 전쟁의 와중에서도 싸움터에 나가지 않고 도탄에 빠진 민중들과 함께 하였던 것이다.

　조선조의 억불숭유정책은 조선조 성립기반의 중심적인 지배 이념으로 자리를 잡고 있었다. 그렇기 때문에 지배계층에서 천민에 이르기까지 유교적 지배 이념을 공고히 하기 위한 전략으로 적극적인 활용과 대내외적 명분이었다. 그 이유는 전 왕조의 붕괴의 근저에 직간접적으로 관련된 사원경제의 지나친 팽창과 비대화라든가 불교의 세속화에 따른 타락 양상을 권력교체의 명분을 삼아 탄생된 국가이기 때문이다. 그러니만큼 유교적 지배이념을 확고하게 견지할 수밖에 없었다. 이런 정황 아래서 조선조 정치·문화·사회 제반의 현실은 유교적 통치 이념의 실현공간으로서 의미가 강화되었다. 그런 마당에 지배계층의 부녀자들이라 할지라도 명실공히 불교적 신앙행위를 드러내놓고 공개적으로 영위한다는 것은 상상할 수 없었다. 그 결과 사대부 집권층들의 신앙행위는 침체일로를 걸을 수밖에 없었다. 거기에 일반 백성들도 예외일 수는 없었다. 다만 신앙심이 투철한 일부 사대부 계층의 부녀자들과 일반 백성들은 표면적으로 집권층의 지배 논리를 거부할 수는 없겠지만 수천 년 신앙해온 종교마저 탄압 대상이 된다면 도리어 백성들의 저항은 불

---

17) 정의행, 한국불교통사, 한마당, 1991, p.320.

을 보듯 당연한 일이라 할 수 있다. 그래서 일부 사대부 계층의 부녀자들과 백성들의 신앙행위는 숨통을 조일만큼 통제할 처지가 못 되었다. 그러나 전체적으로 보면 억불승유 정책이 변함없이 시행되었기 때문에 조선조 불교는 오히려 이전 왕조대보다 급속도로 위축되는 것은 당연한 일이다. 조선왕조의 명실상부한 탄압과 통제가 기층 민중들을 중심으로 신앙행위나 의례가 전승되고 전개될 수밖에 없었다. 조선조 불교의 민중화, 대중화가 민중들 사이로 폭넓게 확대되며 깊은 신앙심을 발판으로 퍼져나갔다. 더군다나 신분적 질서가 엄존했던 시대이니만큼 일반 백성들의 현실 세계의 고통과 좌절을 구제하여 줄 수 있는 초월적인 힘을 희구하는 신앙행태가 당시 사회 저변에 팽배하여 급속도로 확산되어 있었다. 이것은 곧 지배계층의 무능과 허약성, 통치이념이나 제도 시행의 모순과 결합되면서 많은 사회적 문제점을 노정하게 되었다. 따라서 진묵설화에 나타나는 종교간의 갈등, 대립 양상은 물론 친화적인 교섭 양상은 조선조의 시대적 상황과 밀접한 관련이 있다 하겠다. 진묵이 살았던 조선 중기를 전후로 한 시대적 배경이 진묵설화의 탄생에 훌륭한 자양분이 되었다. 아울러 민중들에 의한 진묵설화의 전승이 오늘날까지 이어지는 사정은 당대적 인식 사고와 시대 민간 사고의 직접 과정이 형상화된 문화 제반 현상의 문제의식과 직결된다고 보겠다.

2. 생애와 사상

진묵의 생애와 사상에 대한 고찰은 단편적인 기술물만을 가지고 재구성하기에는 어려움이 많다. 그렇기 때문에 사료나 설화를 통하여 나타나는 그에 대한 것들을 종합하여 그의 생애와 사상을 구성해 볼 수밖에 없다. 진묵이 실제로 있었던 인물이라 하더라도 진묵설화에 나타난 진묵의 성격과 행적이 사실을 그대로 전하고 있지는 않다. 또한 그렇다고 모두가 가공된 설화라고 할 수 없다. 따라서 단편적인 사료와 설화를 통해서 그에 대한 생애와 사상을 재구성하고자 한다.

진묵은 법명(法名)이 일옥(一玉)이고 법호(法號)는 진묵(震默)이다. 그는 조선 명종 17년(1562)년 전북 김제군 만경면 불거촌(지금의 화포리;일제치하에서 현재의 이름으로 개칭됨)에서 출생하였다. 그가 태어날 때 불거촌의 초목이 삼년 동안이나 시들어서 말라 죽으므로 사람들이 말하길 '불세출의 기품을 타고 났다'고 하였다. 그는 태어나서 마늘과 파 등 냄새나는 채소와 비린내 나는 것을 좋아하지 않았으며 성품이 지혜롭고 마음은 자비로웠다[18]고 한다. 그는 어머니 조의씨와 누이 동생과 같이 살았다.[19]

그는 일곱 살이 되는 나이에 전주부의 서방산에 있는 봉서사에 출가하였다. 그곳에서 사미로 있으면서 내전을 읽었는데, 두뇌가 총민하여 한번 본 것은 다 외웠다.[20] 그는 전북지방에 있는 봉서사・송광사・위봉사・대원사・태고사・월명암 등지의 도량을 돌아다니며 운수행각(雲水行脚)을 하기도 하고 주석(住錫)을 하기도 하였다. 뿐만 아니라 그는 선과 교, 문장학에 매우 뛰어났다고 한다. 그리고 당시 휴정을 비롯한 종단의 명리승(名利僧)들과는 어울리지 않고 안선(安禪)과 간경(看經)의 한 도인으로서 산 이승(異僧)이었다.[21] 그는 승려신분으로서

---

18) …(中略)…大師生時 佛居草木三年萎枯人或曰間氣而生也生而不喜燻腥性慧心慈悲故 又曰佛居生佛也…(中略)…(影堂重修記)『震默大師小傳』

19) …中略…單瓢路上行乞一僧己云已矣橫叙 閨中未婚小妹寧不哀哉…以下省略『震默大師小傳』

20) 禪師年七歲出家讀內典於全州之鳳棲寺夙慧英達不由師教明核重玄…以下省略-震默祖師遺蹟考上, 『震默大師小傳』

술을 즐겼으며 출가 후에도 어머니를 극진히 봉양하여 효행이 남달리 지극하였다. 또한 어머니가 돌아가시자 손수 장지를 정하였다. 그는 직접 어머니를 화포리의 유앙산(維仰山;祖仰山, 舟行山이라고 부르기도 함)에 장사를 지내고 그의 효성과 도력으로 묘소를 깨끗하게 하여 그곳에 와서 향화(香火)를 하게 되면 그해 농사가 풍년이 든다고 하여 원근의 마을 사람들이 몰려와 성묘를 하기도 하였다.22) 그가 지은 제문(祭文)23)과 게송(偈頌)24) 두 편이 전하고 있다.

그는 수도자로서뿐만 아니라 같은 시대에 살았던 사계(沙溪;김장생)의 고제자였던 봉곡 김동준과 폭넓은 교유를 했다는 기록이 있는데 그의 덕행과 학문을 충분히 짐작할 수 있는 대목이기도 하다. 그는 봉곡 김동준과의 교유를 통해 유교 경전을 빌려보기도 하였고, 종교를 초월한 방외우(方外友)를 하였다. 그는 죽을 때가지 세상에 많은 기사이적

---

21) 김영태, 한국 불교사 개설, 경서원, 1986, p. 199.

22) 진묵대사의 어머니 묘소가 있는 곳은 전라북도 김제군 만경면 화포리 388번지로 나지막한 구릉의 조앙산에 위치하고 있었으며, 필자가 자료수집차 들렀을 때, 그곳에는 조앙사(祖仰寺), 진묵사(震默寺), 성모암(聖母菴)과 요사체가 있었다. 조갑술 거사가 사찰을 관리하고 있었다.

23) 及父母歿祭之以文曰胎中十月之恩何以報也. 膝下三年之養. 未能忘矣. 萬歲上更加萬歲子之心猶爲嫌焉. 百年內未滿百年母之壽何其短也. 單瓢路上行乞一僧旣云已矣. 橫釵 閨中未婚小妹寧不哀哉. 上壇了下壇罷. 僧尋各房前山疊後山重 魂歸何處. 嗚呼哀哉云. 歸葬於萬頃北面之維仰山而有掃除酹侑者輒得農故 遠近村人爭先恐後至今數百年封域宛在香火不絶

24) 天衾地席山爲枕 月燭雲屛海作樽 大醉居然仍起舞 却嫌長袖掛崑崙 (하늘을 이불로 땅을 잠자리로 산을 베개를 삼는다. 달을 촛불로 구름을 병풍삼아서 바닷물을 술동이 삼는다. 크게 취해서 아무런 생각없이 벌떡 일어나 춤을 춘다. 도리어 큰 소맷자락이 곤륜산에 걸리까봐 괜한 걱정이 된다.)
　　寄汝靈山十六愚 樂村齋飯幾時休 神通妙用雖難及 大道應問老比丘 (저 영취산의 열여섯 명의 어리석은 자들아 마을의 잿밥을 즐겨하는 걸 언제나 멈출 것인가. 신통묘용한 부처의 진리를 따르기 어렵다지만, 불도의 심오한 뜻이야말로 당연히 나에게 물어볼지어다.)

(奇事異蹟)을 남겼으며 불법(佛法)을 득도하여 부처의 응신불(應身佛)이라는 칭호를 받기도 하였다. 만년에는 봉서사에서 주석하다가 가부좌(跏趺坐)로 입적(入寂)하였다. 그 때가 인조11년(1633년)이며, 세수(世壽)가 72세이며 법랍(法臘)이 52세였다.

진묵의 사상적 면모를 엿볼 수 있는 자료는 소략 기술하고 있는 ≪동사열전≫·≪진묵대사소전≫·≪한국구비문학대계≫등에 산재되어 있으며, 대개 전북 지방을 중심으로 한 민간의 구전에 의해 널리 전승되고 있다. 19세기 실학자들과 교유가 두터웠던 초의(草衣意恂)선사가 민간에 널리 구비전승되는 진묵선사에 대한 일화나 에피소드를 엮어 만든 ≪진묵조사유적고≫에 그의 사상적 면모와 행적을 살펴 볼 수 있다.

진묵은 사명당 유정과 같은 시기에 호남 북부지방을 중심으로 많은 일화를 남겼다. 그가 승려신분으로 민중들과 함께 호흡하며 자신을 부처의 응신불로 자처하였다.[25] 그런 만큼 당시 민중들의 존경을 한 몸에 받지 않으면 허풍쟁이 취급받을 수밖에 없는데, 그의 관련 일화를 보더라도 민중들의 원망과 소원이 투영된 영웅적인 면모의 일단을 갖고 있어 신망과 존경이 두터웠던 선승이었음이 분명하다. 그에 대한 일화들은 민중들에게는 살아 움직이는 부처로 존경받았던 사실을 알려준다. 어떤 계율에도 얽매이지 않고 자유롭게 처신하며 민중들과 함께하던 보살도의 정신이 뛰어나기도 하고 그의 불기적 태도(不羈的 態度)는 법집(法執)이나 아집(我執)에 사로잡힐 수 있는 폐쇄적 사고로부터 자유로운 인물이기도 하였다. 계율에 얽매이지 않는 그의 생활 태도는 지탄의 대상이 될 법한데 도리어 도를 깨우친 자유인으로서의 선승(禪僧)

---

25) 師一日沐浴淨髮更衣曳杖出門沿溪而行植杖臨流而立以手指水中己影而示侍者曰遮個是釋迦佛影子也 侍者曰這是和尚影師曰汝但知和尚假不識釋迦眞遂負杖入室. 이일영 편 ≪진묵대사소전≫, 보림사, 1960. p.81.

으로 남아있다. 특히 술을 즐겨 하였으며, 술이라고 하면 마시지 않고 꼭 곡차라고 해야만 마셨던 것26)으로 보아 개념적 사유의 깊이와 인식작용이 인간의 행동에 미치는 영향관계를 헤아려보게 만든다. 민중들과 함께 하는 삶이 심오한 불교적 이치를 깨닫게 해주고 중생제도의 본질적 의미를 보살행의 이타적 태도의 신앙관을 살펴볼 수 있기도 하다. 그의 면모와 태도에서 보듯 원효(元曉), 사복(蛇伏), 부설거사(浮雪居士), 남백월이성(南白月二聖;三國遺事 逸話 가운데)과 궤를 같이하는 민중불교를 지향하는 민중 승려로서 각인되어 있다. 민중의 요구라면 권위와 계율을 앞세운 엄숙한 승려보다는 권위도 없고 계율도 어기는 파계승과 같은 모습이 출세간(出世間)의 삶을 초월한 출출세간(出出世間)의 일단을 짐작하게 한다.

불교도이면서 반불교적 행태를 보이는 것이 아닌 초불교도적 행위를 추슬러 볼 수 있다 하겠다. 당대의 민중들이 진묵을 좋아할 수밖에 없는 저간의 사정은 설화문학의 실상을 헤아려보면 가히 짐작해 볼 수 있다. 진묵은 다른 승려들과는 달리 민중들과 깊숙이 어울리기도 하고 때로는 산문(山門)에 들어앉아 수도에 전념하기도 하는 그야말로 상구보리 하화중생(上求菩提 下化衆生)을 몸소 실천궁행(實踐躬行)하는 승려였다. 심산유곡에서만 생활하며 선방의 문고리에 손때를 묻히며 하락양풍(夏樂凉風)하고 동수온방(冬守溫房)하는 수도승과는 어울릴 수 없었고, 궁전이나 속가를 들락거리며 세간의 명리에 치우치는 명리승과도 어울릴 수 없는 무애(無礙)한 승려이기도 하였다. 출세간주의적 삶의 궤적과 출출세간주의적인 삶의 궤적이 하나로 교직된 인물이기도

---

26) 師尙喜飮然謂之穀茶則飮酒云則不飮有僧設燕漉酒酒香爛發芳烈醺人師鳩杖而往問曰 汝漉什麼僧曰漉酒師默然而返俄而又往問曰 汝漉什麼 僧答之如前師無聊而返 須臾又往問之如前僧終不對以穀茶 又答之以下酒師遂斷望而返俄有金剛力士以鐵棒打漉酒僧

하다. 다시 말하면 정통적인 불교 교단에 소속되어 있지 않은 승려로서 명리승들과는 다른 그의 행적은 민중들의 삶 속에 그대로 용해되어 재가수도자이기도 하고 인간적인 삶과 불교적 신앙생활과의 괴리를 극복하고자 노력하였고 그렇게 살아온 삶 자체라고 볼 수 있다.

진묵의 제자들이 그에게 법맥을 잇는 종승문제를 물었을 때, 그는 종승이 무슨 필요가 있느냐고 하면서 정 잇고 싶으면 명리승인 휴정의 맥에 대라고 하였다.27) 진묵이 생각하는 문제의식은 정통성의 문제나 제도권 불교에 대해서 매우 냉소적인 태도와 부정적인 인식이었다는 것을 알 수 있게 한다.28) 그리고 일부 승려 지도자 등을 제외한 일반 승려, 대중들은 천대와 억압을 받고 있을 뿐이라면서 이런 상황에서 종승의 의미는 무용한 것이라고 하였던 것이다.29)

진묵은 그가 살고 있던 당대의 현실 문제에 불교가 나아가야 할 방향 제시가 민중들의 고통스런 삶 속에서 찾아 그들에게 집중되어야 하고 조선조에서 팔천(八賤)으로 전락한 승려 신분이라고 해도 질곡과 현세적 모순에 고통스러워하는 민중들에게 지대한 관심을 가져야 한다는 것이 수도자의 의무라고 보았던 것이다. 당시의 승려들이 나름대로 수도자로서의 자세와 현실인식을 다소 견지하고 있다고 하지만 수도하는 방법이나 현실과의 괴리를 그대로 드러내놓은 채 문제의식을 갖지 못하고 현실과 동떨어진 삶을 살았다. 그런 와중에서도 몇 몇 종교 지도자들은 억불숭유의 굴레에서 벗어나기 위한 다양한 방법을 강구하고

---

27) 疊足加趺而坐召謂弟子曰吾將逝矣恣汝所問弟子曰和尙百歲後宗乘嗣誰師默然良久曰何宗乘之有弟子再乞垂示師不得已而言曰名利僧也且屬靜老長邃怡然順寂世壽七十二法臘五十二卽癸酉十月二十八日也.

28) 정의행, 앞의 책, p.333.

29) 정의행, 앞의 책, p.334.

시도하기도 하였다. 진묵보다 앞서 살았던 휴정이 대표적인 승려이다. 그는 유·불·도(儒·佛·道) 삼교의 근원은 하나라고 주장하면서 삼교회통(三敎會通)을 강조하기도 하였다.

조선조 사회가 유교적 이념을 바탕으로 하는 지배체제임을 감안할 때, 휴정의 절충주의는 억불숭유정책이라는 기본적인 갈등과 대립을 내포하고 있는 상황에서 지배계층과 대립각을 세우면서 불교의 명맥을 유지하기 매우 힘든 상황 아래 달리 어떤 방법도 좋은 대안이 될 수 없었다. 그의 인식은 미봉책으로나마 삼교회통의 주창을 내세워 불교의 명맥을 유지하기 위한 자구책일 따름이었다. 삼교회통의 유교, 불교, 도교가 내용면에서 '마음'을 중심으로 모든 교리가 전개된다는 것을 부각시켜 모든 학문이 불교의 중심 개념인 '마음心'으로 귀일한다는 것을 여유있게 설명하고 있다.30) 선종과 교종을 통합하고 선과 염불을 통합한 사상을 언급하고 있다. 당시 휴정과 유정의 현실 참여가 외침으로 인한 호국에 그 의의를 둔다면, 진묵과 같은 승려는 그러한 상황 속에서 고통을 겪는 민중들의 직접적인 삶에 관심을 두고 있었다. 이를테면 휴정 등의 현실 참여가 위정자들과의 이해관계에서 비롯된 호국에서 그 의미를 찾자고 한다면, 진묵의 현실 참여는 민중들의 삶과 직접적인 관련을 맺고 생활불교로서의 의의가 있다고 하겠다. 따라서 종승의 승계 문제에 있어서 휴정의 맥을 대라고 한 부분은 명리승이지만 그래도 휴정을 대덕고승으로서의 존재를 인정하고 있는 처지였다. 그렇지만 현실인식에서만큼 그와의 일정한 거리를 두고 있음을 시사하고 있다 하겠다. 진묵의 면모는 그의 게송을 통해 확연하게 엿볼 수 있다.

---

30) 원광대학교 원불교사상 연구원, 유불도 삼교의 교섭, 원광사, 1992, p.80.

하늘을 이불로 땅을 잠자리로 삼고 산을 베개로 삼아
달을 촛불로 구름을 병풍삼아 바다를 술동이를 만들어
거나하게 취해 아무 거리낌없이 벌떡 일어나 춤을 추니
도리어 긴 소매자락이 곤륜산에 걸릴까 괜한 걱정이 든다.[31]

그의 대풍적인 면모와 기질이 유감없이 발휘된 선시라고 할 수 있다. 유유자적하고 무위자연한 사상적 일단을 보여주고 있기도 하다. 세간의 모진 번뇌와 고통으로부터 이를 초월하여 달관의 경지에서의 오유(敖遊)가 돋보이기도 하다.

또 다른 게송을 보면 관념적 불교의 한계를 꼬집기도 하고 소승불교의 아라한의 행태를 비판하며 종교적 실천의 중요성을 설파하고 있는 내용이다. 정작 종교가 민초들에게 어떻게 반응하고 실천해야 할 것인가의 진정한 고민이 있어야 되는데 십육라한(十六羅漢)과 아라한의 깨달음을 얻고자 하는 승려들에게 민초들이 어렵게 경작해놓은 쌀밥이나 축내면서 민중의 고통을 외면하는 어리석음을 벗어나라고 일갈하는 것이다. 농민들이 지은 밥 얻어먹으면서 산문에 안일무사한 자야말로 부처의 진정한 뜻을 외면하고 있다고 본 것이다.

또한 진묵이 사미승과 시냇물을 건너다가 사미승의 신통력으로 얕은 물속인줄 알고 들어갔다가 깊은 물속임을 알고 난처한 상황에 이르자 그를 경계하는 일화이다.[32] 사미승의 신통력은 단지 남을 곤경에 빠뜨리는 일이나 남을 하릴없이 조롱하는 소일거리를 쓰고 있다. 이런 사미승의 행태를 꾸짖고 상구보리 하화중생(下化衆生)하는 수도자의 삶을

---

31) 선시의 원문은 앞에 주석을 참고할 것.
32) 師嘗於途中獨行遇一沙彌與之同行至樂水川邊沙彌啓曰小僧先渡測其淺深遂露足輕輕而
　 涉師將屬之身淹水中沙彌徑來扶出始知見戱於羅漢

살아가라고 충고해주고 있다. 진정으로 수도하는 자의 모습은 부처가 되는 것도 중요하지만 가난과 억압의 고통에서 얽매여 시름하고 이는 중생들의 구제와 교화를 원칙으로 하자는 것이다. 중생들의 잿밥이나 탐하고 그들을 괴롭히는 일만 하지 말고 오직 중생의 교화를 통하여 백성에게 자비를 베풀어 부처의 참모습을 시현해야 한다는 설파이다.

진묵의 상구보리 하화중생을 몸소 실천하는 수도자로서 다른 승려들의 삶과 판이하게 다른 면을 볼 수 있다. 늙은 어머니를 봉양하기 위해 자기가 사는 암자 가까이 모셔두고 지극정성을 다하는가 하면, 어머니가 돌아가시자 손수 제문까지 지어 애도의 정을 다하였다는 기록은 그의 또 다른 면모를 보게 해준다.

> 열 달 동안 태중의 은혜를 무엇으로 갚겠습니까? 슬하에서 삼년 동안 길러주신 은혜를 잊을 수가 없습니다. 만세 위에 다시 만세를 더하여도 어머니의 수명은 왜 그리 짧기만 합니까? 표주박을 들고 길거리에서 탁발시주하는 이 못난 중은 이미 말할 것도 없거니와 비녀를 꽂고 안방에 있는 아직 시집가지 못한 누이동생이 어찌 슬프지 않겠습니까? 단에 올라 불공을 드리고 단에 내려와 불공을 마치고 난 뒤 제각기 승려들은 제방으로 들어가고 앞산뒷산 꽉 막혀 답답하니, 영령은 어디로 떠났습니까. 아! 애닯기만 합니다.[33]

일반 사람이 승려가 되면 속세와 인연을 끊어야 한다는 것이 출가의 의미임은 널리 알려진 주지의 사실이다. 그러나 진묵은 어머니를 가까이 모시고 수도 생활을 하였는가 하면, 죽은 어머니를 위해 제문을 짓기도 하였다. 그리고 유양산에 장사를 지내고 천년향화지지(千年香火之地)라 하여 매년 일반 사람들에게 성묘를 하게 만들었다. 구속과 굴

---

33) 이일영, ≪진묵대사소전≫, pp.47~48.

레를 벗어난 승려로서 이런 불기적 태도와 삶의 의미가 일반 대중에게
어떻게 수용될지는 짐작하고도 남는다. 불교와 불교 이외의 것들과의
구분과 경계를 짓지 않고 자연스럽게 넘나들며 이타적인 행위 자체가
많은 사람들로부터 추앙이 될 수 있는 여지가 충분히 갖춰 있지만 그렇
다고 모두가 인물전기의 요소로만 강조될 수 있을 텐데, 승려 진묵은
전혀 다른 기사이적을 행사한 기록으로 그의 전기가 기술되어 있다. 고
승열전이나 승전 체제에서 크게 벗어나지 않았지만 여느 승려들보다
기사이적이 많이 기술되고 있는 면에서 보면 이미 실재된 역사 읽기 이
전에 이미 허구의 실재화도 병행했으리란 추측도 가능하게 만든다. 그
만큼 진묵의 행위는 민중들의 삶과 밀접하게 연결된 나머지 당대의 질
곡과 부조리에 비춰볼 때, 그에 관한 설화화의 요소가 매우 강한 에피
소드나 일화들이다. 진묵의 기이한 삶의 방식이 민중들의 삶의 질곡과
연결고리를 형성하고 있는 것은 그의 행위가 기사이적이란 것이 아니
라 민중들의 의식과 소망이 절대적으로 투영된 결과라고 보면 틀림이
없을 것이다. 결과적으로 진묵설화는 당대의 민중들이 체험하고 상상
했던 공간의 연행현장이면서 불교설화적 홍법이나 홍교와도 관련을 맺
는 민중불교, 즉 대중불교 신성성이나 숭고함을 지나친 관념성이나 형
이상적 태도에서 탐색되는 것이 아니라 바로 민중들과 함께 호흡하는
현장에서 그 거룩함을 찾고 증명하려 했던 것이다. 억불숭유의 시대상
에서 이미 드러내놓고 있듯이 완벽한 이상세계를 구현하려는 것이 관
념적 세계에서나 가능한 일이다. 억불숭유 시대상에 반영된 모순과 부
조리 폐단 등이 지배와 피지배계층과의 갈등 선상에서 민중들의 건강
한 의식이 적층화되는 과정이나 그 한 지점이 현실세계를 이해하고 수
용하며 질책하는 그 연장선상에 진묵설화의 실체가 자리하고 있다하겠

다. 그러므로 진묵은 설화적 인물이기도 하지만 실존 인물이기도 하며
역사적 인물이기도 하면서 민중의식이 투영된 불교적 인물이기도 하며
민중적 인물이기도 하다.

3. 진묵설화 향유계층과 전승 현장

진묵설화가 승려나 일반 민중집단에 의해 지역적인 경계로 해서 확
산되는 양상을 보이는 까닭이 향유 계층의 성격과 지배계층과 피지배
계층의 갈등 요인, 사회의 제반 구조의 모순과 불합리한 현상들이 교직
된 결과물이라고 해도 과언이 아니다. 민중들의 삶의 방식과 당대의 대
립과 갈등 혹은 민중들이 세상을 읽어내는 창의 역할과 기능을 한다.
진묵설화도 구비전승되는 문학으로 흥미적인 요소와 주제의식의 특질
이 적절하게 구체화되어 이야기로 거듭난다. 이런 이야기가 향유계층
에 의해 구비전승되는 현장에서 얼마든지 만들어지고 성장하며 거듭해
서 변개(變改)와 첨삭(添削)이 자유자재로 일어나기도 한다. 따라서 설
화문학이 구연 현장에서 생명력을 지닌 구조물이라는 사실을 주지해야
한다. 즉 설화가 수용자들의 이해관계에 따라 탄생, 성장, 퇴화, 진화,
소멸의 과정을 겪고 있는 것이다. 진묵을 소재로 한 문학이 발생할 수
밖에 없는 생태적 환경에서 모든 것들이 설화문학적 수용을 할 수 있는
지는 의문이 들지만 조선조의 시대상과 매우 밀접한 관련양상을 갖고
전승되었다는 사실과 그 이후 오늘날까지 진묵설화가 계속해서 전승되
었다는 점은 현실세계의 모순과 부조리에 대한 민중들의 인식작용을
드러내어 향유하고 있다는 게 당연하다 하겠다. 진묵설화는 현장성이
매우 강한 문학이다. 진묵대사가 운수행각하거나 주석을 했던 지역 공

간을 무대로 강한 전승력을 보여주고 있으며 더 나아가 그런 곳마다 사
찰과 암자가 있고 그곳을 드나들던 승려나 신불자(信佛者)들에 의해 신
이하고 기이한 일들을 서슴없이 보여주고 있다는 믿음을 자연스럽게
형성하고 있고 확대 재생산되어 퍼져나가기도 했다.

　진묵설화는 여느 설화와 마찬가지로 어느 지역이든 민중이 있는 곳
이라면 연행되었고, 언제든지 연행될 수 있었다. 전북 지역을 운수행각
하거나 주석을 했던 승려 계층에서는 진묵의 기사이적을 한 두 편 정도
는 익히 알고 있을 것으로 짐작된다. 진묵대사가 머물던 사찰이나 암자
인근의 주민들은 그의 관한 신이한 능력이나 행동을 현대 사회의 과학
적 사고에 경도된 나머지 꼭 전제를 달아 '오늘날처럼 대명천지에는 황
당한 얘기에 불과하지만 당시 진묵설화를 들었던 시절에는 진실로 믿
어왔다'는 점을 강조하고 있다. 그 이유는 농업을 기반으로 한 산업에
서 신화, 전설, 민담의 질서를 적극적으로 수용하고 향유한 상황이었지
만 요즘처럼 현대 물질문명의 사회에서는 과학적 사고에 익숙한 환경
이라서 믿기지 못할 부분이 많다는 인식이다. 그렇지만 진묵의 실제 행
위가 존재했다거나 존재하지 않은 괴탄지설(怪誕之說)에 불과하더라도
이야기 문학에서는 그리 중요한 사항이 아니라고 본다. 신화적 세계와
그 질서 속에서 배태된 산문이나 시문학 속에서 다양한 의미층위를 통
해 향유자들의 의식세계와 현실인식이 보다 중요한 의미층위로 자리매
김 되기 때문이다. 진묵설화의 전승범위만 하더라도 지역적 설화에서
자꾸 확장되어 전국적인 지리적 분포를 얼마든지 확장될 수 있다는 것
을 염두에 두어야 할 것이다. 진묵 설화의 발생과 그 연원이 이 지역에
서 출발했더라도 민중들의 사고와 인식기반에 진묵설화가 충분한 개연
성과 흥미성, 주제적 의미성을 갖는 일이라면 전이와 변이와 첨삭이 얼

마든지 열려있기 때문이다.

역사적인 실존 인물들이 문학 속에서 얼마든지 서사화되고 사건화되는 양상은 그가 역사적 실제 속에서 당대인들의 의식과 그 인식여하에 따라 얼마만큼 비중을 갖고 있었느냐의 여부에 달려 있다. 이에 따라 진묵설화도 이 지역을 기반으로 해서 적극적인 구술과 연행이 가능해지는 것이다. 이를테면 진묵대사가 당대의 생활인에게 시대적 고통과 그들의 아픔, 이해와 요구를 적절하게 투영시킨 인물이라는 처지에서 그 의미가 있다는 점이다. 그만큼 당대의 생활 속에 그들과 접촉이 많고 피부에 와 닿는 빈번한 교류 속에서 인물설화의 연행이 적극성을 띨 수밖에 없었던 것은 자명한 일이다. 왜냐하면 당대의 역사적 인물이라고 하더라도 무턱대고 서사화되지 않기 때문이다. 진묵은 적어도 고통받는 민중들의 삶 속에서 그들의 소망의식을 일궈 낼 수 있는 고독한 존재자였다는 사실이다. 민중들의 삶의 역사가 그들이 지향했던 삶과는 동떨어질 때, 다양한 의식과 행동이 어떤 상황 아래에서도 나타날 수 있다. 허균의 호민론(豪民論)34)에서 설파하고 있듯이 지배자에 대한 불평하다 마는 항민(恒民)일 수도 있고 위정자들의 잘못된 행태에 대해 끊임없는 불평은 물론 협박과 폭력에도 저항하는 원민(怨民)일 수도 있고 항민과 원민을 부추겨 목적하는 바를 성취하는 호민(豪民)일 수도 있다. 아니면 그런 유의 백성과는 무관하게 신세모순을 한탄하며 유리걸식(遊離乞食)할 수도 있고, 속세를 등져버리고 화전민이나 강유벽오(江遊僻敖)하는 부랑자일 수도 있는 것이다. 그런데 당대의 질서 속에서 부랑민이든 아니면 천민 집단이든 농민집단이든 그들의 삶 속에 고통과 불안이 나타나게 될 때에는 현실적인 문제의식을 갖고 있으

---

34) 이익성, 허균, 한길사, 1992, pp.32-34.

면서 엄연한 계급적 질서에 순응하면서 다른 방도를 찾기란 거의 불가능하다고 보아야 할 것이다. 그렇다보니 피지배계층은 그 해결책이나 돌파구를 찾지 못하고 도리어 지배계층의 감시와 채찍이 가일층 강화되는 그 언저리에 진묵의 기사이적(奇事異蹟)을 포양(襃揚)하며 적극적인 향유와 확장이 가능해졌을 것으로 짐작된다. 어렵고 힘든 삶을 살아가는 당대인들의 문제의식 속에 포악하고 혹독한 지배층의 그릇된 행위들을 피지배계층들이 의기소침하게 방관하거나 외면할 리 없을 것이다. 피지배계층은 현실적 고통을 더욱 감내하면서 자기들의 삶의 한복판에 진묵의 기사이적이 소통되길 간절하게 바라는 민중들의 의식이 직접 반영된 결과로 진묵의 기사이적은 적극적인 구연현장에서 연행되었던 것이다.

신화, 전설, 민담으로 분류되는 설화의 준거틀을 자아와 세계의 대립과 갈등[35], 상호작용 속에서 우위의 유무를 통해 설명해 보면 진묵설화는 민담적 성격이 강한 설화들이 대부분이고 그 가운데 증거물을 토대로 한 전설이 몇 편 있기도 하다. 진묵설화가 어떤 측면에서 보면 더욱 신화적인 요소도 더러 목격되기도 하는가 하면, 한 인물의 영웅적 모습이 신이한 체험과 아울러 신화적 세계로 설화화하기도 하였다. 예를 들면 〈진묵대사 탄생담〉은 여러 고승들의 탄생담과 중복되거나 전대의 고승들의 탄생담을 그대로 차용하기도 한다. 고려시대 도참사상과 고려조에 국사를 지낸 영암 출신의 도선국사의 탄생담[36]과 진묵대

---

35) 조동일, 한국소설의 이론, 지식산업사, 1977, pp.104-136.
36) 정명기 편, ≪한국야담자료집성≫9, 〈학산담수〉
    (新羅人崔氏 園中有苽長尺餘一家頗異之 崔氏潛摘食之, 歆然有娠彌月生子.…以下省略…)
    범해 찬, 김윤세 옮김, ≪동사열전≫-도선국사 편, 광제원, 1991, p.46.
    (그의 어머니 최씨가 처녀 시절 어느 해 겨울, 우물 속의 오이를 먹고 잉태하여

사의 탄생담이 서사전개면에서 동일한 모티프를 띠고 있다는 점이다. 도선국사의 어머니는 처녀 시절에 빨래감을 머리에 이고 앞개울에서 빨래를 하다가 떠내려 오는 오이를 먹고서 그 뒤로 도선을 임신하게 되었다는 것이고, 진묵대사의 어머니는 빨래를 하다가 떠내려 오는 천도복숭아를 먹고서 잉태를 하게 되는데, 이 둘의 출생담의 공통적인 화소가 이물교류(異物交流)이다. 하지만, 그것은 가문과 출생지 및 출신 신분이 불분명한 사람과의 교접양상이 신화적 질서 속에서 상징화된 텍스트 코드임을 짐작할 수 있으며 여러 영웅들의 탄생담과 궤를 같이한다. 그리고 동일한 탄생 모티프라 하더라도 어느 한 인물에 국한하여 전승되거나 고착되지 않고 언제든지 한 인물에 걸맞게 재구되면서 변개과정을 가쳐 적극적인 구연성(口演性)을 보여주고 있다는 점이다.

진묵설화가 어느 집단이나 계층에서도 역사적인 인물로서 실제이지만 그것이 민중집단에서나 승려 집단에서 인식하는 관점과 상황에 따라 얼마든지 달리 향유할 수 있겠으나 전반적으로는 계층에 관계없이 동일한 주제적 의미를 표방하고 있다. 다만 승려 계층에서는 그들의 삶의 방식에 입각해서 진묵을 역사적 실제로 인식하고 구전되거나 문헌을 통해 인식하고 있고, 그에 비해 일반 백성들은 진묵설화는 진묵이란 역사적 인물이란 점을 주지하고 있어도, 전설 이야기처럼 설화로 구전되고 있는 상황에서도 역사적 인물이라는 점에 덧대어 지역 민중들의 의식이 투영된 종교적 이야기의 장본인이면서 민중들에게는 간절한 현실 타개의 메시아와 같은 존재이기도 하다.

낳았으므로 아버지가 없어서 어머니의 성씨를 따랐다. 그의 어머니는 도선을 낳은 뒤 아버지 없이 태어난 아이라 주위 사람들의 이목이 두려웠던지 숲 속에 버렸는데 수많은 비둘기들이 몰려들어 젖을 먹여주므로 신기하게 여겨 다시 데려다 길렀다. 그래서 아기 이름을 '비둘기 숲'이란 뜻의 구림이라 불렀다.)

이를테면 진묵과 관련된 이야기들의 제보자들은37) 그들의 세계관에 입각해서 그가 신승으로 각인되어 있고, 그의 기사이적(奇事異蹟)이 그가 주석하고 있는 인근의 민중들에게 그들의 염원을 반영한 구세주이거나 원조자 성격이 매우 강하게 투영되어 있다.

예를 들면, '봉서사의 진묵당에서 자시만 되면 나한들의 목탁치는 소리가 들린다.'(법원), '봉서사의 진묵의 부도가 해마다 자라고 있다.'(법원), '정수사의 옛 절터에 쌀 나오는 구멍이 있어서 중승들이 굶지 않고 살았는데, 지금 나물 캐러 가서 보면 흔적만 남아있다.'(김홍진), '수황사의 뒤편에 쌀 나오는 구멍이 있었다.'(법원 · 김용길), '봉곡들의 수맥이를 하여 물이 흐르지 않았다.'(김광현 · 김용길), '진묵대사는 항상 자를 갖고 다녔고 갑옷을 입고 다녔다.'(김홍진) 등과 같이 민중들의 현실적인 문제와 매우 직결되어 있다는 것을 알 수 있다.

진묵설화는 향유자들의 의식세계와 당대적 이념의 모순적 행태 사이

---

37) 제보자들을 무작위로 정리하면 아래와 같다.

　정세문(남)농업, 무종교, 순창군 구림면, 91년 12월. 김용길(남) 농업, 불교, 김제군 금산면, 92년 2월

　김홍진(남)농업, 불교, 완주군 상관면,92년 2월. 이인순(여, 71세) 불교, 완주군 구이면, 92년 3월.

　이연순(여, 72세) 불교, 완주군 구이면, 92년 3월. 법원 (남, 33세), 승려, 불교, 완주군 용진면, 91년 11월.

　호산(남 ?) 승려, 불교, 완주군 용진면, 92년 3월. 동방(남?), 승려, 불교, 익산군 춘포면, 92년 3월.

　김광현(남, 58세) 농업, 무종교, 완주군 용진면, 91년 11월. 추복룡(남, 85세), 무직, 무종교, 전주시 동완산동, 92년 3월

　유동석(남 75세), 무직, 무종교, 전주시 동서학동, 92년 10월. 김갑례(여 79세), 무녀, 민간신앙, 완주군 상관면, 92년 10월

　윤보살(여, 90세), 무녀, 불교, 익산군 춘포면, 92년 3월. 김판님(여 75세), 농업, 불교, 완주군 봉동읍, 91년 11월

　최규선(여 70세), 농업, 불교, 완주군 용진면, 91년 11월.

에서 발양되고 육성된 생명체라고 볼 수 있다. 경직된 사회 구조 속에서 지배층의 억지와 강요를 빙자한 폭력적 행태는 민중들에게 주는 고통이 보통 사람들에게는 상상을 초월할 수도 있다는 이야기이기도 하다. 진묵설화를 향유하는 수용자들의 신앙과 인식방법, 관점에 따라 상이한 양상을 보이고 있는데, 이런 현상은 인정기술(人定記述)이 된 인물과 그 신분에서 비롯된다. 승려 집단에서는 인정기술이 불교적 이념을 구현하는 실제적 존재로 인식하고 파악하는 것은 당연한 일이라 하겠다. 그렇지만 그런 인물이 인정기술의 대상이 되는 것은 종교적 이념의 구심체로 작용하기 때문에 인정기술의 대상을 중심으로 하는 승려 집단이나 민중 집단에서는 향유하고자 하는 현실태(現實態)에 의해 그 의미 층위가 다양하게 투영되어 적층되어지게 마련이다.

억불숭유의 조선조로부터 지금에 이르기까지 〈진묵설화〉 전승은 시대마다 민중의 삶의 이해와 요구에 일정하게 부응하여 역동적인 설화력을 가지고 다양한 변이양상으로 표출되었다. 승려 집단에서는 종교적 방편으로서 전승력이 강한 반면, 민중 집단에서는 일상적인 사건이 아닌 흥미있는 이야기로써 관심을 가지고 있을 뿐만 아니라 그들의 의식적 투영까지 고려된 적극적인 전승으로서 문학의 본질적인 요소를 고스란히 유지하고 있었던 것이다. 진묵이라는 인물이 역사적으로 실재한 인물이라고 하더라도 설화의 세계에 편입되어 있는 이상 단순히 역사적 인물에만 초점화(焦點化)되는 것이 아니다. 실제하든 실제하지 않든 종교적 성향과 오호관계(惡好關係)에 따라 신뢰도의 후박(厚薄)은 당연히 나타나는 것이고, 단순히 이야기로만 향유하고자 하여도 과학적 사고나 합리적 사고를 통해 재단할 수 있는 것도 아니다. 문제는 그러한 현상에 의해 설화의 전승범위가 활발하였던 지역일수록 실제적 성향이 강하다는 점이다.

설화가 민중들에 구비전승되어질 때, 당대의 현실에 비추어 허황된 이야기가 구술되더라도 민중에게는 이야기가 주는 진실이 있는 것이다. 그래서 민중들은 이야기를 통해 그들의 사상이나 정서를 표출하는 것이다. 게다가 그들의 희망사항이나 원망의식을 투영시켜 놓고 있는 것이다. 이러한 과정은 설화의 세계에서는 보편적이고 당연한 현상이라고 하겠다. 따라서 설화를 통해 불교의 교리, 교의, 포교 등에 관련된 것들이 이야기되고 전승되어지는 이유도 흥미성과 교훈성의 문학적 본질과 일맥상통하겠지만 난해하고 형이상학적인 세계에 대한 구체화된 이해 과정을 소통시킬 수 있는 수단과 방편으로 설화만한 것도 없을 것이다. 왜냐하면 무수한 사람들과 다양한 집단의 이해와 정직한 소통을 위해서는 그들의 의식세계는 물론 현실에 대한 인식, 직업에 따른 세계 인식, 문화적 향유 의식 등 어느 하나 작용하지 않는 것이 없기 때문이다.

복합적이고 다양하게 작용하는 인물 계층과 직업 계층에 따라 그들이 수용하는 자세와 태도는 천차만별이고 그들을 하나의 주제로 이해시키기 위해 구사하는 방편이 한결같이 동일한 논리와 어법과 담론으로 구사되어진다면 소통은 더 이상 무의미하게 되고 말 것이다.

이를테면 동일한 주제와 의미를 직업 계층에 따라 설파하는 형식과 내용이 다기다능(多技多能)하다는 경우의 상정도 가능하다는 것이다. 농부에게는 농부에 맞는 설법, 장인에게는 장인에게 맞는 설법, 관료에게는 관료에 맞는 설법이 제각각 존재한다는 것일 수도 있지만 그렇다고 대부분 그런 것만도 아니다. 왜냐하면 인류의 보편적 인식 틀을 공유하고 있는 마당에 전혀 당치도 않는 특수한 상황은 지극히 제한적이라고 볼 수 있기 때문이다. 더군다나 문화 인식의 공통분모적 인식과 사유에 의해 어느 정도 소통이 원활하게 이루어질 수 있기 때문이다.

일반적인 설화이든 종교 설화이든 이들 관계는 개별적 작품군에서 얼마든지 상호 작용이 가능하다. 그 바탕 위에 일반적인 설화에다 종교적 색채를 가미하는 경우도 있다. 그와는 달리 종교적 색채를 완전히 탈피해서 세속에 널리 퍼져있는 이야기의 모티브와 구조를 차용해서 세속화되거나 구비전승되는데, 아무튼 전이와 변이가 일어날 수 있는 환경과 그 개연성은 설화의 세계에서는 매우 높다 하겠다. 그 자양분은 대개 현실적 모순과 부조리라고 하겠는데, 이를테면 진묵대사가 주석하던 곳이나 그 주변에 많은 농토가 있고, 그 농토를 둘러싼 많은 문제 양상들이 알게 모르게 갈등을 빚어 왔다는 점을 상기시키기도 한다. 봉곡 김동준과의 도력 싸움과 시합에서 유교와 불교의 표면적 갈등을 앞세우고 있다. 그와는 달리 당시 중심 농업사회와 그 구조적 틀 속에서 지배자와 피지배자의 관계, 신분에 따른 계제적 질서가 엄존하고 있었지만, 그런 속에서도 농민들은 지역사회의 지배세력이자 중심세력이라고 할 수 있는 봉곡 김동준과 대척점에 설 수 있는 인물을 진묵대사로 보았을 뿐만 아니라, 그를 통해서 민중들의 삶의 내면의식을 투영시켜서 대리만족을 충족시켜왔던 점도 없지 않다.

더군다나 불교 인물 설화를 상정해서 더욱 더 적극적으로 설화적 모티브를 확대 생산하여 각편(version)을 양산하고 신앙행위의 엄숙성과 숭고성까지 확산되어 승화되는 것을 보면, 불교 세계를 표방하고 있는 승려라 할지라도 설화를 향유하는 계층에서는 종교적 신성성과 숭고성 그 이외에도 민중의 삶과 결부된 원망의식과 이상적 추구가 다양한 의미층위를 형성하여 이야기 문학으로 전승되었다. 유교적 질서가 명분과 실리 면에서 중심적인 역할을 하고 그에 따른 공맹사상이 사회 전체를 압도하던 시대이니 만큼 그야말로 유교 지상주의가 절대적인 힘을 행사하던 시대였다. 물론 조선 중기 이후 유교적 이데올로기가 시대적 상황에 따라 느슨해지거나 권력과 우호적 관계를 유지해오면서 지배계층의 타락 양상이 얽히면서 많은 사회적 부작용을 낳게 되는 결과도 적지 않았다.

현실적 부작용과 백성들의 고통과 질곡을 달래거나 치유해줄 인적 물적 토대가 실제로 주어져야 하지만 그렇지 못한 상황에서 백성들은 그들의 뜻을 이해하고 아픔과 고통을 어루만져주는 진묵이라는 승려에 대해 보다 긴밀해지고 적극적인 관심을 갖고 자연스럽게 이해하지 않을 수 없게 되었다. 그 결과, 불교 승려인 진묵의 업적이 부각되거나 은연 중 민중들 사이에 회자되고 적극적인 전승양상을 보이며 향유되어졌던 것이다. 그리고 이야기를 향유하고 있는 저변에는 민중들의 현실에 대한 불만과 현세의 고통과 질곡과 부조리와 불가분의 관계를 맺고 있는 것도 사실이다. 이런 점을 감안할 때, 진묵이란 인물은 민중의 아픔과 고통을 치유해줄 메시아라고 여겼던 것이라 믿어진다.

설화가 민중들에 의해 구비전승될 때, 당대의 현실을 비춰 허황된 이야기가 전승되더라도 그들에게는 이야기가 주는 흥미와 진실성이 있게 마련이다. 그래서 민중들은 이야기를 통해 그들의 사상이나 정서를 표출하는 것은 당연하다 하겠다. 설화를 통해 불교의 교의, 포교 등을 쉽게 받아들여지도록 하는 방편으로 삼는 경우와 이것이 불교적 인물이라 하더라도 그 이상의 의미층위를 갖고 형상화된다. 고승 진묵도 예외는 아니다. 다른 여느 고승대덕처럼 지역적 기반을 갖고 적극적인 연행성을 띠게 된다. 어찌 되었든 진묵설화는 수용자들이 실제 인물인 진묵을 문학적 상상력과 종교적인 신이성, 당대의 현실 인식과 결부되어 향유된 설화 문학의 실체이기도 하다.

승려 집단이나 민중들에게 진묵이라는 인물이 불교적 세계와 세속적 세계에서 널리 지명도를 확보했다하더라도 모두가 설화화가 진행되는 것이 아니다. 그런 점에 비춰 볼 때, 진묵은 전북 지역을 중심으로 활발한 전승이 이루어졌고 지금까지도 많은 이야기가 확대 재생산되는 과정을 연구 조사를 통해 확인해왔고 앞으로도 나름대로 다양하고 새로운 의미층위로 확대될 개연성을 갖고 있기도 하다. 더군다나 고승 진묵은 불교의 샤머니즘 요소, 민간신앙의 다양한 신앙행태가 습합되어 있는 현장에서 당대 민중들의 관심사와 희망 의식과 부합되어 더욱 가치를 지니는 존재로 남게 될 것이다. 다시 말하면 김용옥의 샤머니즘 요소는 종교의 원시태가 아니라 근본태38)라는 것을 상기해 볼 때, 종교적 인물과 종교적 행태와 사회적 기층 질서에서 본질적인 인식 사유의 방편으로 적극적인 의미를 띠게 마련이다. 따라서 종교 신화적, 초이성적, 초합리적, 샤머니즘적 성격은 대중들의 신앙행태에 직접적인 영향을 미쳐 기이하고 영험한 행적을 좋아하고 추구하게 만들었다39)고 생각한다. 불교 종단의 대중적 흐름을 체관·의천·보조 지눌·태고 보우·함허 기화(諦觀·義天·普照知訥·太古普愚·涵虛己和)로 이어지는 정통성과 주술적이며 신이적 요소를 강조하는 도선·묘청·편조·무학자초(道詵·妙淸·遍照·無學自超)의 두 갈래로 나뉘어져 있다. 후자의 흐름이 무엇보다도 신비적(神秘的)이고 주술적(呪術的)이며 현세구복(現世求福)의 추구라는 집권층이나 민중의 현실적 이해와 결부

---

38) 김용옥, 나는 불교를 이렇게 생각한다. 통나무, 1989, p.63.
39) 홍윤식, 불교문학 연구입문(산문, 민속편), 동화출판사, 1991, p.63.

되기 때문이다.[40] 이런 고찰을 헤아려볼 때, 고승 진묵은 당연히 후자에 속하는 인물임에는 틀림이 없다.

본래 고승대덕인 진묵은 불교적 취의에 입각해서 신이한 행적을 유감없이 발휘하는 인물이라고 보면 불교 설화이기도 하지만, 한편으로 보면 전북 지역의 민중들이 적극적으로 향유하고 그들의 원망의식(願望意識)을 투영시킨 당사자이며, 그걸 토대로 그들의 의식을 유감없이 드러내놓고 있는 측면을 헤아려보면 확실히 민중설화이다. 따라서 불교적 관점에 초점을 맞추면 불교설화의 요체(要諦)와 그 양상을 고구해 볼 수 있기도 하고 민중적 관점에서 보면 당대의 현실인식과 사회적 약자가 겪게 되는 고통과 사회적 질곡(桎梏)을 풍자하거나 세태를 비판하는 측면도 적지 않게 확인되기도 한다.

왕권을 기반으로 한 봉건적 질서 속에서 출생하여 한 시대를 풍미하고 산업화를 거쳐 오늘에 이르기까지 그에 대한 이야기들은 종교적 신성성과 민중불교의 구체적 실천을, 농업적 기반으로 형성된 국가의 질곡과 부조리를 다양하게 반영하고 있는 역사적 인물이라는 점을 간과해서는 안 된다고 본다. 이야기 문학이 갖는 의미층위도 이러한 점에 초점을 맞춰 고찰하고 심층적 주제를 탐색해 나갈 것이다.

진묵설화에 나타난 종교적 대립, 갈등이나 친화는 당시 상황에서 민중들이 겪어야 하는 인식의 틀을 구체적이고 실질적인 궤적을 남긴 고승인 진묵의 삶과 그의 사상 철학에 부합되어 다양한 이야기들로 연행된다. 그 속에 비친 고승은 종교적인 장애나 유불간의 갈등과 대립과 친화를 내면화하고 그걸 바탕으로 초월적 삶을 살기도 하고 그 실천적(實踐的) 보시행(布施行)을 성속간(聖俗間)에 활발하게 펼친 박애주의

---

40) 황선명, 前揭書, pp.137-138.

자(博愛主義者)이다. 그의 휴머니즘이 설화 양식으로 다양하게 구비전
승(口碑傳承)되고 있는 작품들은 얼마든지 설화적 모티프와 에피소드
로 활발하게 꾸려진다.

조선 중기 당시를 풍미했던 서산대사나 사명당이 그 나름대로 역사
적 의의와 고승의 탁월한 면모를 두루 이해할 수 있는 형편이 우리나라
승려사와 불교사의 보편적 흐름이었겠지만 한갓 지방을 중심으로 살던
고승인 진묵도 설화적 연행성이 강한 것을 보면 휴정이나 유정 못지않
은 종교적 인물이면서 문화적 영웅이며, 박애주의자이자 고독한 국외
자로서 모습을 보여준다.

설화가 지향하는 바를 앞에서 보았듯이 민중들이 수용하고 향유하는
세계에 견주어서 문헌설화에 정착된 내용이라 할지라도 얼마든지 변개
와 첨삭을 한다는 점이다. 설화가 역사적 현실과 실제를 그들의 인식과
의식에 맞춰 얼마든지 가능하기 때문에 하나의 유기적 생명체라 해도
과언이 아니다. 진묵과 봉곡의 대립적인 양상 표출이 문헌에서는 친화
적인 양상을 띠고 있다. 이들 간의 관계는 다분히 종교적인 신분을 떠
나 방외우로서 교분을 쌓고 교류를 활발하게 유지하고 있다. 그들 간에
는 서로가 필요한 책이라면 빌려주고 빌려 받으며 교류를 지속해왔는
데도 구전 설화는 문헌설화와는 다른 양상을 고스란히 표출하고 전승
되고 있다. 진묵설화가 문헌으로 정착된 시기가 조선후기임을 감안하
면 그럴 만한 개연성을 충분하게 간직하고 있다. 문헌으로 정착된 시기
가 실학이 흥성하던 19세기 초로 초의선사에 의해 이루어진 점을 감안
하면, 당시 구전으로 떠돌던 이야기들을 수집하여 많은 첨삭과 윤색을
거쳐 완성되었다는 점이 인정된다.

따라서 설화 연구는 우선 현지에서 조사되는 자료를 통해 그 의미와

의의를 탐색하는 과정이 중요하다. 현지에서 채록된 자료가 값지다 하더라도 그 나름대로 의의에 만족해서는 안 된다. 구비설화가 더욱 그 의의를 강화하려고 하면 문헌설화와의 관계를 통해 비교 연구도 그 못지않게 중요하다 하겠다. 설화란 과거에서 현재까지의 일률적으로 전해지면서 시간의 흐름에 따라서 점차 변하는 것만이 아니고 역사의 기복에 따라 급속하게 모습을 바꿀 수도 있다는 데 대해 새롭게 관심을 가지면서 설화의 역사와 역사에서의 설화를 함께 다루어야 하겠다.[41]

진묵설화가 구전에서 문헌으로 정착된 시기와 채록, 정리한 사람들의 관심이 부합된 시대적 상황이 다분히 있을 것이다. 진묵대사가 죽은 지 200여 년이 지난 1850년에 중승들 사이에 구전되는 이야기 양상과 속가에 떠도는 일화(逸話)들이 산실(散失)될까 염려되어 문헌에 기록하여 후세에 전하겠다는 바람으로 〈진묵조사유적고(震默祖師遺蹟考)〉를 남긴다고 하였다. 그 기록을 살펴보면 조수삼, 제산 운고거사, 초의선사, 추사 김정희 등에 의해 많은 이야기들이 오고갔음을 알 수 있다. 당시 무관의 말단직책을 갖고 있으면서 시, 서의 담론에 능하여 팔방미인이라고 불렀던 중인 계층인 조수삼이 쓴 진묵대사에 기록 '영당중수기'의 기록 일부를 인용하면 다음과 같다.

> 대개 지인(至人)의 그 진심과 사실은 서로 위배되지 않는 것이다. 그러나 이 몇 가지 일들이 있고 없고 간에 그것이 족히 대사를 가볍게 하거나 무겁게 할 수는 없다. 가만히 생각하건대 마고산인(麻姑山人)의 교회(狡獪)나 보살(菩薩)의 신통은 바로 우리 유자가 서로 귀에다 대고 소곤거릴 만하다. 또 나는 그때 창졸간에 돌아와서 붓을 들 겨를이 없었는데 이제 늙어서 다시 와보니 고노(古老)들은 다 돌아가셨고 용파(龍波)도 또한 서

---

41) 조동일, 앞의 책, p.102.

천으로 돌아간 지 이미 오래 되었다.

이제 그의 법손(法孫) 종암 정우(宗嚴政耦)가 영당을 중수하여 새로 단청을 올리고 나에게 찾아와서 그 사실기를 청하니 아마도 그의 조사가 예전에 말해 준 것인지도 모르겠다. 문자의 인연이란 이렇게도 깊은가 보다. 내가 용파에게 전에 승낙한 것을 감오하고 정우가 능히 계승함을 기쁘게 여겨 마침내 이를 기록하여 대사의 실적을 자세히 적고, 고노들의 전문을 대략 기술하였으니 대사가 지금 계신다 하여도 반드시 내가 연사로 가는 것을 허락할 것이요, 말이 많다는 이유로 돌 속으로 들어가게 하지는 않을 것이다.42)

여기에서 진묵의 일화가 이 당시에도 널리 유포되어 있었음을 알 수 있다. 적어도 지방의 한미한 선비들이나 승려들 사이에는 적지 않은 방외우의 교유가 있었고, 편지 왕래를 통한 교류가 심심찮게 있었음을 알 수 있다. 그런 가운데 진묵의 일화가 회자되면서 신분상의 제약을 초월하여 그들 간의 교유가 잦았듯이 진묵의 행위에 대한 진지한 고민들이 그 당시에도 있었다는 점을 확인할 수 있다. 조선후기에 이르러서도 진묵설화가 민간에 널리 유포되어 있을 뿐만 아니라 지식인계층에도 적지 않게 유포되어 전승되고 있는 것을 확인할 수 있다. 지원 조수삼이 지은 '영당중수기(靈堂重修記)'의 나타나 있는 여러 개의 에피소드의 개략이 여느 문헌과 크게 다를 바는 없다. 이를테면 단순히 나이어린 사미로만 보고 신중단의 봉향 일을 맡겨 놓았더니 나중에 부처인 줄 알고

---

42) 大凡至人之眞心實事, 不相違背, 然, 此數事有無, 不足輕重於大師, 竊恐痲姑狡獪, 菩薩神通, 適爲吾儒之呫嗶也, 且卒卒歸而未暇於筆硯, 爾今余已老而再到, 則故老盡矣, 龍波亦西歸久矣, 其法孫宗嚴政耦, 重修影堂, 新施丹艧, 來請余記其事, 盖不知其祖師, 有成言於昔年也, 文字緣若是, 其深也歟, 余感龍波之宿諾, 喜政耦之克紹, 遂爲之記而詳記大師之實蹟, 略迸古老之傳聞, 使大師今在者必許余赴蓮社, 而不以多言故去入石中也, 歲癸巳十月日, 芝園趙秀三記, ≪震默大師小傳≫

곤욕을 치렀다는 얘기, 이웃하는 선비에게 강목을 빌려 다 읽고 길가에
버렸는데, 나중에 진묵에게 물어보았더니 다 알고 한 글자도 틀리지 않
았다는 얘기, 침식을 거르고 불경 삼매경에 빠졌다는 얘기에다 용파 새
관(龍波 璽寬) 노승에게 들었다는 에피소드를 추가하였다. 바리때를 던
져 비를 내리게 하여 해인사의 화재를 구한 얘기, 소금을 뿌려 눈을 내
리게 하여 사냥꾼의 반찬을 장만하여 도와준 얘기, 불상을 장엄하게 하
여 영원히 개금을 하지 않게 한 얘기, 샘물이 솟아나는 구멍을 돌로 막
아(泉眼穴) 그 누구도 뽑아낼 수 없게 만든 얘기, 민물 고깃국을 먹고
냇가 바위에 걸터 앉아 뒤를 보았더니 항문에서 나온 물고기가 살아서
강물을 유유히 헤엄쳐 다녔다는 얘기 등이 기술되어 있는데, 그 에피소
드에 대한 전모를 지면상 다 싣지 못하고 핵심 제재만 실어서 정리하고
있다. 이로 보아 진묵설화가 어느 시대가 활발하게 전승되고 있었다는
반증이기도 하다. '영당중수기'에 새롭게 나타난 두 편의 에피소드가
전체적인 내용을 싣지 않은 채 나타난 점이 주목이 되기도 한다. 하지
만 그 시대 여러 문헌을 비교 고증하여 그 전말을 밝힐 수 있기도 한데
본고에선 논외로 해 둘 뿐이다.

　유·불·선의 삼교회통(三敎會通)이 일반화되었던 저간의 사정을 감안
할 때, 중인계층인 조수삼이 자취가 '지인(至人), 마고선인(麻姑仙人)'
등의 도교적 색채가 짙은 자유분방한 삶을 구가하고 있다. 이 가운데
전국을 주유하며 진묵대사의 이야기를 듣고 귀에 대고 소곤거릴만한
것으로 보아 매우 고무적인 태도를 보여주고 있고, 진묵에 대한 '기
(記)'를 기술함에 있어서 '돌 속에 들어가게 하지 않을 것이다.'고 강조
한 점으로 미뤄 그에 대한 일화가 멸실되는 것을 수수방관하지 않겠다
는 각오의 피력이다. 또한 '벽오당은 추재의 시고를 편찬하다가 신선인

가, 부처인가? 늙을수록 더욱 호화롭고 활달하다. 88세에 난삼을 입었
으나 그의 뛰어난 시문으로 인하여 다른 방면의 재능이 가리워졌다.'43)
그의 행적이 유가인이었다가, 불교와 도교에 심취되어 있는 자유분방
하고 활달한 자유인이었다. 이렇듯 조수삼이 유교적인 지배 질서의 한
말직의 벼슬을 영위하면서 불자와의 거리낌 없는 교유는 물론 도교와
의 박학한 식견을 가지고 있었다. 따라서 조수삼의 행적만을 보아도 조
선후기 당대의 유교적 질서에 의한 지배이데올로기라 할지라도 굳이
삼교를 구분 짓는다는 것이 무의미하고 부질없기도 하였다.

　초의선사만 하더라도 조선 중기의 진묵대사의 행적에 대해 익히 알고
있었을 것이란 짐작이 간다. 당대 실학자들과 돈독한 우의와 교유를 다
져왔던 장본인인 초의선사가 실학의 영향을 알게 모르게 받은 관계로
실학적 실천을 지닌 승려임에는 분명하다. 그런 그가 진묵에 대해서 전
승되어오던 역사적 실재만 가지고 그의 일대기를 정리하고자 한 것은
아닐 것이다. 실학적 고증이라 할지라도 단순히 문헌이나 유교적 기술
모토인 '괴력난신은 말하지 않는 것'44)을 기술 규범이라고 보지 않았다.
승려 일연의 기술 논리에 입각한 주체의식이나 객관성을 확보하려고 노
력한 점이 없지 않았다. 더군다나 신이한 업적이나 행위가 '황탄지설(荒
誕之說)', '괴탄지설(怪誕之說)', '괴력난신(怪力亂神)'으로 비실재의 역
사로 삭탈된다는 것을 바라지도 않았고, 용인할 수도 없었을 것이다.
따라서 진묵의 탄생이나 성장, 출행, 입적 과정이 괴이하고 황탄하다
할지라도 그냥 외면하거나 배제하지 않고 있다. 초의선사가 금강산을
비롯한 여러 지방의 암자와 사찰을 운수행각하며 수도생활을 하였고,

---

43) 박윤원 외, 조수삼 리상적 작품 선집, 종합인쇄공장, 1965, p.6.
44) 일연, ≪삼국유사≫·〈奇異〉 卷第一 '怪力亂神在所不語'

경향 각지의 명사들과 사귀었으니, 정약용, 김정희, 조수삼 등이 대표적인 사람들이다. 그가 비단 승려신분이라고 하더라도 그에 근간한 다른 이념이나 실체를 배제하지 않았다. 불교, 유교, 도교의 영역을 두루 섭렵한 방외우의 기질을 가지고 있었던 초의의 삶이다. 그런 기개를 지니고 있던 초의가 진묵대사에 대한 일화를 그냥 괴력난신이라고 매도할 리는 만무하다. 따라서 진묵이 행한 신이한 출생, 신이한 행위들이 단순히 설화 영역으로 볼 것인지, 아니면 그의 역사적 행위를 볼 것인지는 자못 중요하다. 진묵설화가 어떤 바탕 위에 기술되었는지는 초의선사의 세계관, 역사관, 가치관과 밀접하게 관련되어 있을 것이다. 더군다나 승려에 대한 사회적 인식과 지배 권력의 인식이 그리 좋지 만은 않은 상황에서 진묵에 대한 다양한 이야기나 역사적 자취들이 불교를 선양할 목적으로 맹목적으로 실제화 할 수 없었다. 그런 시대적 추세 속에서도 초의선사가 ≪진묵대사소전≫의 서문에서 밝혔듯이 세상에 전해오는 것들을 고증이나 합리적인 연구 방법을 거쳐 글을 기술하려고 애썼고 그런 흔적들이 나타나 있다. 다음 인용문을 살펴보면 그의 실존 인물에 대한 사적 규명을 나름대로 기준을 갖고 객관화하려고 했다.

대사가 태어날 때의 빛나는 상서와 그의 씨족이 높이 드러나고 한미한 것과 출세한 뒤의 중생을 교화제도한 기연과 어구의 영이한 궤적과 꽃다운 발자취에 대해 전해오는 기록이 전혀 없어서 상세히 고구하기는 어렵다. 비록 기록된 것이 있다 하여도 이는 모두 세속의 참된 도리 가운데 허구의 꽃이요, 환영의 자취로써 그의 자취를 밝히는 데는 모두 참고가 되지 못할 것이다. 이는 선사께서 통렬히 금지하여 기록하지 못하게 하였을 것이다. 예전에 또 전하는 말에 '이름이 높다고 해서 거친 돌에 새길 필요는 없고, 길거리를 다니는 사람들의 입이 곧 비석이다'라고 하였다. 이것으로 미뤄

본다면, 이제 김공이 나에게 부탁하여 기록하게 하는 것은 고인의 뜻을 저
버리는 것이다. 내가 만약 굳이 기록한다면 상적광사 중에서 아마 달갑지
못하다는 고인의 꾸지람이 있을 것이다. 혹자가 말하길, '이에 계합하고 기
에 계합하지 못하면 하화가 결여되고, 기에 계합하고 리에 계합하지 못하
면 상구에 소홀하니 이에 계합하고 기에도 계합해야만 상구와 하화가 함께
중도를 얻으리라 하였는데 고인이 기록하지 않는 것은 오로지 이에만 계합
함이요, 오늘날 사람들이 기록하는 것은 기에의 계합도 겸하는 일이니 이
것이 또한 중을 갖추어 도를 통하는 것이 아니겠는가 하기에 나도 그렇다
고 하고 드디어 오래도록 전해 오는 말의 사실을 기록해서 배명의 전을 짓
는다. 해양후학 초의 의순 삼가 씀.45)

이의 인용문을 상고해 보면, 초의 선사가 불교적 취의와 도리를 준수
코자 한 의도를 엿볼 수 있다. 즉 상구보리(上求菩提) 하화중생(下化衆
生)의 불교적 교의와 부합하도록 심사숙고한 성의가 문면에 나타나 있
다. 그리고 '이(理)', '기(機)'에 두루 부합될 수 있는 서문을 쓰기 위해
일자일획(一字一劃)에도 소홀하지 않았다는 점이 주지되는 바다. 이렇
게 민간에 떠도는 이야기들을 그냥 진실되지 못하고 황당한 이야기라고
치부하지도 않는다. 진묵대사에 대한 발자취가 문헌에 기록된 바가 없
어서 안타깝지만 그래도 객관적이고 사실적인 바탕 위에 그의 발자취를
다시 재구해 볼 수 있는 기회를 막연히 방관만 하지 않는다. 문헌과 구

---

45) (前略)若其初度之榮祥. 氏族之高寒. 出世化度機綠. 語句之靈軌芳踪. 未有傳記. 難以
詳悉. 雖其曾有所記. 都是世諦門中空花幻蹟. 其於實際理地. 總沒校涉. 此先師之宜應痛
禁. 而不錄者也. 古亦有言. 名高不用鐫頑石. 路上行人口是碑. 由是觀之. 則今金公之
屬余爲記. 未得古意. 余若强記. 常寂光中. 恐興不肯之冥譴也. 或曰. 契理不契機. 闕於
下化. 契機不契理. 疎於上求. 契理契機. 上求下化. 俱爲得中矣. 古人之不記. 專於契
理. 今人之爲記. 兼於契機. 是不亦有得於俱中之通道乎. 余曰諾. 遂錄口碑之實. 以作
背銘之傳. 海陽後學草衣意恂謹叙. 〈震默大師小傳〉

전을 두루 비교 상고하여 설화 속에 역사, 역사 속의 설화를 엄정하게 따져서 '진묵조사유적고(震默祖師遺蹟攷敍)를 기술하였다'고 하였다.

'이'와 '기'에 부합하기 위해 민간에 떠도는 진묵에 관한 발자취나 이야기를 막무가내 싣지는 않는다고 하였다. 먼저 진묵에 대한 전승되는 세상 이야기가 모두 신빙성이 있는 것도 아니고 그렇다고 함부로 진묵대사를 욕보일 수 없는 처지를 밝히고 있다. 그러면서 진묵에 대한 역사적 사실이나 설화라 하더라도 심사숙고하게 고증하고 있고, 그것을 바탕으로 전체적인 내용을 파악하고 난 다음 서문을 기꺼이 쓰게 되었다고 하였다. 서문에서 밝히고 있는 내용 가운데에서 설화와 역사의 경계가 모호한 부분이 하나 둘의 문제가 아니라서 쉽게 처리하지 못한 부분에 대한 고민과 실증을 위해 노력하였다는 점도 지적된다. '이름이 높다고 해서 거친 돌에 새길 필요는 없고 길거리를 다니는 사람들의 입이 곧 비석'이라고 하였다는 점을 보면, 이미 일연의 ≪삼국유사(三國遺事)≫의 편찬의식을 명실공이 답습하고 있는 것도 확인된다. 민중들의 의식 속에 자리잡고 있는 속언이나 비언이라도 진실되다 싶으면 하화중생의 취지에 맞춰 진묵에 관한 짤막한 삽화라고 해도 기꺼이 수록하였다. 그가 서문을 기술하는 과정에서 실증사관에 입각한 편찬의식이 강하게 반영되어 있고, 진묵설화들을 기꺼이 교정하고 윤색하여 문헌에 실었을 것으로 추정해도 지나치지는 않을 것이다. 한편 발문에서도 전주에 사는 은고를 만나 그에게서 진묵대사의 행적을 상세하게 듣고, 그의 뜻을 저버릴 수 없어서 전해오는 구비설화를 대략 기록하여 은고에게 전했다는 내용이 있다. 이렇듯 진묵대사에 관한 구전 설화가 문헌으로 정착되는 과정은 그들간의 많은 담론과 토의가 있고 나서 편찬하였을 것으로 보아도 무리는 아니다. 그만큼 진묵설화에 민초들의

입에 자주 회자되었다는 반증이며, 이것들이 문헌에 정착되는 과정도
설화의 세계와 역사의 세계를 동시에 다 아우르는 실증 사관의 태도를
지향하고 있었을 것으로 사료된다.

다음 김정희와 관련된 진묵의 실체적 역사와 설화와의 관계도 상호
작용하였을 것으로 추측된다. 금석문의 거목이면서 실학자인 추사가
초의선사와 서신 교환을 주고받으면서 진묵대사에 관한 일설들을 바로
잡기도 하고 빼기도 하면서 정리하고 내용 전개상 부족한 부분이나 결
루된 부분은 보태기도 하여 서문과 일화의 문장을 훑어보았다는 내용
이 문헌에 나타난다.

　　진사의 행록은 바로 곧 잔고잉복(殘膏剩馥)에 지나지 않지만 그러나 마
　디마디가 향이어서 확실히 이것으로 진사를 말하기는 부족할 것이요, 개자
　(芥子)가 수미를 받아들인다고 했으니 진사도 또한 마땅히 즐겨 받아들이
　겠는지요. 전후 기서(記敍)는 매우 좋아서 다시 정정을 더할 것이 없을 듯
　하나 또한 마땅히 난숙하게 보고 헤아려서 재차 주정(湊正)을 청할 작정입
　니다. 이선(二禪)의 살활(殺活) 등의 문은 의당 이와 같이 말해야 할 것이
　니 천백의 갈등을 어디다 쓰리오. 근일의 무굴과 묘장을 깨끗이 쓸어낸 것
　은 잘한 일이고 봅니다. 진사의 행적은 이 편에 돌려보내니 이에 의하여
　행해도 무방할 것이며 두서도 산삭할 것은 없는데 원록 속에 자못 더러는
　상의할 곳이 있을 듯하오.
　　그러나 지금 나의 정신이 접속되지 않아서 일일이 정정할 수 없으며 이
　는 하루의 일이 아니니 조금 다른 날을 기다려서 다시 정정하는 것도 좋고
　이대로 시행하는 것도 좋을 것이요, 선문의 문자는 조금 이상한 데가 있더
　라도 보는 사람이 살려 보기 때문이오.46)

---

46) 國譯本 阮堂全集 2卷, pp.186-187.
　　震師行錄 卽不過 殘膏剩馥 然寸寸皆香 固不足以此盡震 師須彌納芥子震師亦當肯受

초의 선사가 진묵선사의 일화나 삽화들을 수집하여 완당 선생에게 편지로 보냈다. 초의선사의 개작과 윤색 등이 가미해졌고, 여기에다 완당의 의지여하에 따라 첨삭하였다고 했다. 이것은 기존의 저본을 읽고 문맥이나 그 내용의 일관성, 통일성에 문제가 있으면 가감 없이 개진하였고, 되도록이면 원문에 가깝도록 보완하고 개작하였다고 하였다. 설령 어느 한 곳이라도 매끄럽지 못한 부분이 나타나면 그 문장이나 문맥을 다시 보고 정정을 마다하지 않았다. 이는 조선 후기 실학적 풍토에서 기인된 학구적 열의에서 비롯되었을 성 싶다. 따라서 진묵설화가 문헌으로 정착되는 과정을 조망해 보면, 구비 문학의 설화 양상이나 불교 관련 문헌에 산견되는 내용이라도 빠짐없이 훑어보고 정리하였던 것이다.

어찌 보면 조선 후기 실학파인 추사, 중인계층인 조수삼, 승려인 초의 의순이 진묵에 대한 다각적인 접근으로 논의를 진행한 것을 보면, 역사적 실존 인물인 진묵, 설화화된 진묵, 조선 후기 실상이 알게 모르게 반영된 시대적 추세를 반영하였음을 알 수 있다. 따라서 문헌으로 정착되는 과정 속에서 상호 보완적이고 우호적인 관계와 설화 속에서의 대립적인 관계 양상이 지식인들에 의해 많은 첨삭이 이루어져 본래의 모습과는 변이된 형태를 드러낼 수도 있다는 사실을 보여주고 있기도 하다. 그만큼 시대상의 현실 상황, 향유자들의 현실인식, 신분적 관점과 태도 여하에 따른 시대의식의 투영은 당연할 수밖에 없었다.

당시의 현실 상황을 볼 때, 진묵 이후 200년의 기간이 역사적 실체를 그냥 그대로 온존하게 수용하고 향유할 수 있는 것이라고 볼 수 없을

前後記敍 甚好似無更加點正 又當熟看爛詳 再請湊正 二禪殺活等文固當如是說去(中略) 震師行迹 玆以還去 依此行之亦不妨矣. 兩敍無加削 而原錄中頗或有加商處 今此神精不接 無以一一點正 此非一日之事 梢俟異日 更訂亦佳依此行之亦加禪門文字 有涉怪而人之見之者亦活看來耳.

것이다. 진묵설화가 시대적 변천을 거치면서 변이된 양상과 새롭게 덧붙여진 창작된 작품이 혼재되어 그의 문학적 상상력과 그 바탕 위에 설화적 자양분의 한껏 배양하여 설화문학 작품의 풍족함을 여실하게 간직하고 구비전승되었을 것이라고 보여진다. 민중들이 향유되어지는 일화에 중점을 두어 편집하였다기보다는 문집이나 유고의 실증을 들어 편집되었기 때문에 구전에 내려오던 에피소드도 과감하게 첨삭 개작되었다. 그야말로 조선 후기 지식인 계층, 식자 계층들의 의식성향과 현실 인식을 바탕으로 서술시각이 직간접적으로 반영되어 있는 것이다. 문학적인 형상화를 통해 진묵설화에 반영된 현실의식과 민중의식은 식자계층의 서술시각과 상보적 관계를 취하기도 대립적 관계 양상을 보이기도 하면서 문헌과 구비 모두 삶의 의식과 구조가 직조된 상황이다. 따라서 그 속에는 구전설화가 가지고 있는 생명력과 역동성은 물론이려니와 성장과 발전, 변이 과정을 나름대로 진행하였기 때문에 역사인식과 시대의식, 현실인식을 바탕으로 한 민중들의 삶의 양태를 그대로 담고 있다고 볼 수 있다.

Ⅲ. 진묵 설화의 유형 분류와 개별 작품의 구조와 의미

1. 진묵 설화의 유형 분류

현재 전하는 진묵 설화의 유형[47]으로는 〈고시래의 유래〉·〈진묵이 죽은 이유〉·〈중태기의 유래〉·〈진묵과 봉곡의 도력시합〉·〈진묵대사의 기술〉·〈지는 해를 잡아 밤길을 밝히다〉·〈정수사의 내력〉·〈죽은 나무에 잎 피우는 내기시합〉·〈진묵대사의 갑옷과 자〉·〈바위 구멍에서 쌀이 나와 밥해먹기〉·〈수황사 쌀 나오는 구멍〉·〈진묵대사 탄생담〉·〈진묵은 화신불〉·〈해인사의 불을 끄다〉·〈송광사 일화〉·〈대원사 일화〉·〈스승도 제자도 없는 진묵대사〉·〈유가와의 선문답〉·〈삼례지명의 유래〉·〈천상감옥에 있는 진묵대사〉·〈가래침을 먹고 도통한 진묵〉·〈도통한 진묵〉·〈신령스런 소리가 나는 법당〉·〈도통한 진묵〉 등이 있다.

진묵 설화의 개별 작품(version)을 한결같이 관통하고 있는 모티프

---

47) 진묵 설화의 개별 작품은 아직도 얼마든지 첨삭과 변개의 과정을 거쳐 더욱 발전할 수도 있고, 반대로 설화의 현장성이 매우 위축된 현대 사회에선 정지된 화석처럼 문헌에만 남아 있을 수도 있다. 본 고찰은 그런 점을 인정하고 필자가 직접 현장 조사를 통해 채록을 하고 그걸 토대로 전사한 내용을 중심으로 하되, ≪구비문학대계≫, 〈진묵소전〉, 〈김제군사〉 등을 참고하여 정리하였다.

적 속성은 신이성과 그와 관련된 신이요소가 주를 이룬다. 그야말로 불교적 취의나 홍법은 물론이려니와 그 외 인근 백성들과 함께 하거나 갈등을 야기하는 대목에 있어서도 궁극적으로 신이한 모티프가 전편을 이루며, 낭만적이고 환상적인 수법, 비현실적인 수법마저 자유자재로 구사되어 있어 흥미를 끈다. 그래서 개별 작품의 제목도 필자가 신이한 화소를 기반으로 한 개별 작품의 명명이라고 밝혀둔다.

진묵 설화는 신이성이 강조되는 대목이 많은 것으로 보아 불교적 취의(趣意)나 홍법(弘法)에 그 의미를 둘 수도 있겠지만, 향유자들의 의식과 그 인식 여하에 따라 동일 작품이라 하더라도 의미층위가 달리 해석이 되며, 양상 또한 달리 나타나게 된다. 그런 점을 인식하자면 민중설화의 적층화된 모습이 개별 작품에 고스란히 반영되어 있다.

구비문학이 전승되는 과정에서 역사적 실존 인물이나 그와 관련된 이야기들이 불가불 현실의 모순과 부조리를 어느 정도 담지하고 적극적인 연행성(演行性)을 보여주기도 하고 때로는 시대적 굴곡을 함께 하면서 소박한 민중들의 꿈을 반영하여 적극적인 변개나 첨삭을 감행하기도 한다. 이것이 적층문학인 설화의 특징이기도 하다. 실제로 조선 중기의 실존인물이라 손치더라도 사회 현상과 환경이나 상황에 따라 얼마든지 변개와 첨삭, 심지어 포폄의 원리가 작용하여 다양한 이야기 문학이 꽃피기도 한다. 더군다나 농본국가의 곡창지대라고 할 수 있는 호남을 배경으로 한 이야기는 진묵과 연관시켜 얼마든지 확장시켜 나가고 있다는 점이 주목되는 부분이기도 하다. 그만큼 진묵과 관련된 의, 식, 주의 이야기가 많다는 것은 기본적인 삶의 조건과 밀접하게 관련이 있다. 인간 존재의 기본적인 욕구와 관련된 일이라면 적어도 개인적인 문제도 문제이려니와 그보단 사회적 문제와 당대의 제반 현상과 밀접하게 관련양상을 맺고 있는 것이 일반적인 현상이라고 여겨진다.

　진묵 설화의 갈등양상에 따른 유형 분류는 크게 네 갈래로 정리가 가능하다.

　첫째는 그의 신분과 관련해서 전승되는 에피소드로 불교의 사상과 취의 및 불교 의례적 행태의 경직된 불교 논리에 대한 진묵 승려의 열린 의식(意識)과 불기적(不羈的) 태도(態度)에서 비롯된 내용들이다. 다시 말하면 불교 내의 제반 문제를 인식하고 그에 대한 문제 제기와 행동 궁리가 건강한 민중들의 의식과 궤를 같이하면서 진묵 승려만의 계율에 대한 인식, 불교 철학에 대한 사유 문제를 경직된 논리로 설파하지 않고 보다 개방적이고 초세간의 경직성과 안이함을 극복하고 초월적 태도를 견지하는 내용들이 여기에 해당된다.

　둘째는 불교와 반불교의 대립과 갈등 양상을 기본적으로 설정하고 구비전승된 이야기들이다. 억불숭유의 유교적 이데올로기가 갖는 파시즘적 행태에 대한 치부를 유감없이 드러내면서 유교와 불교의 대립적 갈등 양상 속에 사상적 우위를 점유하려는 유교의 허구성과 현실적인 지배 이념이 갖는 부조리한 현실을 지적하고 풍자하는 데 관련된 이야기 양상들이 존재한다. 이를테면 불교적 사상과 의례가 당대적 질서 속에서 철저하게 조롱거리가 되고 희화화가 되는 에피소드가 있다. 그 범주에 대표적인 내용으로 진묵과 봉곡과의 갈등 양상이 주된 이야기이다. 물론 유교의 불교의 갈등 속에 사상적 우위를 강조하려는 도술시합 등이 있지만 기본적으론 유교 이념에 입각해서 횡포를 자행하는 부류는 물론 그 아류들에 대한 풍자이거나 희화화가 되는 작품들이다. 조선조의 시대상을 그대로 반영한 약자인 불교 승려의 몸부림도 고스란히 반영된 작품들이 유교와 불교의 갈등이 주류를 이루고 있지만, 반대로 유교와 불교는 궁극적으로 하나라는 현정론(顯正論)의 사상이야말로 유불습합(儒·佛濕合)을 통한 일정론(一正論)과 불이사상(不二思想)의 설파가 지배 계층인 유학자 및 지배 이념에 승려들의 간곡한 설득과 주장으로 읽혀지기도 한다. 이는 조선 중 후기 불교의 현실적 어려움을 극복하려고 한 승려들의 현실타개책을 반영한 작품임에는 두말할 나위가 없겠다.

마지막으로 사회적 제반문제를 진묵과 관련해서 수용하고 이해하는 방식으로 진묵설화가 연행된 예라 하겠다. 당대의 현실적인 질곡과 부조리, 지배자와 피지배자간의 갈등 양상, 탐관오리의 횡포의 백성들의 도탄 등이 진묵설화에 편입된 예라 하겠는데, 어찌 되었든 백성들의 고통과 질곡이 다 진묵설화에 편입되는 것이 아니지만 진묵이 민중들의 고통과 사회적 질곡 등과 관련되어 전승되는 이야기라면 민중들의 삶과 그 궤적을 함께 한 적이 많다는 걸 의미하기도 하고, 일부 학자들이나 승려들이 말하는 민중승려[48]라는 자리매김에 부합되기도 한다. 그 결과 일반 승려와 신도들은 물론 피지배계층인 농민과 상민들까지도 모두 고승 진묵을 자기의 소원을 들어주고 원망을 해소해 줄 메시아로 인식한다는 점이다. 그래서 설화의 소재로 적극 활용되면서 지역 민중들의 현실적인 문제와 직접 맞닿아 있는 이야기들이 널리 구비전승되는 점이말로 당연한 현상이라 하겠다.

그밖에도 진묵설화가 구비 연행되는 지역이 대체로 신흥 종교들의 발상과 연원을 함께하고 있다는 특이한 점이 주목된다. 증산도, 원불교 그밖에 여타 신흥 종교들이 고승 진묵과 밀접한 관련 양상을 띠며 제반 신흥 종교들에 신이한 능력과 절대적 지위를 점유하고 있는 삽화들이

---

48) 정의행, 앞의 책.

적지 않게 발견되는 점이다. 그렇지만 이 부분과 관련된 진묵 설화는 편의상 사상과 철학을 바탕으로 전승되는 첫 번째 항목에 넣어 고찰하고자 한다. 엄밀하게 사상적 계보를 훑어보다 보면 다른 양상과 주제적 의미도 달리할 수 있는 여건이 있다하겠지만, 궁극적으로 삼교회통(三敎會通;儒佛仙合一)의 연장선상에서 논의를 진행해도 큰 무리가 없어 보인다. 왜냐하면 신흥종교의 제반 양상의 기저에는 삼교회통과 연관된 환경에서 생산되고 성장하며 발전해 왔기 때문이다.

2. 진묵 설화의 개별 작품의 구조와 의미

설화문학 작품이 자아와 세계의 갈등 속에서 자아의 우위에 서는 작품이 진묵과 밀접하게 관련된 설화들이다. 자아가 우위에 서기 때문에 거의 신적인 인물로 간파되고 그 바탕 위에 불교적 영웅이자 깨달음의 극치에 선 인물이라 치부해도 자명하다 하겠으나, 어디까지나 불교적 영웅이자 승려 신분으로 고승, 선승이라는 이미지 재고가 불교적 관점에서만 취할 일이 아니기 때문에 종교 설화로서 의미를 갖는 부분도 있고 민중설화적 특징과 의미를 갖고 있는 부분이 교집합처럼 중첩되기도 하다. 그런 점에서 여러 관점에서 두루 정리하고 고구할 필요가 있겠지만, 본고에서는 어디까지나 민중 설화에 더한 비중을 두고 고찰해 나가고 하는 것이 연구 방법이라고 본다.

고승 진묵이 설화로 인물 중심의 구비전승이 가능한 이유는 그의 종교적 삶과 밀접하게 연결되는 부분이지만 더 나아가 출세간과 세간을 넘나드는 진묵의 행동 양상이야말로 많은 화제를 불러일으킬만한 원천과 불기적 태도(不羈的 態度)에서 기인되기 때문이다. 출세간(出世間)으

로서 세간(世間)의 삶을 살더라도 하등 거리낄 것이 없었고 도리어 권위
에 명분에 사로잡혀 있으면서 무능하기만 한 집단 계급이나 인물보다는
훨씬 보편적인 삶과 그 가치가 월등하게 뛰어났다는 점을 주지시키는
당대 사람들의 인식 작용이리라 여겨진다. 그렇다고 아무나 다 그렇게
진묵처럼 할 수 있다는 것이 아니다. 불교 철학의 심층적 이해와 삶의
실천이 합치되는 그 정점에 진묵이라는 고승의 실체가 자리하고 있는
결과일 것이다. 다시 말하면 불교적 실천행인 '상구보리 하화중생(上求
菩提 下化衆生)'의 진면목을 보여주었던 진실한 화신이라는 점이다.

　당대의 지식 계층이라고 할 수 있는 여러 부류 가운데 승려 계층들도
천차만별하였을 터이고, 유교적 태도를 유지하는 계층도 다양한 성향
의 사람들이 존재하였을 것이다. 그 가운데에는 불교 경전에 매료되어
자구해석만을 고집하며 신비주의에 사로잡혀 있는 승려들도 있었을 것
이고, 경전의 도그마에 함몰되어 견강부회나 오도된 삶으로 일관되게
살아간 승려들도 있었을 것이다. 그야말로 상구보리에만 매달려 구두
선(口頭禪)을 외치면서 자리이타(自利利他)를 외면한 부류도 있다는 얘
기이다. 반대로 승려 신분으로 불교의 정신을 빙자하거나 명분 삼아 보
시행(布施行)의 미덕을 강조하면서 세속적 공명을 지향하거나 추구하
였던 승려들도 더러는 있지 않았을까 추측된다. 불교와 부처의 이름을
악용한 명철보신이 적지 않았던 것이다. 그것을 빙자해서 잿밥에만 혈
안이 되어 부를 축적하는 일이야말로 비일비재한 하였던 문헌상의 기
록을 보아서도 확인되는 바이다.

　그러나 진묵은 상구보리는 물론 하화중생까지 그야말로 실천불교를
행사했던 장본인이라는 점이 당대인의 관심을 갖기에 충분하였을 것이
다. 그야말로 불교와 유교, 도교의 세계까지 아우르면서 가난과 궁핍으

로 쇠약해진 백성들의 고단한 삶을 어루만져주고 당시 사람들의 구세주가 되었음직한 인물임에 틀림이 없다. 출출세간(出出世間)의 경지에서 세간의 고난과 궁핍, 횡포와 핍박에 관심을 갖고 일정 정도 행동화하여 과감하게 명분과 허위에 예속되기 보다는 진실한 보시를 위해 실천궁행하였던 고승이었다는 점이다. 알기 쉬워도 행동하기 어렵다는 실천불교의 선각자적 역할을 몸소 수행하였던 진묵이다.

동서고금을 막론하고 의식주 문제 하나 제대로 해결하지 못하는 위정자나 통치자는 만백성의 원망을 사는 일이 허다하다. 더군다나 농업을 기반으로 하는 봉건왕조의 횡포는 비단 우리나라 문제만 아니지만 어느 시대 어느 국가를 불문하고 민란과 봉기의 빌미가 되기 일쑤이다. 임병란 이후 조선조의 사회가 안고 있는 온갖 부조리한 행태는 무능과 무기력, 수탈과 질곡으로 점철된 역사나 다름없었다. 그런 와중에서 진묵은 메시아이자 부모나 다름없는 훌륭한 선승이자 휴머니스트였다.

또 다른 측면에서 진묵은 유교적 명분 이념의 허구성과 통치 이념으로서의 부조리를 신랄하게 풍자 비판하는 방편으로 활용되기도 하였다. 당시 백성들이 겪는 온갖 수모와 위정자들의 횡포에 대항할 만한 이념이나 인물로 진묵선사를 주목하였던 점을 간과해서는 안 될 것 같다는 생각이다. 조선조 왕조체제가 내세웠던 충효열(忠孝烈)의 통치 이념이라는 것이 백성들의 피부에 직접 와 닿아서 삶의 질을 가늠하거나 발전시키는 작용을 해야 함에도 불구하고 한 편으로 보면, 유교 지상주의 기치 아래 지배 계층들만의 잔치이자 그들만의 천국이 되고 말았다는 점을 부각시키는 풍자적 성격이 강한 에피소드에 진묵이라는 인물 전승을 적극적으로 활용하고 있는 당대인들의 인식이다. 그것이 그대로 반영된 작품이 진묵과 봉곡의 종교적 갈등 대립 양상에서 쉽게 발견되고 있다.

어떤 통치 이념이나 지배 기술도 백성들과 이반되는 그 순간 부패와 부조리의 온상이 되어왔다는 사실이다. 그걸 백성들이 모를 리 없기 때문에 아주 좋은 설화 형성의 자양분이 되는 것이다. 지배계층만의 유교 지상주의가 되어버린 현실에서 백성들은 유교의 경직성을 유감없이 풍자할 수 있었다. 경직된 유교 이념을 비판하는 데 불교적인 논리를 세워 구체적인 인물이 설정되고 거기에 불기적 태도를 지닌 진묵이라는 고승이 자리한다.

〈진묵이 죽은 이유〉의 설화는 전북 일원의 현장에서 구비전승되고 있는 작품이다. 대표적으로 유·불 갈등의 실상을 설화 속에 고스란히 담고 있는 작품이지만 민중들이 입장에서 볼 때, 지배계층에 대한 비판과 저항이 돋보이는 작품이기도 하다. 실재 현장에서 채록하는 과정에서 각편(各篇)이 존재하고 그 위에 ≪구비문학대계≫와 기타 문헌 자료를 적절하게 활용하였다.

1) 〈진묵이 죽은 이유〉 구조 분석과 그 의미

① 구조와 의미

먼저 〈진묵이 죽은 이유〉에 대한 설화는 필자가 현장에서 채록한 개별 작품과 다른 문헌 자료에 나타난 개별 작품군 여섯 편을 텍스트로 삼았다. 각편 〈진묵이 죽은 이유〉[49]의 공통적인 서사 단락은 다음과

---

49) 〈진묵이 죽은 이유〉의 각편은 다음과 같이 정리하였다.
　　〈진묵이 봉곡 자손들이 옥답의 물줄기를 막아버리다〉, 〈간중리 들이 건답이 되어 버리다〉, 〈봉곡의 후손들을 가난하게 하다〉, 〈옥황상제의 벌을 받은 진묵〉, 〈소양 물길을 돌려 가난하게 만들다〉 등이 있다. 다양한 제보자들을 만나 채록한 현장 이

같이 정리하였다.

가) 진묵대사가 팔만대장경을 가지러, 영혼만 남겨두고 서천 서역국
으로 갈 계획을 세웠다.

나) 진묵은 승려들에게 자기가 거처하는 방문을 열지 말라고 부탁하
고 그 비밀을 꼭 지키라고 당부하며 떠났다.

다) 절 아래 사는 봉곡이 와서 진묵을 만나겠다며 승려들을 협박하여
방문을 열게 했다.

라) 봉곡은 혼 없는 진묵을 불가의 장례법에 따라 화장해 버렸다.

마) 서천서역국 갔던 진묵이 돌아와 보니 몸이 없어서 공중에서 팔만
대장경을 외우면서 승려들에게 적으라고 하였다.

바) 진묵의 혼이 봉곡 후손들의 논 물줄기를 막아버려 건답이 되어
버렸다.[50]

위의 서사단락은 개별 작품에 있어서 현격하게 차이가 날만큼 변이
양상을 드러내지는 않고 있다. 다만 서사단락의 큰 변화를 가져오지 않
은 채 앞 뒤 순서가 뒤바뀌었을 뿐이다. 이런 현상은 구술자의 제보 상
황이나 정서, 성격에서 충분히 나타날 만한 것으로 인식되며 당대의 의
식과 현실 인식, 전승자의 역사인식과 밀접하게 관련되어 얼마든지 변
개와 첨삭이 나타날 개연성이 언제라도 가능한 결과이다.

이 작품은 유교와 불교의 갈등이 표면에 나타나 있다. 유교를 대표하

야기이지만 필자가 연구의 효율성을 위해 임의로 제목을 붙여 두었음을 밝힌다.
50) 〈진묵이 죽은 이유〉의 각편은 다음과 같다. 〈진묵이 봉곡 자손들의 논에 물줄기를
막아버리다〉, 〈간중리의 건답이 되다〉, 〈봉곡의 후손을 가난하게 하다〉, 〈옥황상제
의 벌을 받은 진묵〉, 〈소양 물길을 돌려 가난하게 만들다〉.

는 봉곡과 불교를 대표하는 진묵의 대립과 갈등이 전체적인 서사단락
의 흐름이다. 유교적 질서가 엄존했던 조선 왕조 체제에서 불교의 존재
는 무기력해서 갖가지 유교적 지배이념을 앞세운 횡포에 속수무책 당
할 수밖에 없어 보인다. 그렇지만 조선 사회가 아무리 유교지상주의를
표방하더라도 민중들에게 깊숙하게 스며있는 불교적 신앙이나 그 행위
를 외면할 수 없는 사회이기도 하였다.

유교적 명분과 지배질서 속에서 살아온 봉곡이 절간까지 쳐들어 와서
아무런 이유없이 사건의 단초를 만들었던 저간의 사정은 불교에 대한
탄압과 횡포일 수 있다. 그것이 진묵의 죽음을 초래하면서 형식적인 측
면에서 불교 이념을 표방할 수 없고 혼만이 남아서 복수하는 것으로 비
춰볼 때, 정신세계로만 존재하는 현실적인 사정을 그대로 반영한 결과
이기도 하다. 그런데 문제는 왜 진묵이 서천서역국으로 가서 팔만대장
경을 다시 가져와야 하는가이다. 이미 고구려 소수림왕 때 불교가 이
땅에 도래한 이래 불국토였고, 호국불교를 앞세워 백성의 중지를 결집
하기도 하였던 팔만대장경을 다시 가져와야 하는 절박한 사정이 무엇일
까 생각해 보면, 백성들의 현실 문제와 밀접하게 관련되어 있기도 하다.

가)의 서사 단락에 나타나 있는 불교적 언표가 단순히 유·불 갈등의
발단이지만, 그 이면에는 이념적 갈등 속에서 대체 이념이 필요한 것이
고 그 대체이념의 중심엔 불경이 있고 그걸 기존의 불경으로는 반향을
불러일으킬 수 없다. 그래서 이념의 재무장이 필요하다는 역설이라고
보여진다.

그리고 그 진묵이 죽었어. 죽은지 모르자나. 어떻게 죽은지를 어떻게서
진묵이 죽었는고허니 나도 이 애그 소리를 듣고 아는 거셔. 어떻게 죽은능
고 허니…… 아무것이 잡어오니라허고. 그 책을 가질러 갔어. 서천서역국

으로 말하자면, 팔만대장경이란 책을 가질러 갔는디...(제보자:김광현)

칠종칠금(七縱七擒)의 봉곡이야말로 무소불위(無所不爲)의 권력을 휘두르고 있다. 그에게 대항한다는 것은 곧 유교에 대한 저항이자 반항이므로 어쩔 수 없이 우선 소나기는 피해놓고 보자는 마음으로 진묵이 서천서역국으로 구실삼아 떠났다고 하자. 영육(靈肉)이 분리되는 신이한 능력을 현실적인 유교는 인정하지 않는다. 유교적 인물인 봉곡(강자)의 횡포만이 전면에 부상하였다.

설화 전승자의 태도와 의도를 파악하고 보면, 횡포와 탄압을 일삼는 그릇된 유교를 곱게 볼 리 없다. 당연히 봉곡은 전승자들의 눈에는 징치의 대상일 수밖에 없을 것이다. 그야말로 유학자 봉곡이라는 강자 앞에 약자의 무기력한 모습만이 부각될 뿐이다. 이런 속에서 불교에 탄압을 전면에 내세운 고난의 연속이다. 고난이 해소되거나 해결될 기미가 팔만대장경에 숨겨져 있다는 의미로밖에 받아들여지지 않는다.

영혼만 가는 진묵이 이역만리에까지 가서 팔만대장경의 가져왔다고 해서 봉곡의 횡포를 물리칠 수 있을 성 싶지 않다. 그렇다면 불교를 다르게 인식하고 수용하는 자세와 태도가 필요할 시점이라는 암시가 되겠다. 귀족불교가 신라를 망하게 하는 부분적인 단초를 제공하였듯이, 고려 또한 귀족불교를 앞세운 사원경제의 팽창으로 망하게 하는 데 일조를 했듯이 기존의 불교로는 유교적 탄압과 횡포를 극복할 수 없다는 민중들의 투철한 인식의 발로가 숨겨져 있다는 의미이다. 그렇다면 불경의 되가져오기는 불교의 부흥과 중흥으로 유교적 횡포를 물리칠 수 있다는 확신과 함께 불교 또한 기존의 자세로는 안된다는 논리이다. 인식의 전환이 필요한 시점에서 귀족불교의 대중불교, 즉 민중불교화를 강조하는 백성들의 이상과 원망의 표출로 보는 것이 타당하리라 여겨진다. 그야말로 인간의 제반 문제를 불교를 통해 이해하고 인식하였던 민중들의 세계관의 소박한 표출이라 해도 무방하다 하겠다.

우리나라에 있는 팔만대장경을 다시 서천서역국에 가서 가져오겠다는 것은 억불숭유적 기치가 팽배되어 있는 조선조 현실에서 불교의 현실인식에 대한 변화를 의미한다. 기존의 억불숭유가 불교의 억압을 기정사실화한 마당에서 활로를 찾기 위한 암중모색의 구체적 실천 방안이라고 보면 틀림이 없지 않을까 생각된다. 현실 사회에서 아무 짝에도 쓸모가 없다면 이미 백성들의 외면을 받아 소멸할 수밖에 없을 것이다. 명분상 지도이념인 억불숭유가 백성 모두를 통제하기에는 불가능한 상황에서 불교가 명맥을 유지하며 온존시켜왔던 사정을 감안한다면 지배계층의 강력한 철퇴가 오히려 많은 부작용을 초래할 수도 있었다.

나)의 서사단락은 진묵이 중승들에게 자기가 쓰던 방을 개방하지 말며, 엿보거나 들어가지 말라는 금기[51]의 언표이다. 진묵 선사는 앞으로 일어날 일을 미리 다 알고 있는 예지자(豫知者)이기도 하며 큰 일을 앞둔 시점에서 금기를 통해 사안의 중차대함을 인지시키면서 신성성과 신비주의를 부각시키기 위해 영육분리의 신이한 요소를 활용하고 있다. 그런 신이한 능력을 구사하는 진묵을 그냥 인정해 주고 놔두어서는 결국 봉곡에게만 많은 부담을 떠안는 결과를 빚게 할 가능성이 매우 높다. 그러기 때문에 어떻게 해서라도 대척점에 서 있는 진묵을 제거하지 않으면 봉곡의 위기상황과 그들의 기득권에 대한 도전을 감내해야만 하는 결과를 초래할 수밖에 없다.

유교적 세력과는 일정한 거리에 있는 불교 성지에 봉곡이 들이닥칠

---

51) 조희웅, 한국설화의 유형, 박이정, 1995, p.385.

것이란 걸 예지하고 있는 진묵으로서는 사찰에 남은 승려들에게 신신당부하고 서천서역국에 불경을 가져오려고 떠난다. 이미 조선에 있는 불경을 다시 가져와야 하는 절박한 사정에 직면해 있다고 본 것이다. 그래서 영육이 분리된 상태에서 혼만 떠난 후에 외부세계와 내부세계의 통로인 문을 열지 말라고 엄히 단속을 하였다는 점을 중시할 필요가 있다.

진묵 스스로 문을 봉쇄하고 육신만 남은 상태로 팔만대장경을 다시 가져오려고 한 이면에는 다양한 의미 층위를 함유하고 있다고 생각된다. 현실적인 상황에서 볼 때, 실질적인 지배 이념인 유교와의 대립과 갈등 속에서 불교 세계의 활로를 모색하고자 하는 몸부림일 수도 있으며, 탄압과 배척, 중흥과 부흥, 부활, 재생과 관련된 일종의 상징성을 띠고 있기도 하다. 당대기존의 유교적 현실은 지배체제와 지배 계급의 계층적 지위를 공고히 하는 수단만 될 뿐, 민중들의 삶과는 거리가 있는 별개의 양상이라는 인식이 직·간접적으로 스며있다. 유교적 이념이 간직하고 있는 훌륭한 사상이야 어찌 되든 관계없이 그 이념을 발판으로 경직된 계제적 질서를 공고하면서 그런 질서 아래 노예나 다름없는 민중들이야말로 당대의 희생양이라고 할 만하다. 이런 질곡과 통고의 삶을 벗어나기 위해서는 기존의 유교적 지배이념의 괴리와 허상으로는 백성들의 삶의 질곡을 벗어날 길이 막연해지기 때문에 이런 유교적 현실주의로 부조리한 사회의 병폐를 치유가 불가능하다는 전언이 강조된다. 만민이 평등한 살아있는 이념적 기치를 내걸기에는 유교적 질서가 대안이 될 수 없다는 논리이다. 마음과 부처와 중생이 차별이 없다는 불교적 세계관의 수용이 이 시대에 필요할 시점이라는 것이다. 그런데 문제는 신라와 고려가 겪었던 불교 중심의 폐단과 차별화되어야 할 필요성을 강조한다. 전 왕조 체제에서 나타난 불교적 폐단을 되풀이하지 않고 대안을 모색하는 방법으로는 불교이념의 인식적 전환이 필요하다는 결론에 이른다. 그것은 다름 아닌 민중불교의 고양이 될 것이다. 현상계를 등급으로 나누어서 인식하는 것이 아니라 사람의 본성에서 논의를 하는 것으로 부처나 중생이나 같다는 화엄사상에 대한 재인식이다. 단지 부처는 깨친 사람이고 중생은 아직 깨치지 않은 사람으로 깨치는 과정에 있다는 것이다.[52] 진묵 또한 인간 중심주의의 불교를 통해서 민중들이 갈망하는 삶을 추구하게 하고 만들고자 하였던 것이다. 이것은 불교를 통해 현실 난관을 극복하고자 하는 민중들의 소박한 꿈을 피력한 기복적 신앙관의 표출이기도 하다.

다)단락에서는 절 아래 사는 봉곡이 절간에 들이닥쳐 막무가내 진묵이 거처하는 방을 열라고 협박한다.

(전략)그러닝게로(그러니까) 안 절에서도 한 골방에 가만이 누어서 상, 상좌더러 말어기를 내 누가 와 찾던지면(찾아오면)스님이 출타하고 안 기신다고(계시다.) 히더라 그랬단말여. 출타하고 안 기신다고 허라고 힜는디 인자 그리고는 말 이러고는 참 혼신이 팔만대장경을 가질러 갔어. 아 가서 혼신이라는 건 막 널러가거든 그냥 아 그래서는 팔만대장격을 갖다놓고 보니 아 봉곡이가 와서는, 아 인자 찾는디 상좌가 출타하고 안 기신다고 힜는디.(후략)〈제보자:김광현〉

진묵의 육신과 봉곡의 대립 갈등이 고조되면서 위기 상황으로 내몰린다. 일방적인 봉곡의 난입과 침입이 절간 승려들에게는 모든 현실상황에서 역부족이란 점을 감안하면, 그야말로 봉곡의 일방적이고 전횡

---

52) 末綱恕一, 李箕永 譯, 華嚴經의 世界, 韓國佛敎研究院, 1985, p.57.
　　心如工畵師 畵種種五蘊 / 一切世界中 無法而不造 / 如心佛亦爾 如佛衆生然
　　心佛及衆生 是三無差別 / 諸佛悉了知 一切從心轉 / 若能如是解 彼人見眞佛

적인 폭력의 현실 속에 어찌할 도리가 없을 것이다. 유교적 질서가 엄연하게 자리하고 있던 현실 상황에서 불교의 저항이나 몸부림은 상상할 수도 없는 일이다. 육신만 남은 진묵을 보고 봉곡은 전횡을 일삼는다. 절간에서 일어나는 모든 일은 승려들의 소관임에도 마치 이 땅에 일어나는 모든 일은 봉곡으로 대표되는 유교적 질서와 지배체제에 순응하지 않으면 안 될 경직된 유교사회 전횡의 극치를 보여주고 있는 것이라 하겠다. 유교적 인물과 불교적 인물의 첨예한 대립과 갈등이 주된 서사단락의 핵심 요소이다. 이것은 불교와 유교의 갈등 양상의 현실 세계를 작품 문면에 그대로 형상화되어 있기도 하다.

그러나 종교간 대립과 갈등이 유교적 이념을 중심으로 한 체제에서 당연한 현실이고 보면 굳이 설화적 모티브로 작용하는 이면에는 향유층의 의식과 밀접하게 관련된 이야기 전승이라고 보아 틀림이 없을 것이다. 아무런 저항도 없이 그냥 누워있는 진묵은 일방적으로 죽었다고 단정하고 불교의 장례법에 따라 화장하는 것은 당연하다고 하면서 중승들에게 화장을 강요한다. 그러나 중승들은 그의 강요에 저항할 도리가 없어 보인다. 다만 진묵선사가 남기고 간 말만 중승들 마음속으로 웅얼거릴 뿐 달리 묘안을 찾기란 어려운 실정이다. 생물학적으로 진묵이 죽었는지 살아 있는지 봉곡에겐 중요하지 않다. 유교적 논리에 따라 강제된 행위만 유지될 뿐이다. 그걸 통해서 진묵의 원천적인 부활을 봉쇄하는 것이 주된 목적일 뿐이다.

라)단락은 봉곡이 절간에 찾아와서 혼없는 진묵을 불가의 장례법에 따라 화장해 버렸다는 내용을 담고 있다. 봉곡의 횡포가 절정에 달한 대목이다. 당대 뛰어난 유학자인 봉곡을 희화화한 대목이기도 하다. 굳이 수고를 아끼지 않으며 찾아와서 진묵의 시신을 화장하라고 진두지

휘하고 있는 모습이다. 신분상으로 절대적 우위를 점하고 있는 봉곡이 직접 절간에 찾아와서 강압적인 명령을 내리지 않아도 될 상황이다. 봉곡이 하수인을 시켜서라도 얼마든지 진묵의 시신을 화장하도록 강제할 수 있었다. 그런데도 굳이 반동적 인물을 직접 봉곡으로 설정한 이유를 찾자면, 이야기 향유자들의 의식과 현실인식에서 비롯된 구성 전략일 수도 있을 것이다.

수직적 관계에 놓인 봉곡과 진묵이 대등한 관계로 설정된 채 대척점에 서서 갖은 횡포를 구사하고 그것을 감내하고 있는 상황이다. 이것이 어느 측면에서 보면 신앙의 교조적 행위가 절대적 우위를 확보하고 있는 현실이라는 점과 대립적 관계에 놓인 불교의 민중적 친연성이 갖는 두려움과 불안을 반영한 봉곡의 현실인식에서 기인된 결과이기도 하다. 그만큼 봉곡과 그와 같은 부류라 하더라도 믿지 못하고 직접 눈으로 확인하고 마는 상황과 심리적 기반이 매우 불안정하고 취약하다는 현실의 반영이다. 그러니 경직된 유교질서에서 배태된 배타적 사고가 저변에 깔려 있고 타자에 대한 인식이 매우 협소하고 인색하며 관용정신이라고는 거의 없다시피 하다. 유교적 논리의 대인 정신, 군자적 풍모를 자위하며 자칭 강조하지만 허무하기 이를 데 없다.

> (전략)오늘 새복으 떴으면 오늘 나즈때, 그냥 와가지고는 봉곡 선생님을 갖어 봉곡도 알아. 시체는 남아 있고, 혼만 나가 있는지를. 다 도통한 분들이라. 인자 가서 알고 가갔고는. 야! 이바 문열어라. 너그 시님 여깄지? 긍게로 있다고 문열어라. 중은 죽으면 화장을 시키는 법이다. 긍게 워느니 어느 영이라고 안 열을 재간이 없어. 문을, 그라고 꼼짝 못허고 문을 따줬어. 문을 따고는 야 죽엇어. 너그 스님, 건드리봐. 혼은 벌써 나갔어. 죽었싱게로 갖다 빨리 화장시켜. 그러가꼬는 어느니 영이라고 말을 안 들을 재

간이 없어. 귀앵이 앞에 머셔 지노룻형게 그 당시는. (후략) 〈제보자:김광현〉

(전략) 탁 신체를 뉘어놓고 혼만 널러가갖고 혼만 오는 판에 외와갖고 오는 판에 전주서 김봉곡씨가 궁게 하인들 시키서 태와 버리라고 힜어. 중놈이 이럴 수가 있느냐. 사찰의 뒷방이다. 송장을 갖다노웅게. 태워버리라고 아닝게 아니라 신체(시체)가 누어 있거등. 양반 세상에 종놈같은 것은 문제가 아니거든 (후략) 〈제보자:김용길〉

봉곡이 중승들에게 문을 열어달라고 윽박지르며 들이닥쳤을 때, 진묵을 만나 유교와 불교의 사상적 논쟁을 시도하려는 것이 아니다. 봉곡은 일방적으로 음해의 목적을 가지고 열어라고 명령하는 도량의 무단 침입자이다. 제보자의 말대로 '고양이 앞에 쥐인 세상'에서 절간에 봉곡이 나타났을 때 죽음을 각오하고 항변할 중승들은 아무도 없다. 참선수도(參禪修道)하는 신성한 도량까지 제 마음대로 할 수 있는 유학자이자 토호세력인 김봉곡으로 상징되는 유교적인 현실계의 포학한 실상이다. 그런 상황 속에서 봉곡의 무소불위의 횡포에 불가의 모든 중승들은 속수무책으로 당할 수밖에 없다. 봉곡이 와서 다짜고짜 진묵의 거처를 부숴 버리고 진묵의 영혼 없는 육체를 마당으로 끌어냈다. 그리고 절마당 한 가운데 장작더미를 쌓아놓고 화장해 버린 법란(法亂)이 백주대낮에도 자행되는 현실이 비극적이기까지 한다. 이제 진묵은 육신은 없어지고 영혼만 존재하게 되었다. 육체가 외형적인 표상이라면, 영혼은 육체 안에 깃든 내면적인 실체나 교리일 것이다. 육체가 사라진 내면의 세계만 존재한다. 구체적으로 정리하면, 유교적 현실 속에서 불교는 외형상 존재할 수 없고, 민중들의 마음속에 간직되어 있는 내면의 불교이자, 숭유억불의 시대적 상황을 형상화된 상징적 코드의 담화이기도 하다. 진묵이 살았던 당대의 현실이 명종조의 문정왕후에 의한 숭불정책이

일시적으로나마 흥기했던 적도 있었고, 또한 선조 대에 이르러서 임란의 혼란한 시국에서 승려들이 승군(僧軍)을 조직하여 왜군에 대한을 하기도 하여 선조로부터 두터운 신임을 일시나마 얻기도 하였다. 그러나 그것도 잠시뿐이었다. 근본적인 불교의 숨통을 열어준 것이 아니었다. 기득권의 이해관계에 철저하게 부합된 현실책이었다. 그러니 조선시대에서 불교에 대한 기득권자의 인식이 근본적으로 변화가 올 것이라고 믿는 것이 어리석은 일이었다. 그야말로 억불숭유의 근간은 여전히 유지되고 있었다. 그러니 지배계층의 불교에 대한 탄압과 횡포는 여전하여 불교를 신봉하는 행위 자체가 자유로울 수 없었고, 위험천만한 일이기도 하였다.

후에 광해군은 술수에 능한 승려의 말을 믿고는 그들로 하여금 요역을 시키고 백성의 재산을 거둬들이게 했다. 인종반정으로 임금이 된 초기에는 궁궐을 훼손한다고 승려의 출입을 금하였다.[53)]

조선조 억불정책에 의해 위기에 처해진 불교는 물론 민중들의 생활고도 부역과 세금으로 파탄지경에 이르러 이루 말할 수 없는 비참한 현실이 되었다. 이렇듯 불교에 대한 탄압과 횡포가 가속화되어 가는 상황에서 진묵의 육체를 화장해버리는 현실은 불가피한 현상일지도 모를 일이었다. 그런데 이런 상황에서 불교 승려들의 수효는 오히려 증가하는 기이한 현상이 초래되었다. 이러한 현상은 일정한 사찰에 소속되지 않은 채 무단으로 삭발한 하류신분의 승도들이라고 하겠다. 이들은 단순히 의식주의 문제를 해결하려고 일체의 사회적 구속이나 의무로부터

---

53) 이능화, 조선불교통사 하편, 仁祖元年禁僧入城. 後光主信術僧之言. 興搖役斂民財. 仁祖反正御位之初, 禁僧毁宮.

벗어나기 위한 방편으로 승려 신분을 획득하려는 자가 대부분이었을 것으로 판단된다.[54] 순수하게 말해서 이들은 승려가 아니었다. 자기 고향에서 농사를 짓는 양민들로서 탐관오리의 횡포에 유랑을 하다가 사찰로 흘러 들어와 승려가 된 자들이라고 볼 수 있다. 왕조실록에도 보이는 것과 같이 사찰이 도적의 소굴이라고 비난하는 근거도 농촌을 떠나 유랑하는 양민들이 흘러 들어왔기 때문이다. 민중들은 갖은 요역과 세금으로 농토를 지킬만한 여력이 거의 없었다. 이런 와중에서도 신앙생활이 가능했던 원인으로는 민중들의 지배계층에 대한 기대 욕구가 사라진 상태에서 민중들의 종교적 욕구가 한 몫을 했으리라는 추측이다. 지배계층의 유학과 민중집단의 불교와의 대결양상 속에서 이들간의 종교적 대립뿐만 아니라 지배종교로서의 유학이 조선시대를 담당해 내지 못하는 한계성을 그대로 노정하고 있다고 볼 수 있다. 왜냐하면 이러한 민중들을 회유할 만한 정책들의 부재는 물론이려니와 유교의 비종교적인 특성이 민중들과 일정한 거리를 두고 있었던 것도 주지의 사실이기 때문이다. 곧 현세의 유교적인 현실 질곡에서 탈피하기 위한 자구책의 강구였다. 그런데 그것은 다름 아닌 내세관적 이상이 없는 유교의 한계를 보여주는 실증적인 예라고 해도 과언이 아니다.

바로 유교적 지배질서 체제에서 발을 붙일 수 없는 상황전개가 피지배계층에게 지속적으로 있어왔다는 사실이다. 다시 말하면 외형상으론 유교이념의 세계이고 내면적으로 불교의 세계관이다. 당대의 숭유억불 정책에 의한 시대적 상황을 문학적 상상력을 통해 설화문학의 갈래로 유감없이 표출되어진 결과이다. 서울의 입성이나 속가의 출입을 완전히 봉쇄당하던 승려의 생활을 이루 말할 수 없이 비참할 뿐만 아니라

---

54) 황선명, 조선조종교사회사연구, 일지사, 1987, p.146.

민중들의 삶 또한 경직되고 획일화된 유교적 현실의 질곡 속에서 유랑과 이농(離農)이 비일비재하게 반복되었고 지속되었다. 그야말로 이들의 생활 터전은 비참할 정도로 황폐화되어 버렸던 것이다. 그러다 보니 승려들은 산사에 은둔한 채 손수 밭을 일구고 수도하면서 살아갔고, 민중들은 가난의 고달픔과 부역의 지난(至難)함을 탈피하기 위한 방편으로 주술성(呪術性)이 강한 밀교적(密敎的;탄트라) 성격의 불교와 민간신앙을 통하여 자신들의 삶의 안위를 위로받았던 것이다. 이는 바로 불교가 현세기복적(現世祈福的)이고 내세적(來世的)이기 때문에 신비적 불교관으로 정착되어지기도 하였다. 따라서 성리학적 지배질서에 의한 고통과 억압에 갇힌 불교와 민중들은 기존의 현실적 상황을 거부하고 새로운 세계를 지향하고자 하는 기원과 바람에서 공통적인 분모를 형성하고 있었던 점을 간과할 수 없을 것이다.

문을 걸어 잠그고 '누워있는 시신'이야말로 무장해제(武裝解除)된 무기력한 존재가 아닌가. 무력해진 시신을 끌어내어 화장하라고 벼르고 있는 대목에서는 어떤 면에서 강자의 초라함과 횡포자의 무자비함, 지배계급의 비인간성, 기득권의 잔인성이 종횡으로 교직된 하나의 문면과 단락으로 처리되어 나타나 있기도 하다. 시신이 누워있는 방이 어떤 형태로 자물쇠가 채워진 채 폐쇄되었다는 것은 이미 방의 기능을 더 이상 유지할 수 없다. 그저 무덤에 불과하다. 그야말로 시신을 안치한 동굴과 맞먹는다. 단군신화에 나오는 동굴, 예수의 시신이 안치된 동굴과 일맥상통한다. 더 심층화하자면 곰의 야수성이 인간성으로 탈바꿈하는 과정으로서의 의미와 죽은 예수가 다시 부활하는 과정으로서의 의미, 즉 무기력과 무생명에서 생명력을 다시 얻는 과정으로서의 의미, 진묵이 죽은 시신으로 있다가 다시 부활하여 부흥을 도모하고자 하는 과정으로서의 의미 기능이 이들 사이에 일맥상통하고 있다.

어느 정도 식견을 지니고 있는 봉곡, 토호세력으로서 절대적 권력을 가진 봉곡이 그냥 넘어갈 리가 없다. 그런 측면에서 육신을 아예 없애 버려서 혼만 떠돌게 하고자 한 의도는 곧 진묵의 실질적 역할과 기능을 원천봉쇄하고자 한 봉곡의 의도이기도 하다. 그래서 가시화되지 않은 진묵의 원혼이 유교적 세계에서 꿈틀거린다고 한들 큰 문제가 될 게 없 다는 계산이 저변에 깔려있기도 하다.

마)단락에서는 서천서역국으로 팔만대장경을 가지고 온 진묵의 혼은 화장해버린 육신으로 공중에서 배회할 수밖에 없는 실정이다.

원문은 다음과 같다.

> (전략)양반 세상에 종놈같은 것은 문제가 아니거든 문제가 장작불을 태 우는 판여. 긍게 공중에 왔어. 아무개야. 내가왔다. 내 신체(시신)가 타고 있으니 내가 붙을 수 없고. 이 대장팔경(팔만대장경)을 적으라. 밑에서 상 좌가 받아 적고 중간에서 외고 우서 외고 밑에서 받아 적고 글짜 하나 안 틀리고 허는디, 근디 서천서역국가서 글자를 보고 다 욀 적으 한 구테이(구 석)이가 탁 꾸부러졌어(겹쳐짐). 그걸 그냥 넘기갖고 그걸 못 외았어. 안봤 싱게. 아무개야(후략)〈제보자:김광현, 김용길〉

> (전략)이놈! 왜 이렇게 놔둬냐. 그리고는 웰로 봉곡이라고 허는 사람이 내다 처질러 버렀어. 아 그렁게로 진묵대사가 혼신이 와서는 아 붙을 디가 있어야지. 신체가 있어야 허는 디. 붙을 디가 없응게로 공중에서 외았어. 너 이놈 니가 나를 화장을 히버리었으니 내 들으갈 디가 없어.(후략)〈제보 자:서영준〉

진묵이 혼만으로 팔만대장경을 외워 가지고 돌아와 보니 혼이 붙을 데가 없어 공중에 머물면서 중생들에게 적으라고 했다. 단호한 진묵의 행동과 시공을 초월한 행위가 그릇된 유교적 현실을 극복하고자 한 측면이 어느 시기보다도 강하다. 육체는 시공간을 초월해 움직일 수 없는 존재이지만 영혼은 자유자재로 그것을 초월하여 존재한다. 험난한 이국의 길을 극구 마다하지 않고 자력으로 불경을 가져오는 과정은 불교의 탄압과 횡포에 황폐화된 불교 성지를 상징적으로 보여주고 있는 상황이다. 표면적으로 간직한 유교적 지배사회에 심층적으로 신봉하는 불교 세계의 황폐화는 불교 자체만의 문제가 아니다. 경직된 유교 사회가 빚은 불교에 대한 신앙 행위의 금지는 명확해진 현실태의 각인과 계기를 인지하게 한다.

자의반 타의반 황폐해진 불교가 대내적인 모순관계는 물론 불교 외적인 모순관계를 극복하지 않으면 안 될 시점이 도래하였다는 움직임이기도 하였다. 호불적 행위를 하는 승려와 신도들이 부흥운동을 펼치지 않으면 안 될 경우, 중차대한 곤경을 초래할 수도 있는 상황이다. 선불교가 교종보다 성행했던 시대적 상황에서 불교가 뒷짐을 지고 대중 교화를 외면해 버린다면 도저히 감내할 수 없는 궁지와 나락으로 곤두박질쳐 회생이 불가능해질 수도 있는 상황이다. 이미 민중들의 호불적 행위와 그 신념을 어느 면으로 확인된 처지에서 손 놓고 볼 수만 없는 긴박한 현실이 도래하였다.

불교 내에서 의기투합하여 진로를 적극적으로 모색해야 할 상황인데, 이런 상황에서 두 가지 성향을 가진 승려들이 있었다. 그 하나가 전란을 기회로 호국의 기치를 내걸고 살았던 휴정, 유정 등의 명리승(名利僧)이 있었다. 또 다른 한편에는 전란이나 세상의 명리와는 상관하지 않고 오로지 민중 속으로 들어가 그들과 호흡하며 생활하기도 한 민중 지향의 승려들이 있었다. 후자의 대표적인 승려의 한 사람으로 진묵이 자리하고 있다. 민중들의 생활기반이 여지없이 흔들리고 그들의 불안이 가중될수록 종교적 구원을 찾게 되는 인간들의 종교적 본질이자 이유이기도 하다. 당시 불교가 선종 중심의 출세간(出世間)에 있을 때, 다시 출출세간(出出世間)의 입장에서 민중들과 함께 호흡한 진묵 같은 승려가 필요하였던 것이다. 당시 승려와 민중들 사이에 밀교적 신앙이 강화된 것은 종교적 탄압과 횡포 및 경제적인 궁핍상에서 비롯된 것이다. 조선 후기에 와서 더 많은 진언집(眞言集)과 진언들은 민중들의 의식 속에 불심을 성취시키고 민중들이 원만하는 의식이 불심에 전이되는 대행적인 역할도 마다하지 않았다. 그런 만큼 서천서역국의 팔만사천 법문을 다시 가져와야 할 명분은 축적된 셈이다. 그런데 진묵이 서천서역국에 가버린 후 불교 경내에서 벌어지는 무시무시한 행태가 자행된다. 그 와중 서천서역국에 갔다 온 불교의 도량에 진묵은 곧 위기에 빠지고 만다. 버젓이 국내에 있는 팔만대장경을 다시 서천서역국에 가서 가져와야 할 연유가 무엇일까? 해인사 장경각에 있는 팔만대장경이 있는데도 굳이 다시 서천서역국(인도)에 가서 가져와야하는 상황 설정을 문맥적 의미로 탐색해보면 무미건조해질 수밖에 없을 것 같다. 유교에 맞서 갖은 박해를 받고 있는 불교이지만 그나마 희미하게 명맥을 유지하며 민중들의 정서에 밀접하게 친화력을 유지하고 있는 것을 고무시켜서 부흥의 발판으로 삼고자 하는 불교 세계의 절박한 현실인식의 소산이기도 하다.

한편, 진묵이 고승으로서 갖는 인물의 탁월성과 숭고성, 신성성을 부각시키고자 하는 신이성과 그 요소를 가시화한 형태로 고착된다. 그리고 진묵이 혼만 공중에 부양해서 팔만사천 여 글자나 되는 법문을 한 자도 틀리지 않고 외울 수 있었던 능력을 고승으로서의 지혜와 위대성이 단숨에 읽혀진다. 게다가 불교의 대외적 반응이 이렇다고 한다면, 불교 자체의 대내적 현실의 상황적 이해는 균형감을 갖고 발전하고자 하는 불교적 현실 문제를 지적하고 흥기시키고자 한 의도가 문면에 숨어 있다. 당시 불교가 억압받는 현실의 척박해진 상황 아래 억압의 굴레 속에서도 당당히 그 명맥을 유지하며 옹호하고 발전해야 할 책임과 의무가 무엇인가 고민해야 할 시점이 놓인 것이 불교의 현안이기도 하였다. 그것은 선교 양종으로 균형적 발전을 해나가야 할 불교가 선교 우위의 경향을 바로잡아야 할 시급한 현실이기도 하였다.55)

또한 서천서역국에 간 이유가 제보자 마다 약간의 차이를 보이고 있는 내용이다. 시대변화에 따른 문명의 개화를 목적으로 서천서역국에 간 경우도 있고56), 시대 상황에 맞게 여러 의미로 변개와 변용된 형태를 취하는 경우도 있다. 그것은 적층문학인 설화의 특징이기도 하고 민중들에게 개방된 문학이며 집단창작의 특징을 그대로 반영된 결과라 여겨진다.

바)단락은 육신을 빼앗긴 진묵의 보복에 의해 봉곡의 농토가 건답이 되어버렸다는 내용이다.

　　그러면서 뭐라고 허닝그로니는 이런 말이 있어. 여그 와 갖고 진묵대사가 느 봉곡자손들은 호맹이 자루를 면을 못할 것이단 말여. 호맹이는 그전

---

55) 황선명, 조선조종교사회사연구, 일지사, 1987, p.150.
　　억불정책이 대두하는 조선조에 있어 불교 지도자들은 선종 특유의 조사선(祖師禪)의 명맥을 상전(相傳)함으로써 교단적 전통을 잇고, 대중교화운동에는 소극적으로 대처함으로써 정치 사회적 타협 내지 마찰을 피한 것으로 이해할 수 있다.
56) 진묵대사가 뭐라고 하고 갓냐면은(갔느냐면) 서천에 가서 과학문명을 배워가지고 와서 조서늘(조선을) 과학문명국으로 만들겠다고 하고 갔거든. 그래서 서천에 가서 그 다음 날 와본 께 천상에서 보니까 내 몸이 없거든.(진묵이 죽은 이유 가운데)〈제보자:서영준〉

논매는 호미, 지금은 논을 안 매지마는, 논에는 호미를 면허지 못헐 것이다. 그말은 공중에서 히였어.〈제보자:김광현〉

　근디 에--, 딱 전주서 봉곡, 동산촌 봉곡들이 수답이 좋았다등만, 김봉곡 후손들이 많이 살어. 참 논이 좋아 근디 거그가 지금은 전부 밭이 되었어. 아무개야. 너그 집안은 빈천하게 살으라고. 소양 물길을 뚫어 다른디로 내버리갖고 지금은 밭으로 됐디야.〈제보자:김용길〉

　조선시대는 농업 경제를 기반으로 한 왕조 체제이므로 일체의 기반이 농토와 매우 직결되어 있다. 우리나라에 근대화의 물결이 일어나기 전에 경제적 기반이 된 토지는 의식주의 근본이라고 해도 과언이 아니다. 그만큼 농토를 잃는다는 것은 농토를 직접 경영하는 민중들의 생활 기반의 직접적인 붕괴를 의미하였고, 지배계층에게는 주어진 과전이 권력과 부의 상징이었기 때문에 만일 이를 잃는다는 것은 초라한 선비, 한미한 선비로 전락할 수밖에 없었다.

　토지의 확보에 따라 경제력의 대소, 관료계급의 지위고하의 신분을 의미하기도 하였다. 사실상 조선조 성립 초부터 토지 제도의 시행상의 문제점으로 여말의 토지제도와 별반 다를 게 없었던 구조이다 보니 많은 문제점을 안고 있었다. 그런 와중에서 양민 계층 이하의 민중들은 물심양면으로 부담만 가중되었다. 이러한 경제 구조의 악순환 속에서 민중의 경제는 나아질 리가 없었다. 그러다 보니 민중은 전전긍긍하다 농촌을 등지고 유랑의 길을 올라야 했다. 그렇지 않으면 노비로 전락하여 동물적인 생활을 강요당하는 지경에 처하고 말았다.

　유교적인 사회 현실을 대표하는 유학자로서 많은 토지를 확보하고 있는 봉곡 소유의 기름진 땅이 물줄기가 끊겨버려 건답이 되어 버렸다는 것은 많은 시사점을 던져준다. 이는 봉곡의 경제력의 약화를 의미하기도 하고 유교적 명분론에 갇힌 사회 체제의 균열과 붕괴를 의미하기도 한다. 다시 말해서 전성기를 구가하며 무소불위의 권력을 휘두르던 봉곡이 아니라 쇠퇴일로에 접어든 성리학적 지배질서의 붕괴와 경제력의 약화를 기정사실화한 상징적인 의미체계이기도 하다. 따라서 작품 내적 자아인 진묵이 봉곡에게 저주를 통해 생산력 기반이자 경제력 근간인 농토의 황폐화를 직접적으로 보여주고 있는 것이라면, 작품외적 자아인 향유자들이 현실의 모순과 질곡을 진묵을 통해 표출하고 있는 것이다.

이 부분의 심층적 이해를 도모하고자 하는 처지에서 농토가 단순히 의식주의 문제와 연결되어지면서 경제력의 대소를 규정하는 의미이기도 하지만 한편으론 불교와 유교의 세력의 확장과 위축을 보여주는 실상이라고 보아도 무방할 것이다. 진묵의 갈등과 대립이 다양한 의미층위를 형성하고 있는 근간에는 종교적인 대립과 갈등의 표출이면서 그 대립과 갈등 안에 내재된 민중들이 원망공간(願望空間)이 불교의 현세적 구복 신앙으로 대체되어 자기들의 삶의 안위를 얻을 수 있는 가능성을 열어 놓았다는 의미규정이기도 하다.

봉곡과 진묵의 대립을 인물간의 갈등이면서 중심 이데올로기와 주변 이데올로기의 종교적 갈등양상으로 확장해 볼 때, 보다 명확한 이해를 탐구하게 될 것이다. 봉곡과 진묵의 대결구도의 대단원은 진묵이라는 주인공의 성격과 설화문학에 투영된 민중들의 현실인식과 맞닿아 있다. 이전 서사 단락에서 보복과 질시에 대한 저주가 고스란히 반대로 드러난다. 종교적인 대립양상에서 진묵의 저주가 봉곡의 후손들에게 대대로 가난하게 살아가야 할 운명으로 덧씌우게 된다. 끊임없이 흘러가야 할 맑은 물줄기가 끊겼다는 것은 명실상부한 유교의 경직성이 가져온 폐해를 지리적 조건에 부합시킨 일단을 보여주는 예라 하겠다. 문면에 보복적 차원의 대결구도이지만 그 이면에는 저주로 잉태된 실상은 민중의식의 발로에서 그들의 상상력이 설화화 과정을 거쳐 전승하고 있다. 사실 진묵의 혼은 민중들이나 승려 집단의 내면적인 의식 세계를 구체적으로 보여주고 있다. 이것이야말로 그들이 간직하여 온 불교 신앙이 새로운 국면을 맞이하여 민중들의 생명을 고무시키는 자양분으로 자리매김하였다는 논리이기도 하다. 아울러 지배계층의 토지점유가 독점적인 지위를 갖게 됨으로써 나타나는 폐단을 보여주고 그들의 횡포를 거부하고 실질적인 토지 점유와 경작을 민중들에게 환원시켜주어야 한다는 바람이 반영되어 있다. 민중들의 삶과 괴리된 어떤 이념이나 체제도 무의미한 것이며, 그들과 유리된 유교의 경직성과 횡포야말로 배척되어야 할 대상이면서 민중과 호흡하는 진묵과 같이 실제적으로 그들이 바라는 이상과 현실을 아우르는 신앙이 중요한 것이라는 의미를 내포하고 있기도 하다.

예교론(禮敎論)에 사로잡힌 유교적 사회 체제가 시대적인 변화와 요구에 능동적으로 대처하지 못하고 민중들에게 삶의 질곡만 가중시킬 때, 민심의 이반은 가속화되고 답보상태에 놓인 교조적 유교 이념은 형식 논리에 고착되어 더 이상의 진전을 기대하기는 어렵게 된다. 유교적 지배 체제에 놓인 봉곡의 기름진 땅이 건답이 되어 버렸으니, 현실과는 유리된 구시대적인 신앙 행태로 전도 현상이 일어나게 마련이다. 예전에는 기름졌던 농토가 말라 버렸으니 신봉하는 세력의 쇠퇴로 점점 위축될 것이고 귀족 세력에 한정된 채로 발전하다가 어느 시점이나 계기를 정점으로 해서 민중들의 원성이나 사고 그들의 삶과 거리가 멀어질수록 공허한 이데올로기의 표상으로 고정화될 뿐이다.

그에 비해 불교는 갖은 탄압 속에서도 민중 집단에 의해 면면이 신앙되어 왔던 만큼 점차 표면화되면서 민중들의 소망의식을 대변한다. 백성들이 지배계층의 억압과 착취가 횡행하면 할수록 그들이 추구하는 신앙과 이상은 불교와 함께 하는 길이라고 여겨봄직도 하다. 왜냐하면 백성들의 신앙 행위는 현세적인 안위와 내세적인 세계의 희구를 원하기 때문이다. 그런데 유교는 내세관이 결여된 종교적 특징을 가지고 있고 삶의 윤리적 실천에 중점을 두며 현실적 명분만을 강조하고 있다. 형식적인 윤리의식으로 직조된 유교가 담당할 수 없는 봉곡보다는 진묵을 대상화하여 민중들이 추구하는 삶을 거침없이 형상화하고 향유하고자 하는 의도가 강조되어 반영된다.

② 〈진묵이 죽은 이유〉 개별 작품의 변이양상과

앞서 〈진묵이 죽은 이유〉와 관련된 여섯 편의 작품은 제보자의 구술을 토대로 한 작품 편수이며, 각편 여섯 편이 제보자의 성격, 인식차이에 따라 얼마든지 변개가 가능할 수 있지만 현장 채록 결과 그리 큰 변모 양상을 띠고 있는 것이 아니고 제보자의 시대 의식과 현실 인식, 종교관의 유무에 따라 변개가 자유롭게 일어날 수 있었음을 확인하였다.

육신을 떠나 영혼만으로 서천서역국을 다녀온 이유를 정리하여 보면 다음과 같다.

개별 작품에서 서천서역국의 이역만리를 다녀온 각편은 첫째, 단순히 서천서역국에 가서 팔만대장경을 가져온 것, 둘째, 노인들은 죽지 않고 젊은 사람들이 죽어나가는 우리나라의 병폐를 치유할 목적, 셋째, 의약과 농사법을 배워 조선을 발전시키려고 한 것, 넷째, 과학문명국으로 만들어 발전된 우리나라를 만들려고 한 것으로 정리할 수 있다.

각편에서 단순히 팔만대장경을 가져오려는 이유가 구체적으로 드러나지 않았다. 다만 없는 팔만대장경을 가져오겠다는 것이다. 이는 앞서 논의를 진행했던 것으로 이해가 가능할 것이다. 다만 덧붙이자면 유교가 지배하는 사회에서 민중적 성격에 부합되지 않는 불합리성을 고발하는 의미가 강하다고 볼 수 있다. 이는 가부장적 유교 사회체제에서 새로운 세계의 대체를 희망하는 민중들의 소망이 반영된 결과라고 해도 무방하다 하겠다.

당시 이미 불교가 토착화된 상황에서 팔만대장경이 무슨 소용이 있겠는가하고 반박할 수 있겠지만, 환골탈태한 실질적 모습을 보여주어야 했던 시대적 상황과 요구에 부합할 필요성이 절실하게 대두되었던 것이다. 불교입지가 약화될 대로 약화된 상황에서 그나마 명맥을 유지할 수 있었던 것은 피지배계층의 호불적 행위(好佛的 行爲)와 의례가 부지불식간에 계속되어왔던 저간의 사정이 크게 작용하였던 결과이다. 그렇다면 불교 자체도 노력을 경주하지 않으면 안 된다. 서슬 퍼런 유학자의 절대 권력이 주변을 옥죄어 올 때, 승려로서 무슨 할 일이 있을까하고 속수무책으로 소극적 태도를 견지하면 더 큰 재앙만 초래하고 말 것이다. 그런 차원에서 불교인들이나 승려가 해야 할 사명이라고 보면, 불교의 쇄신과 민중 교화에 심혈을 기울여할 당위성을 확보하는 길밖에 없을 것이다. 그 일환으로 진묵이 선택한 것은 상구보리(上求菩提)와 하화중생(下化衆生)의 실천이었다. 그러기 위해선 보다 구체적인 행동과 새로운 반향을 불러일으킬 필요성이 충족된 나머지 서천서역국의 불경을 가져오는 일이 최대 관심사로 여겨질 법한 일이다. 그야말로 억불숭유의 체제 속에 숨통을 죄던 현실적 상황에서 현실 극복의 간절한 바람이 아니었을까 짐작된다.

한편으로는 민중들이 즐기고 있는 이야기로써 향유층들의 의식 성향을 고찰해 보면, 이야기가 발생되고 창작되는 지역적 기반의 민심 동향과 불가분의 관계에서 연행되어지고 있는 경향이 짙다[57]는 것이다. 억불숭유에서 상구보리만 일삼는 승려들도 그들 나름대로 고통과 통제가 수반되어 어찌할 묘안이 없을 테지만 하화중생하는 승려가 직접 민중 속에 들어가 그들의 아픔과 원망을 어루만지고 함께 할 수 있는 일이야말로 보다 큰 반향을 불러일으키기에 충분한 일이었다. 그만큼 진묵이 머물고 있던 지역들이 부패한 탐관오리들이 적지 않았던 평야 지역이라는 점에서 그들을 징치할 수 있는 인물이 간절하게 요청되었고 그들의 바람에 부합되는 인물이 진묵이었던 것이다.

이야기 문맥에 흐르는 서술자의 시각을 고찰해 보면, 보다 분명하게 드러난다. 서사문학에 있어서 서술자의 의식이 등장인물의 행동과 표정, 몸짓에 매우 중요하게 반영되고 제시되기 때문에 진묵이라는 역사적 실존 인물이 어떻게 해서 민간에 유포되어 널리 연행되었는지 설화의 실체를 규명하기에 일조를 할 것이라고 믿어진다.

진묵 설화의 향유계층이 인식사유에 따라 달리 나타나는 이야기의 흐름에서 〈진묵이 죽은 이유〉 각편에 '노인들은 안 죽고 젊은 사람들만 죽어서'라고 변개된 양상이 나타난다.

그야말로 시대상이 적극적으로 반영된 대목이다.

> 진묵대사가 가만히 세상물질(물정)을 다 쳐다보니까. 지금은 말허자면 노인들은 안 주고 젊은 사람이, 안 죽을 사람들이 자꼬 죽거든, 긍게, 서천 서역국으로 팔만대장경인가 뭐가 어.(제보자: 김광현)

---

57) 진묵 관련 설화는 전주를 중심으로 완주와 김제를 지역 기반으로 연행되어왔다.

늙은 사람이 젊은 사람들보다 일찍 죽는 것은 세상사의 당연한 이치이다. 그런데 문제는 세상사의 순리에 어떤 연유로 해서 비틀어져 있다는 것이다. 세상사의 순리를 거스르는 현상이 왜 자꾸 일어나는 걸까. 어떤 현상이 잘못된 작용을 부채질하고 있을까. 문제의식을 갖지 않을 수 없다. 주역58)에서도 밝히고 있듯이 '하늘에서 나타나는 모양, 땅에서 나타나는 모습은 다 변화를 알아보기 위함이다.'라고 하지 않았는가. 땅에서 일어나는 현상이 심상치가 않다. 일어나서는 안 될 변화가 일어났고 그걸 알기 위함이라면 다양한 방법으로 천착해 보아야 한다. 그런데 문제의식을 갖고 현안이 쉽게 해결될 기미가 없다. 개미떼들의 이상한 행동, 들쥐들의 이상한 행동, 앞산에 노루 떼가 울고 간 조짐은 단순히 자연현상에 그치지 않는다고 한다. 이런 자연 현상에도 인간 사유와 심리가 투영되어 인간에게 불안 심리를 조장하며 그들을 공포에 몰아넣는다고 한다. 그런데 문제는 인간보다 하찮은 미물들의 변화 조짐이 아니고 인근 지역 혹은 동리의 젊은이들이 죽어나가는 상황은 매우 심상치 않은 일이다. 궁극적으론 인간의 생존 문제와 사회 문제로 직결된다.

자연의 질서인 우주의 섭리를 거스르는 세계가 상존하는 일이야말로 당대의 사람들에겐 커다란 공포와 불안이 아닐 수 없다. 인간의 생태적인 질서가 생로병사의 과정이라고 볼 때, 노인은 죽지 않고 죽어서는 안될 젊은이들이 죽어가는 게 문제다. 젊은 사람들이 자꾸 죽어가니 그대로 지켜볼 수만 없다. 불안과 공포에 쌓인 당대인들의 문제를 치유할 방책이 유가적 지배체제에서는 해결될 기미가 없다. 유가적 지배체제에서 발생된 다양한 사회문제가 유가적 이념으로 치유하고 극복될 수

---

58) 在天成象 在地成形 變化見矣.

있는 사회라면 매우 다행한 일이다. 그런데 문젠 유가적 지배 이념으로 배태된 사회적 부조리나 질곡을 극복할 수 없는 한계점에 도달했다고 보는 것이다. 생사의 경계를 넘나드는 일마저도 견디기 어려운 일인데, 죽음으로 내몰리는 사회야말로 비참하고 비극적이다.

내일의 동량인 젊은이들이 죽어가는 사회야말로 미래가 없다. 그 한 가운데 조선의 현실이 자리하고 있다. 내일의 발전을 기약할 수 없는 조선이 되어가고 있다. 조선 시대의 현안이 이야기 맥락 속에 절박하게 드러나 있다. 조선 시대 위정자들의 권력 쟁탈과 당쟁과 사회가 빚은 정치적인 상극의 역사와 임·병 양란으로 겪게 되는 국토의 황폐화, 농업을 기반으로 하는 왕조 체제가 지배계층의 무능과 위선, 부조리로 얼룩이 져서 민중들의 삶은 갈피를 잡지 못하고 유랑과 피난, 피역의 길로 내몰리게 되었다.

한성부의 계에서 널려진 시체들을 묻는 일은 가장 우선시해야 할 정책이며, 적에게 죽임을 당한 도성 백성들이 길 곁에 버려진 모습들은 차마 보지 못할 참혹상이며, 피난민들이 점차 되돌아오는데 굶주림이 매우 급하니 청컨대 지부에 명하여 별도로 구휼해 주고 남정들을 뽑아 널려진 시체를 묻게 하였다. 호조의 계에서 경성의 백성들은 가장 참혹한 재앙을 만나 살아남은 이들이란 십 세의 아이들이나 칠십이 넘은 노인들뿐이며 나머지는 대개가 굶주림을 당하거나 얼어 죽었다.[59]

병자호란의 난리는 백성들에게 궁핍과 죽음, 전염병으로 그야말로 설상가상의 참상만을 겪게 할 뿐이다. 실록에 나타난 기록만 보아도 그

---

59) 仁祖 15年 2月條-漢城府 啓曰, 掩却埋者王政之所先都民之死於鋒刃者. 棄置道傍慘不忍見, 而避亂之民稍稍還集, 飢困方急. 請令地部別加賑救. 仍發男丁餘是掩埋. 戶曹 啓曰, 京城居民受禍最酷. 餘存者只是未滿十歲之兒年過七十之人而擧蓋飢凍死.

당시의 참상이 어떠했으리라 짐작이 간다. 왕을 위시한 지배계층은 서둘러 몽진과 피난을 재촉하고 백성들만 남겨두고 떠나고 말았다. 도성에 남은 백성이야 견마에 비견되는 삶속에서 하루하루 불안한 생활과 생사의 경계를 넘나드는 연속의 나날이었다. 왜병의 침략이 할퀴고 가고, 청의 침탈이 도성 백성들에게 이루 말할 수 없는 수모와 능욕을 안겨 주었는데, 도성 밖의 백성이야 도성 백성보다 더한 고통에 시달렸으면 시달렸지 덜하지는 않을 것으로 추측된다. 나라가 절체절명의 위기 속에서도 속수무책으로 가만히 당하고 있을 수만은 없는 백성들이다. 이들에게 당장 시급한 문제는 생존이었다. 어찌 보면 국가의 존망은 그들의 생사에 비해 부차적인 것이다.

기아와 전쟁으로 젊은 사람들이 죽어나가는 마당에 병력의 확보가 중요하게 대두된 국가적 문제였지만, 직면한 현실 상황에서 병력을 확보하기란 매우 어려웠고 전투에 나간다 해도 대적하기엔 오합지졸이었다. 그런데다 적군의 조총이라는 무기 앞에선 무기력에게 당할 수밖에 없었다. 그러니 온천지에 적시성산 유혈성하(積屍成山 流血成河)였으니 고향에는 싸울 수 없는 늙은이만 남게 되었다. 불리한 전세 상황을 확인한 고승 서산대사는 각도에 중승들에게 명하여 승군을 조직하였다. 그리고 적과 대항하라고 교지를 내렸고 구국의 일념으로 너와 내가 없이 구국을 위해 대적하여 싸웠다. 신분귀천과 고하를 막론하고 승군을 조직하여 적에게 대항을 하였지만 중과부적이었다. 정작 싸울 수 있는 가용 병력인 젊은이들만 죽어갔다. 그야말로 누란지위를 극복하기 위해서 젊은 사람들이 죽어가는 안타까운 참상을 목격한 진묵은 서천 서역국에 있는 팔만대장경을 다시 가지고 와서 젊은이들을 살려내겠다는 의지를 실천하고 있다. 이런 정황은 사실 향유계층의 의식과 인식

사유 속에 내재된 바람을 이야기로 형상화한 결과이다. 젊은이들이 죽지 않고 살아서 불사조처럼 적과 대항하여 나라를 구하고자 하는 향유계층의 기원이 재구성되어 적극적으로 반영되어 있기 때문이다.

한편으로 음미해 볼만한 것은 중농주의가 강하게 투영되어 있는 조선조의 경제 기반과 연계해서 천착해 볼 여지가 충분하다는 점이다. 농자는 천하지대본이라는 조선왕조 체제의 경제력의 토대는 토지이고 토지의 경작은 질 좋은 노동력 확보라는 사실이다. 그런데 일할 젊은이들이 어떤 연유로 해서 다 죽어가고 만다. 그것은 곧바로 노동력의 상실을 가져올 뿐만 아니라 그 결과 여하에 따라서는 나라의 존립마저도 위태롭게 만들기에 심각한 사태였다. 이것이야말로 농업 생산을 통해 경제적 기반을 구축해야 할 봉건 왕조체제가 일시에 붕괴할 수도 있는 중대한 현안이다. 그런데 이 사태를 진묵대사가 서천서역국에 가서 팔만대장경을 되가져와 젊은이들을 지키겠다는 의지를 보였고 실천에 옮겼다는 사실이다. 따라서 경전을 다시 가져와야 할 만큼 잘못된 현실을 목격한 민중들은 진묵대사라는 역사적 인물을 통해 현실 부조리의 문제점을 우회적으로 표현한 것이다. 유·불갈등의 중심에 서있는 진묵이 팔만대장경을 가져와서 불교 교화에 힘쓰기보다는 고통과 핍박으로 고통받는 민중을 구제하기 위한 메커니즘으로 작용하고 있다는 점에서 의의가 있다고 사료된다.

대부분의 호불적 태도를 견지한 인근의 신도들이나 지배질서에 반감을 가지고 있는 사람들은 당대 현실이 불합리하고 왜곡되어 버린 현상을 설화라는 장치를 통해 민중들의 문학적 상상력을 적지 않게 투사하여 향유하고 있다. 세상이 물 흐르듯 순리에 의하여 발전하여야 하는 게 세상 민심의 바람이다. 그러나 그와는 정반대인 잘못된 방향으로 치

달으니 문젠 더욱 심각해진다. 이런 현상을 보여주면서 유교적 지배체
제가 갖는 현실적 부조리를 지배계층의 무능과 이데올로기의 허구에
기인된 현상임을 밝히고자 한 향유자들의 의도가 엿보인다.

또 다른 각편에서는 서양의 발전된 의약품과 농사법을 가져온다는 내
용으로 변개를 보이는 대목이다. 연행된 시대적 상황이 근대화 이후이
며 가난과 질병 등이 백성을 괴롭게 만드는 절박한 고통이라는 점이다.

> 서천 서역국에 가서, 지금으로 말하면 서양이든 개비여, '거기 가서 기계
> 화를, 기계를 잘 배와 가지고 와서 동양에다가 발전시키다 보면 우리나라
> 가 훨씬 발전이 쉽게 될 것이다. 그 기술을 배우러 갈란다.'… '기술을 배
> 와 가지고 와서, 병이 나도 좋은 약을 써가지고 잘 낫게 허고, 농사도 잘
> 짓게 허고, 좋은 법을 배워가지고 올테니 당최 느그들…'(한국구비문학대
> 계, 김용철)

조선 중기의 진묵이라는 역사적 인물이 구비전승(口碑傳承)되면서
근대 이후의 현실적 문제와 결부하여 이야기의 흐름과 변이를 재구(再
構)하고 전승해오고 있다는 점이 주목되는 바이다. 여기 변이된 양상을
중심적 어휘를 통해 정리해 보면, 당대의 현실적 문제와 민중들의 인식
사유를 정확하게 짚어내어 이야기 문학으로써 존재 의미와 의의를 짐
작하게 만든다. 구비전승되는 이야기기가 시대적 요구를 어떤 형태로
반영하는 것은 당연한 이치이다.

앞서 밝힌 텍스트에서 핵심적인 어휘를 추출해 보면, '병'과 '가난'이
다. 그 당시에 주된 관심사가 무엇인지를 명료하게 보여주는 대목이다.
당시 백성들에게 급히 요구되었던 것은 선진 농업기술을 통한 가난의
극복과 선진 의료기술을 통해 질병 치유이다. 이렇듯 민중들의 주된 희

구사항을 민중들은 적층문학인 설화 양식이 고스란히 담아놓고 있는 셈이다. 문학은 현실을 반영하되 작가에 의해 재구성된다는 서사문학의 원론을 우리 민족의 역사적 실재와 궤를 같이하면서 변이와 첨삭을 더해가며 함께 발전해왔다는 사실을 보여주고 있는 좋은 실례이다. 절대 왕정체제에서 서구 문명이 유입된 근대화 이후 우리나라의 역사와 당대 현실, 그리고 당대인들의 인식과 사고방식을 담고 있는 보고라고 할 만하다.

그야말로 당대인의 사고와 문제의식이 과연 어떻게 이야기 문학에 투영되었는지 명확하게 보여주고 있는 작품이다. 동서고금을 막론하고 민중들에게 기본적인 욕구는 의식주(衣食住)의 충족이다. 의식주가 구비되지 않는 어떤 사회적 이념이나 좋은 제도도 공허한 메아리에 불과하며 공염불이다. 지배계층의 어떤 이념이나 제도도 백성들의 기본적인 욕구를 충족시켜주지 못하거나 외면한다면 그들은 어느 때고 등을 돌리고 저항해왔다는 사실이다.

백성들이 굶주림 때문에 고통을 받고 질병 때문에 바람직한 삶을 영위할 수 없다면, 그것처럼 불행한 현실이 어디 있겠는가. 백성들의 가난과 질병을 해결해주지 못하는 위정자야말로 그들이 원망하는 대상이다. 그런데 이야기에 나타난 현실을 문형화하면 크게 두 가지로 정리된다.

가) '백성들은 가난하다'
나) '백성들은 병들어 있다'

그릇된 통치 이데올로기에 의해 백성들이 가난하게 되었든, 병들게 되었든 간에 지배계층의 탐학과 폭정이 가난하게 하고 병들게 하였든

간에 결정된 현실은 이것에 의해 백성들이 고통을 안고 살아가고 있다는 것이다.

그렇다면 이항대립적 구조(二項對立的 構造)를 만들어 보면 쉽게 내용을 파악하는데 도움이 될 것이다.

가) "백성들은 풍요롭다'
나) "백성들은 건강하다'

그렇다고 한다면 적어도 백성들이 풍요로운 삶을 살아야 하는데 그렇지 못하고, 백성들이 건강한 삶을 살아서 장수해야 하는데 그러지 못한다. 구조적 대립항(對立項)을 만들어 보면, 결핍과 충족이다. 결핍을 극복하고 충족을 완성하기 위해서 결핍하게 만드는 요인이 어디에 있는지, 그것이 무엇인지 쉽게 탐색할 수 있을 것이다.

유교적 사회체제에서 겪는 궁핍과 질병이 당대인의 삶을 황폐하고 만들었다. 특히 임·병양란을 겪고 나면서 민중들이 겪는 고통은 참혹할 실정이었다.

진휼청의 계에서 포로도 사로잡혀 도망갔다가 되돌아온 사람들이 중도에서 기진하여 헐벗은 모습들은 각처에서 벌어지는 상황들이니 청병이 물러날 때를 기다려 역마다 별도로 청을 설치하여 구휼하기를 청한다. 진휼청의 계에서 근래에 굶주려 모여든 백성들이 조석으로 360, 70여 인에서 400여 인에 이르기까지 되고 그 중에 병자도 많았다. 지금 따뜻한 봄날을 맞이하여 전염된 자도 많을 터이니 동, 서 활인서로 분송하여 본서 관원들로 하여금 곡식을 내주고 치료하게 하는 것이 마땅하다고 본다.[60]

---

60) 仁祖實錄 12年 3月條−賑恤廳 啓曰, 被虜逃還之人 中路飢困不振之狀 必無遠近之殊
俟, 淸兵撤退一路 各站幷設廳, 次次賑救. 賑恤廳 啓曰, 近來飢民聚會者 朝夕各三百六

향유자들도 선진 농업기술의 도입과 선진 의료기술의 도입이라고 그들의 바람을 이야기 속에 밝혀놓고 있다. 그래서 그들의 가난과 질병을 극복하고 치유하겠다는 의지를 드러내고 있다. 그런데 문제가 간단하지 않다. 민중들 자신이 직접 문제해결에 나설 수 없다는 게 문제이다. 진묵대사가 나섰다. 서천서역국인지 서양인지 모르지만 진묵이 혼만 그곳에 가 서양문물을 가지고 와서 백성들의 고통을 해결하겠다는 것이다. 그러나 지배이념도 아니고 지배 종교도 아닌 불교 혹은 승려가 나서서 될 일인가. 백성들의 고통의 원인을 극복할 대안을 찾았으니 진묵이 나섰다. 혼만 남겨두고 갔다 오겠다는 것이다. 그런데 백성의 고통은 아랑곳하지 않는 지배계층이 있지 않은가. 진묵 대사와 예리한 대립각을 세우고 호시탐탐(虎視耽耽) 노리고 있는 무소불위의 유학자 봉곡이 훼방꾼으로 버티고 있지 않은가.

기득권을 유지하고 있는 봉곡이 가난을 극복하고 질병을 치유할 해결책을 내팽겨 놓은 채 그들만의 이해만을 추구하고 있다. 봉곡이 숭상하는 유가적 이념이나 제도가 백성의 가난과 질병을 해결하지 못하고 있다. 가난한 백성을 외면하고 병든 백성을 외면하는 현실이 비참하게 나타나 있다. 그 중심에는 유가적 질서와 체제가 자리잡고 있으니, 그 체제와 이념이야말로 무기력하고 무능하고 경직되고 부조리하다는 변증법적 논리가 반영되어 있기도 하다.

향유자들은 현실 비판적 의식을 이야기로 표출하고 있다. 게다가 백성의 가난, 백성의 질병마저도 치유 못하는 어떤 이념이나 체제도 허구에 불과하다는 논리이다. 봉곡이라는 인물이 토호세력으로써 중심이

七十人 或至四百餘人. 而病者亦多, 當玆春暖傳染, 必多分送於東西活人署令本署官員 受米救療宜當.

된 유교는 이미 백성과 괴리된 경직되어 있는 시대착오적인 이데올로 기일 뿐이며, 진묵으로 대표되는 불교야말로 시대현실에 부응하는 이 데올로기이자 대안이라고 보고 있다는 방증이다. 불확실한 시대상황에 서 하화중생을 실천궁행하는 진묵이야말로 민중과 호흡을 함께하는 살 아있는 부처이자, 메시아로서 민중의 구원자라는 향유자들의 민중의식 의 준엄한 표출이라고 봐도 틀림이 없다 하겠다. 따라서 민중들이 진묵 을 통해 실현하고자 하는 현실극복의 의지를 보여준 소박한 발상이라 고 여길 만하다.

마지막으로 팔만대장경을 가져오려고 한 이유를 과학문명의 도입에 두었다는 내용이다. 이제 우리나라도 과학문명국이 되어 부국강병을 도모하겠다는 발상이 투영되어 있는 변이양상이다.

> (前略)시신이거든, 진묵대사가 뭐라고 하고 갔냐며는 서천--유럽(유럽 으로 알고 있었음)에 가서 과학문명을 배워가지고 와서 조선을 과학문명국 으로 만들겠다고 하고 갔거든(後略)(제보자:법원)

향유계층의 시대적 배경과 그 공간이 1980-90년에까지 전승되면서 이야기의 변이가 시대적 흐름에 걸맞게 달라져 있다. 이 이야기의 흐름 에 맞춰 개괄해 보면 중심 어휘가 '과학문명'이다. 시대적 변화에 걸맞 게 탄력적인 사회적 변화가 요구되어야 한다. 그런데 유가의 대표적 인 물인 봉곡이 가로막고 있다. 시대 변화 요구에 적극적으로 부응해야 할 처지에 경직된 유가적 흐름이 가로막고 있다면 큰 문제이다. 이걸 치유 하고 경색된 흐름을 자연스럽게 유도하기 위해선 진묵대사의 신이한 능력을 빌려 산업화와 문명화에 걸맞는 흐름과 정신이 필요하다. 이미 정체되어버리고 시대변화에 맞게 역사적 소명을 추동할 동력을 상실해

버린 유가적 명분은 시대착오적일 뿐이다. 그걸 대체할 이념과 정신이
필요하고 사회적 합의와 토대가 필요하다.

설화의 문면에서는 팔만대장경이 빠져 버리고 그 자리에 과학문명이
치환되어 앞선 유럽으로 선진 기술과 과학문명을 배우려고 간다는 변
개된 내용이다. 신이한 능력을 지닌 반야61)의 경지에 이른 선승인 진
묵과 유럽의 과학문명과는 성격상 전혀 다른 경계이다. 정신의 영역과
물질의 영역의 관계인데, 모순관계이다. 여기서 승려인 법원마저도 전
체적인 이야기 맥락을 고려하지 않고 기존의 이야기 텍스트를 시대 조
건에 맞게 바꿔버렸다. 가난하고 헐벗은 이 나라 백성을 위해 '과학 문
명'이 시급하게 필요한 시점이었다. 그런데 당시 지배계층이며 주류계
층인 봉곡이 문명계발을 외면해 채 권위만 앞세워서 손을 놓고 있는 상
황이나 다름없다. 그들 지배계층은 대내외적으로 문명 계발을 위해 아
무런 대책도 세우지 않고 백성들을 고달프게 만드는 반민중적 행위만
을 일삼는 듯 여기게 되었다. 그때 중심부에서 막강한 권력과 함께하는
봉곡보다는 주변부(Minority)에서 주류계층이 하지 못하는 일을 자발
적으로 나서서 문명개화와 계발에 적극적으로 앞장서게 된다는 인상을
심어놓게 된다. 그렇다면 유학자로 대표되는 봉곡이 하지 못하는 일은
선승인 진묵이 국민을 위해 할 일을 하였으니 명확하고 극명하기 대비
되지 않을 수 없다. 그 텍스트의 중심에 바로 진묵의 면모가 자리하고
있고 불교가 있다. 매우 우호적이고 민중 친화적인 종교이자 승려라는
걸 각인시키고 있다.

---

61) 인간 생명을 깨달았을 때, 나타나는 예지이다. 반야에는 크게 세 갈래로 나눈다.
   첫째, 실상반야(實相般若;진리 그 자체를 말한다. 둘째, 관조반야(觀照般若;사물의
   근원자리를 사무쳐 꿰뚫어 보는 지혜), 셋째, 문자반야(文字般若;실상반야와 관조반
   야를 실어나르는 도구이다.)이다.

진묵설화가 다양한 변이양상을 보이는 가운데 감초처럼 빠지지 않는 게 있다면, 신흥종교와의 관련성이다. 〈진묵이 죽은 이유〉 외에 또 다른 유형으로 존재하는 〈미륵불인 진묵〉이 덧붙여져 대결 양상을 심화시키고 신흥 종교와 불가분의 관계를 맺고 있는 것이 눈이 띤다. 팔만 대장경을 다시 가져오는 이유가 불교의 재무장을 통해 사회 병리를 치유하는 것이 주류를 이루고 있는가 하면, 반면, 현실적인 농사법의 계발과 의약의 발전 도모를 통해 과학문명국으로 거듭나고자 하는 희망 사항이 고스란히 반영되어 있다. 게다가 무교나, 증산교, 원불교, 여타 민간 신앙에서도 진묵의 존재는 절대적이며 종교적인 영웅, 즉 문화적 영웅으로서 전혀 손색이 없다. 그야말로 진묵이 미륵불의 현현(顯現)으로 숭고하게 각색되어 있다. 이는 바로 증산교와 원불교, 기타 종교에서 다 같이 미륵신앙적 요소가 강한 신흥종교로서 종교적 특질을 그대로 보여주고 있다. 이런 것은 장차 미륵불로 재림이나 강림할 것이라는 강력한 믿음에서 구축되어 확장되지 않았나 추측된다. 미륵불이 현세에 나타나 민중을 구제하여 미륵 정토의 세계를 건설할 것이라는 신흥 종교와 민간신앙의 모태로 변이된 양상을 보이고 있다.

게다가 '지금도 봉서사에는 한밤중인 자시만 되면 의례적으로 목탁 치는 소리가 들린다'는 수용자의 구비전승이 승려의 세계에서 불교의 홍법으로 적극적으로 연행하여 활용되고 있으며, 사찰의 신성성을 강화하여 진묵의 주석처(駐錫處)가 거룩하고 신성한 지역으로 미륵불이 존재하는 공간으로 확장되어 있다. 이렇게 하나의 삽화가 확장되어 나타난 부분을 고찰해 보면 왜 확장되어 나타났을까 반문하지 않을 수 없다. 이것은 역사적인 사실과 향유자의 이해가 맞아 떨어져서 더욱 강력한 설화적 요소를 갖게 되지 않았나 짐작되는 바이다.

각편 가운데 진묵 대사와 강증산의 주석 장소가 동일한 공간으로 이미 시공을 초월한 후대 인물들의 동일화 과정이 시대적 질곡과 궤를 같이하면서 더욱 의미화 과정이 진행된 결과이다. 이것이 설화 문학의 특징인 구비전승의 확장과 변개를 민중들의 욕구와 어우러져 더욱 자연스럽게 강화된 현상이라 여겨진다.

진묵이 육탈을 하여 혼령만으로 서천서역국에 가서 문명을 계발하기 갔다 와보니 이미 육신을 불에 타 없어졌다. 따라서 혼령이 안주할 육신이 사라진 진묵의 혼령은 다른 신령들을 데리고 우리나라가 아닌 서천으로 떠나 그곳을 계발하고 미륵정토인 천상으로 올라갔다가 미륵불로 다시 이 땅에 강림할 것이란 예언을 담는다. 미륵정토에 가 있는 진묵이 언제 이 땅에 강림할지도 모른 상황에서 보다 분명한 확신은 진묵이 이 땅에 다시 미륵으로 하생한다는 신흥종교의 논리가 확장되어 덧붙여져 있다. 그러기 위해선 봉곡에 의도된 질투와 시기에 의해 죽은 진묵의 원혼을 달래기 위해서 강증산의 역할이 중요하다. 그 역할을 자임하고 나선 사람 가운데 한 사람이 강증산이 대표적인 인물이다.

진묵이 천상에 올라가서 온갖 묘법을 배워 가지고 내려와 좋은 세상을 꾸미려하다가 김봉곡에게 참혹히 죽은 뒤에 원을 품고 동양 도통신(道通神을) 데리고 서양에 건너가서 문명 계발을 손수 역사(役事)하였다. 그 결과 서양이 동양에 비해 먼저 문명화되었다고 보는 논리이다. 그래서 이제는 이 땅에서 진묵의 원혼을 달래 고국으로 모셔오는 천지공사(天地公事)를 수행하려 한다는 것이다. 증산교의 해원사상(解寃思想)의 핵심에 자리잡은 인물이 다름 아닌 진묵이라는 점은 단순히 설화적 의미는 물론이려니와 지역사회의 질곡과도 밀접하게 관련된 양상을 보여주고 있다는 데 따른 시사이다. 그렇다. 천지공사에서 선결 요건이

다름 아닌 '해원(解寃)'이라고 한다면, 진묵의 불행이 봉곡에서 시작되었듯이 이 지역민에게 정치 경제적 고통과 기근을 안겨 준 것 또한 유교적 이데올로기를 신봉하는 자들이 자행한 결과이다. 그릇된 행태인 부조리하고 부패한 지배관료들의 부와 권력의 독점과 왜곡이 사회적 기강은 물론 서세동점에도 무기력하기 그지없던 무능에 귀착되는 일은 자명하다. 증산교의 핵심 요체 가운데 하나가 '해원(解寃)'이다. 해원을 통해 구천에 맺힌 원한들을 풀어주는 공사가 천지공사라고 한다면, 증산도의 종교적 명분은 그 당위성을 이 지역적 경계를 기반으로 해서 중심에 서게 된다. 즉, 증산교에 의하면, 인간계나 신명계는 맺힌 원한이 있게 되면 지상선경을 건설할 수 없다는 논리이다. 진묵의 원혼을 달래고 한을 풀어주는 일은 단순히 한 고승의 원한에 국한되는 것이 아니라 이 지역 민중들이 사는 공간의 고통과 질곡, 원한과도 밀접하게 연관될 수밖에 없다. 진묵의 원혼을 달래주는 일이야말로 이 땅의 민중들의 고통과 원한을 풀어주는 일이자 신흥종교의 절대적 핵심 요체로 자리하게 된다. 우리나라에 오지 못하고 원령으로 천상 세계에 올라가 버렸으니 한이 점점 심화되어 있는 당연한 일일 것이다. 문젠 이야기 문학의 본질과 생산자와 향유자들의 의식 세계의 접점을 상고해 보면, 곧 진묵의 원혼이기도 하지만 이 지역 민초들의 집단적 원혼이자 그에 따른 원한에 밀접하게 관련되어 있으니 그 또한 주지의 사실이다.

민중들이 겪게 된 현실의 질곡과 그 원망을 풀고자 한 의식이 도사리고 있다. 그런데 민중들의 원혼이 제삼자, 지배 권력의 횡포와 무능에서 비롯되었다면 집단적 원혼을 달래기 위한 방편이 필요하였는데, 그 중심에 진묵과 같은 고승이 자리하고 있다. 달리 말하면 이는 진묵의 문제이며, 민중의 문제이며 지역사회, 더 나아가 국가의 흥망성쇠와 관련된 문제 인식을 기반으로 하고 있다. 따라서 민중의 고통이 곧 원한 이며 그 원한이 국가가 해결해야 할 과거청산일지도 모른다. 하지만 그 것을 해결해야 지배 권력의 무능과 외면이 신흥종교의 필수불가결한 명분으로 자리하고 있다. 물론 이런 요인이 왜곡된 국가권력이나 집단 권력에 변용된 형태의 민중의식의 발현과 체현이며 종교적 행위 의례 의 일반화된 현상이라는 점에서 종교적 맥락을 공유하는 것 또한 당연 한 일일 것이다.

〈진묵이 죽은 이유〉의 설화가 이렇듯 증산교의 해원사상까지 확장된 것은 나름대로 그 이유가 있겠지만 무엇보다 진묵과 소태산, 강증산의 수행처가 한때나마 같았던 점이 크게 작용하였다. 게다가 그들의 수행 행각이 크게 다르지 않는 점이다. 몇 백 년의 시차를 두고 진묵과 소태 산, 강증산이 소통할 수 있는 공통분모는 지리적 지반이 다르지 않은데 다 동일한 당대의 환경적 요인이 결정적으로 자리하였을 것으로 추측 된다. 왜냐하면 온갖 수모를 당한 민중들에게 보다 밝고 건강한 사회는 다름 아닌 함포고복에 있기 때문이다. 그런데 이 지역의 질곡과 가난은 넓은 평야지역을 끼고 있음에도 언제나 고통의 연속이었다. 이런 비참 한 상황을 직시하는 종교인에게는 진묵의 표상은 곧 메시아나 다름없 는 인물로 자리매김하기에 손색이 없었다. 그래서 소태산, 강증산의 신 흥 종교인들에게 종교적 홍법, 수도 행적의 신이한 행동이 그들과 동일 시한 결과였다. 민중들과 직접적인 교류를 단행했던 진묵의 삶의 궤적 이 그들의 표상으로 적확하게 맞아떨어진 면이 다분하다. 미륵신앙의 도량처가 바로 김제지역인 금산사가 지척에 있고 보면 종교적인 의미 는 더욱 확대된다.

저 아래 김봉곡이 와서는 보니까 진묵대사 방에 신발은 있는데 문은 잠겨 있어. 그래 가지고 자물쇠를 뜯어 열고 보니까, 사신이거든. 진묵대사가 뭐라고 하고 갓냐면은 서천에 가서 과학문명을 배워가지고 와서 조서늘(조선을) 과학문명국으로 만들겠다고 하고 갔거든. 그래서 서천에 가서 그다음 날 와본께 천상에서 보니까 내 몸이 없거든. 김봉곡이 화장해 버린 것여. 화장하고 보니까 사리가 일곱말 일곱되가 나왔는데 김봉곡이 사리를 어따 놓았는지 모른데요. 그 때 돌아와 보았을 때, 진묵의 몸만 있었으면 한국의 과학문명이 달라졌는가 모르지만. 진묵의 왈 예언하기를너희 후손은 호메자루 못 면헐 것이라고 했대요. 그래 가지고 몸이 없으니 다시 신명들을 데리고 서천으로 가버린 것요. 불가에서 3천년 후에 미륵부처가 오신다고 하는데 진묵이 아니겟느냐하고 자기들(증산교, 원불교)끼리 예언한다고 합니다. 그런데 봉서사에 있는 본전불이 아니라 여러 전에서 나한님이 한시 이후에 목탁치는 소리가 들립니다. (조사자:원불교, 증산교라뇨?) 거기에 원불교 교리에 진묵대사님이 나오고 증산교에도 나옵니다. 그리고 지금도 진묵대사님의 부도가 크고 있어요.(법원)

진묵설화에서 '미륵불', '소부처', '응신불', '현신불' 등의 부처나 미륵이라는 어휘가 자주 띄는데, 저간의 사정 연유와 향유자들의 인식 바탕 위에 그들의 가치의식과 지향하는 바가 무엇인지 짐작해 볼 수 있는 부분이다. 설화 세계에서 미륵불이 많이 나타나는 걸 보면 적어도 당대 시대적 상황과 밀접하게 관련되어 있음을 알 수 있다. 우리나라 전체로 볼 때, 미륵신앙이 적지 않게 분포되어 있는 곳이 서쪽 평야지역이고 동네 어귀나 밭두렁가, 논두렁가에 조야하게 서 있는 것도 민중들의 고달픈 삶과 관련이 적지 않으리란 사실이다.

미륵불은 미륵보살로 범어로 Maitreya이며 중국에서는 자씨(慈氏), 자존(慈尊)으로 번역하여 활용하고 있다. 미륵보살은 미래불로서 당래불이다. 석가가 현재의 부처로 수행하고 있지만 미륵은 당래불로서 석가 다음에 오는 부처인 것이다. 미륵은 현재 부처님이 되고자 수행하고 있는 보살이지만 다음 대의 부처로 정해져 있기 때문에 미륵불이라는 것이다. 미륵은 인간이 죽은 뒤에 불교의 세계관에서 말하는 도솔천에 올라가 그 곳에서 수행을 계속하고 있으며 도솔천에 올라와 있는 수많은 대중들을 위해서 설법을 펴고 있다고 한다.

도솔천(兜率天)은 육욕천(六欲天)의 하나로 천계(天界) 가운데 가장 낮은 사천왕천(四天王天)에 도리천, 야마천 위에 위치하고 있다. 수미산의 꼭대기의 높은 천계로서 칠보로 된 궁전이 있고, 한량없는 천인들이 살고 있는 곳이다.

미륵은 석가가 죽은 뒤 56억 7천만세가 되면 인간들이 사는 염부제(閻浮際)에 하생하여 세법에 걸쳐 인연있는 사람들을 위해 세 번 설법을 하게 되는데, 이를 용화삼회(龍華三會)의 설법이라고 한다.[62] 이것이 미륵하생신앙이다. 그러나 이같은 용화삼회의 설법이 언제 있을 것인가 너무나 먼 미래의 일로 생각되어 상생신앙이 있게 되었다는 것이다. 즉, 우리들의 생존 중에는 미륵이 용화삼회의 설법을 행하게 되리라고는 믿기 어려우므로 우리들이 죽은 뒤에 미륵이 있는 도솔천에 왕생하여 미륵 곁에 있다가 미륵이 하생할 때, 같이 하생하여 삼회의 설법에 참여한다는 것이 미륵상생신앙이다.

이와 같이 미륵과 도솔천, 미륵신앙의 개념과 특징을 고려해 보면 미륵불 신앙의 사상적 배경도 이상국가의 희구하는 차원에서 비롯된 이상주의적인 신앙행태에서 비롯되었지만 피지배계층인 민중들의 현실적 질곡과 부조리에 직간접적으로 연루되어 그 의미를 강조하게 된다

---

62) 홍윤식, 한국불교사의 연구, 교문사, 1988, p.394.

는 점이 주목할 만하다. 금산사나 미륵사의 창건 배경과 그 사회적 배경 또한 이런 연장선 위에 축조된 사찰 축조물일 것이다. 금산사를 창건한 진표율사가 이 지역이 미륵불이 하생하여 설법 도량으로 삼은 곳이라고 하였듯이 앞으로 이 지역이 지상의 낙원이라는 미륵 불국토라는 것이다. 진묵설화에 있어서 미륵은 지역적인 상황, 즉 미륵불국토 사상, 미륵 신앙과 깊은 관련성을 가지고 있다.

다음은 익산 미륵사 창건연기 설화이다.

> 하루는 왕이 부인과 함께 사자사에 가다가 용화산하의 큰 못가에 이르자 못 가운데서 미륵삼존이 나타나므로 수레를 멈추고 경례를 하였다. 부인이 왕에게 이르되 나의 소원이 이 곳에 큰 절을 이룩하면 좋겠다고 하였다. 왕이 허락하고 지명에게 가서 못을 메울 것을 물었더니 신력으로 하루 밤에 산을 무너뜨려 못을 메워 평지를 만들어서 미륵삼상과 전탑, 낭무를 각각 세 곳에 세우고 액호(額號)를 미륵사라 하니 진평왕이 백공을 보내서 도와주었는데 지금까지 그 절이 있다.[63]

미륵이 하생하여 삼회의 설법을 하게 될 것이라는 확신에 따라 미륵의 사상 이념을 구조화하여 그곳에다 가람 터전을 짓게 된다. 용화산아래 미륵 삼존불이 출현하였다고 함은 미륵의 하생인데, 하생할 만한연유가 분명하게 있어야 할 것이다. 도대체 그게 무엇일까? 헤아려 보면, 이 지역의 백성들의 삶과 관련이 있을 것이다. 그런데 문제는 백성들은 보이지 않고 왕과 왕비, 지명 승려가 순행차 그들 앞에 나타난 미륵삼존이다. 미륵을 직접 목도한 무왕이 미륵사를 짓고 미륵신앙을 고무시키고자 한 배경은 단순히 사찰창건설화로서 의미만 있는 것이 아

---

63) 이병도, 삼국유사, 명문당, 1987. pp.350-351.

니라, 정치적인 입장도 충분히 고려되었을 것으로 짐작되기도 한다. 이 것이 당대 제·라동맹의 정략적 결혼과 맥을 같이할 수도 있지 않을까 생각된다. 그렇지만 여기서는 미륵신앙의 발원과 도량이 백제 무왕의 정치적 위상이나 권위에 부합되면서 신성성을 강화하여 백성들을 위한 위무적(慰撫的) 성격이 담겨 있지 않을까 짐작된다.

미륵신앙과 미륵불국토와 백성들의 삶이 깊은 연관성을 갖고 있는 터에 위정자들의 의도된 바가 미륵신앙을 적절하게 활용하였음은 두말 한 나위가 없겠다.

김제 금산사의 창건연기설화는 ≪삼국유사≫의 〈무왕조〉에도 보인다.

> 진표는 교법 받기를 마치자 금산사를 세우려고 산에서 내려와 대연진에 이르매 갑자기 용왕이 나와 옥가사를 바치고 팔만 권속을 거느리고 그를 호위하여 금산수로 가니 사방에서 사람들이 와서 불일내에 완성하였다. 또 자씨가 도솔천에서 구름을 타고 하강하여 사와 함께 계법을 받으니 진표는 단연을 권하여 미륵장육상을 조성하고 또 금당 남벽에 미륵이 하강하여 수 계하는 모양을 그렸다.[64]

진표율사에 의해 미륵신앙의 근본 도량으로써 금산사가 창건되었다 는 창건연기설화이다. 그가 금산사와 법주사를 창건하여 미륵불국토를 건설하려던 백제 땅에 인격적 구현을 목적으로 신라의 미륵신앙과 융 합하여 인격적인 미륵신앙을 전개해 나갔다. 진표가 만난 자씨가 앞서 백제 무왕이 만난 미륵불과 같은 존재이다. 그런데 문제는 단순하지가 않다. '자씨가 도솔천에서 구름을 타고 하강하여 사와 함께 계법을 받 은' 진표율사의 신성성과 신이한 성격을 강조하려는 의도와 가람의 신

---

64) 이병도, 앞의책, p.413.

성성을 동시에 구현해내려는 의도가 일차적으로 자리하였다. 그렇더라도 그 내재된 의미를 따져보면 고승대덕의 면모를 짚어보게 한다. 즉 깨달은 자의 표상이 확연하다. 온갖 번뇌 속에서 자기를 찾아 체현해내는 자기완성의 실체가 중심으로 자리하고 있다.

이처럼 진묵설화가 연행되는 지역이 미륵신앙과 밀접한 지역임을 감안할 때, 조선시대 선교 양종의 계보에서 진묵의 위상은 단순히 선교 양종의 어느 한 계보를 계승한 인물이기 전에 '진묵선사'이기도 하고, '손가락이 문지방에 짓이겨져 피가 철철 흐르는데도 불경 삼매에 빠져 있다가 밖에 나갔다가 돌아온 중승이 그것을 알고 치료하였다'고 할 때는 '진묵조사'가 되기도 한다. 또한 백성들의 삶과 밀접하게 관련된 일화들이나 에피소드가 불교 계율과도 배치되더라도 과감하게 행사했던 점으로 보면 미륵의 화신이 아니었을까 여기지기도 할 정도다.

그렇다면 전북 지방을 경계로 해서 연행되는 지역에서는 적어도 진묵은 미륵의 화신임에 틀림없다. 왜냐하면 백성들의 고난과 굶주림을 외면하지 않았기 때문이다. 일반 백성들이 진묵을 미륵의 화신으로 여기고 추앙할 수밖에 없는 현실이 진묵을 더욱 미륵불의 현신으로 수용하게 만들었다. 그렇지 않아도 시대마다 우여곡절이 많을수록 민초들은 미륵을 갈구하고 미륵이 현신하기만을 바랐다. 백성들이 간절하게 기원하는 바탕에는 그들의 질고와 압제에 대한 원망이 더 크다 하겠는데, 하시라도 나아질 기미가 보이지 않자 신앙으로 원망을 치유하고 기원을 바라고자 하는 것은 당연하리라. 미륵신앙이 주술적 요인에 의존하는 색채가 강하게 나타나는 것 또한 당대의 민중들의 삶과 관련이 깊어지는 이유라 할 것이다. 결국 불합리한 기복신앙이 강조되면서 미륵신앙도 민간신앙과 습합되어 더욱 민간신앙화되어 가기도 하였다. 또

한 현실을 숙명적으로 받아들여야 하는 운명론적 세계관과 삶의 의미와 가치를 추구하는 인생관이 내면에서 대립되는 모순을 극복할 수 있는 계기를 민간신앙이 마련한[65] 점이다. 이 점이 결국 미륵신앙의 환경과 백성들의 원망과 부합되어 적극적인 신앙 행태에 경도하게 만든 원인이라 여겨진다.

민중들은 더욱 민간신앙화된 미륵불을 통해서 그들의 아픔을 치유하고자 하는가 하면, 자식을 낳고자 할 때도, 복을 얻고자 할 때도, 가정을 위난으로부터 수호하고자 할 때도 예외없이 미륵을 찾았다.[66] 어느 시대를 막론하고 백성들의 고통이 없지 않은 적이 없기에 민간신앙과 습합된 미륵 신앙에 의존하는 행위가 적지 않을 수 없었다. 조선시대에도 예외는 아니었다.

억불숭유정책에 배척을 받은 불교가 당당하게 포교하거나 홍법을 펼 수 있는 기회는 배척받는 만큼이나 없었다. 더군다나 유교적 지배 이데올로기를 확립하고자하는 위정자들이나 지배계급 입장에서는 당연한 처사였다. 그런 만큼 불교에 대한 탄압은 더욱 가혹해졌다. 유신들이 불교의 사찰과 불상, 불교 문화재를 닥치는 대로 탄압하고 숨통을 조여올 때마다, 억불숭유하에서 불교의 대중화 시책이 민중 속으로 스며들게 만들었다. 이에 따라 민중 심층에 깊이 뿌린 내린 미륵신앙과 맥을 같이하는 것은 예상된 결과였다. 그런데다 임·병양란 등의 병화와 제도

---

65) 박대복, 고소설에 수용된 민간신앙 연구, 중앙대학교 박사학위논문, 1989, p.147.
66) 필자가 살던 고향에도 80년대 초까지 미륵불이 마을 회관 옆 화단 안에 있었다. 전해내려온 말로는 미륵님이라고 하였는데, 젊은 사람의 눈으로 보기엔 예사 돌이 아님에는 틀림없지만 부처형상을 관념화해서 미륵님 하니까 부처처럼 보였다. 그 미륵불도 마을 사람들 몰래 도회지로 반출되어 출처가 묘연해졌다. 마을 안에 풍물놀이가 있으면 다양한 굿을 하는데, 그 가운데 길거리 굿을 할 때, 꼭 상쇄가 그 미륵에게 술을 따르고 비손을 하기도 하였다.

적인 모순 등에 의한 사회, 정치적인 혼란 과정에서 이러한 말법(末法)을 구제할 당래불로서 미륵하생을 기다리는 미륵신앙이 민중을 중심으로 전개되어 나갔던 것이다.[67] 조선조의 미륵신앙도 고려말의 미륵신왕과 같이 더욱 민중층과 접촉되어 주술적 성격을 띠면서 민간신앙으로 전개되어 불상으로서의 조형미를 갖추지 않은 입석이나 바위조차 미륵으로 인식하고 종교행위를 하게 되었다. 이러한 현상은 큰 바위에 자기의 소원을 빌고 치성하는 전통적인 민간신앙과 비슷하여, 미륵신앙이 민간신앙으로 전개해 가는 과정을 살필 수 있다.[68]

전주지방을 중심으로 한 김제, 용진, 부안 지역에서 진묵의 발자취가 서린 곳이면 민중적인 속성을 띠고 있는 미륵신앙이 강하게 나타났는데, 그 바탕 위에 그들의 의식도 불교적 색채를 강하게 드러낼 수밖에 없었을 것이다. 따라서 진묵설화도 이 지역에서 더욱 확장되어 나타나는 경우는 당연하다 하겠다. 왜냐하면 미륵불의 세상이 되면 민중의 고통과 세상의 불합리가 없는 행복한 세상이 될 것이라는 점과 당대의 유교적 사회 체제의 질곡에서 벗어나고자 하는 민중들의 사고가 맞아떨어지는 현실상황이 전개되었기 때문이다.

진묵설화의 연행 장소가 대체로 미륵신앙이 왕성한 김제 금산사를 중심으로 하는 공간이란 점도 간과할 수 없다. 그리고 진묵은 태몽, 탄생, 입산하게 된 동기가 금산사를 창건한 진표율사와 매우 흡사하다.

태몽에서도 진표와 진묵의 태몽 모티프가 동일하다. '진묵의 어머니가 하루는 풀밭에서 붉은 구슬을 치맛자락에 싸들고 들어오는 꿈을 꾸고나서 진묵을 낳았다'는 내용과 '진표의 어머니가 도사로부터 붉은 구

67) 김삼룡, 한국미륵신앙의 연구, 동화출판사, 1983, p.147.
68) 김삼룡, 앞의 책, p.147.

슬을 받아 머금는 꿈을 꾸고는 진표를 임신했다'는 모티프가 매우 유사하다. 입산동기도 모티프가 동일하다. '진묵이 그의 누이가 살고 있는 익산에 놀러갔다가 농부들이 논두렁에서 개구리를 무참히 죽이는 것을 보고 무상함을 느껴 돌아와서 봉서사에 입산하게 되었다'는 내용과 '진표가 하루는 모악산으로 사냥을 나갔다가 골짜기에서 개구리들을 잡아 버드나무 가지에 꿰어놓고 사냥일로 정신이 팔려 산속을 헤매다가 길을 잘못 들어오던 길로 오지 않고 개구리를 놓아두고 이듬해 그 골짜기를 지나는데 처량한 개구리 울음소리가 나서 가보니 그가 지난해에 잡아 놓았던 개구리들이 아직도 살아서 울고 있음을 알고, 인생무상을 느껴 중이 되기로 작심하고 출가하게 되었다[69]'는 내용이 있는데, 이 입산하게 된 배경 동기도 유사하다.

　≪삼국유사≫ 〈진표율사〉에 진표의 출생과 배경이 기록되어 있는 점을 식자층이나 승려들에 의해 진묵의 출생담에 그의 모티프를 차용하여 연행하지 않았나 생각된다. 이는 진묵의 출생이 정확하지 않은 점이 후대에 오면서 깊은 관련 양상을 맺고 있으리라는 추측이 가능하다 하겠다. 따라서 진묵에 대한 생애는 민간에 떠돌던 것과 문헌에 일부분 보이는 것이 전부이니 더 이상 고구할 방법이 어려운 형편이다. 그에 대한 내용이 민간에 널리 유포되거나 전승되는 내용이 진묵과 진표의 혼동이나 착종에서 오는 현상일 정도로 핍진한 부분이 적지 않다는 점이 눈에 띤다. 미륵불과 지장보살의 수계를 받은 진표율사가 창건한 금산사인데, 이곳이 미륵불의 본사임을 고려할 때, 진묵의 탄생 이후의 행적도 민중들에게 미륵불로서의 현신이 당연하게 수용될 수 있다는 점이다.

---

69) 황패강, 신라불교설화연구, 일지사, 1986, pp.12-13.

따라서 진묵설화 개별 작품에 나타나는 현신불, 미륵불, 소부처라는
어휘가 진표율사에서 비롯된 측면이 없지 않아 보인다. 이와 마찬가지
로 진묵이 증산교의 천지공사의 미륵불이라는 점, 원불교 경전에 나타
나고 있다는 점, 민간 신앙에서 미륵님으로 불려지고 있다는 점이 소홀
히 할 수 없는 부분이다. 진묵의 설화화(說話化) 과정에 적극적인 변개
와 확대 과정을 거쳐 진묵설화에 고착되었을 뿐만 아니라, 언제든 그와
유사한 현상이나 인물이 나타나면 전이가 일어날 수 있는 개연성이 다
분히 있다고 하겠다.

진묵설화가 이 지역의 민중들이나 승려들에게 미륵불로서의 현신이
당연하게 이루어질 것이라고 믿는 이유는 당대의 현실과 무관하지 않
기 때문에 전승 현장의 시대적 상황이 미륵을 갈망하였듯이 미륵의 현
신인 진묵을 갈망하는 이치는 당연한 일이다.

역사적 실재에 진묵이 살던 시대와 설화 전승이 진행되는 과정에서
진묵설화가 연행되는 시대가 별반 다를 게 없다는 점이 설화 전승되는
요인이 될 것인데, 이것이야말로 역사적 실재를 구비전승 설화의 자양분
이 될 현실이라는 점이다. 조선조 불교가 억압되면서 불교의 신앙 계층
이 대개 부녀자를 비롯한 민중들에 의해 민중불교화가 진행되었다는 점
을 간과하지 않을 수 없다. 척불숭유정책 이후 불교가 산중으로 밀리게
되자 막상 민중의 공허한 마음을 채워준 것은 종교성이 희박한 유교가
아니라 차라리 샤머니즘(Shamanism)이었다.[70] 시대적 상황들의 현실
적 모순에서 민중들의 주술적이고 현세이익적인 원망들이 주술성이 강
한 미륵불 신앙과 밀착될 수밖에 없는 현실이 계속해서 진행되어 왔다.

더구나 임·병 양란(壬丙兩亂)의 거듭된 혼란, 불안 공포에다 지배계

---

70) 박용식, 한국 설화의 원시종교사상 연구, 일지사, 1988, p.33.

층들의 무능력한 행태는 일반 민중들을 고통스럽게 만들었다. 거기에
다 허위의식에 사로잡혀 명철보신(明哲保身)만 일삼는 지배계층의 이
기주의적 행태, 탄압, 착취 등으로 야기된 민심 이반은 도를 넘었을 정
도였다. 이런 시점에 말법세상을 구제할 당래불인 미륵불의 하생을 소
원하는 미륵신앙사상[71]이 민중들을 중심으로 전개되는 일은 그리 어렵
지 않아 보인다. 게다가 민중들은 미륵신앙의 주술적 성격이 강화되면
서 민간신앙처럼 자연스럽게 생활화한 현상이 일어나기도 하였다. 이
를테면 동네 어귀나 당산, 성황당 입구, 심지어 논두렁, 밭두렁에도 조
야한 미륵의 형상을 새긴 석조물들이 있어서 민간신앙과 습합된 미륵
은 생활의 일부라 해도 과언이 아니었다.

　구한말 서세동점(西勢東漸)하는 현실에서 정치, 사회, 경제 등 모두
가 제 기능을 발휘하지 못했던 열강들의 틈바구니 속에서 기층 민중들
의 삶과 현실 인식은 불안과 공포로 점철된 그 자체였을 것이다. 그러
니 그들이 추구해야 할 세상과는 동떨어진 어두운 역사의 되풀이가 계
속되고 미래에 대한 어떤 희망도 보이지 않는다면 그들의 삶은 더욱 참
담할 수밖에 없을 것이다. 이때, 금산사 주위에서 신흥종교의 발흥과
연원이 이루어진 걸 보면, 누대로 구비전승되어 오던 진묵의 실재는 더
욱 강렬한 방향성을 갖게 되고 그 중심에서 미륵불의 현현은 더욱 현장
성을 강화하는 방향으로 실제화하였을 것으로 추측된다. 민중들이 보
는 현실이 말세라고 인지하거나 긍정한다면 미륵불인 진묵의 실체는
적극적인 신앙 행위의 대상이 될 수밖에 없었다.

　유·불·도(儒佛道)의 삼교 사상을 수용하여 창도한 원불교, 증산교가
이 지역인 금산사가 있는 모악산을 중심으로 발원하였고, 민간신앙인

---

71) 정석종, 앞의 책, p.29.

들의 왕래가 잦아진 곳도 금산사 주위라는 점을 주지한다면, 이들에 의
해 진묵대사의 실체는 숭고한 추앙의 대상인 성인의 반열이므로 신앙
그 자체가 되는 것은 당연지사이다. 바로 성소의 개념이 이 지역의 민중
들에게 강하게 작용하고 있는 점을 보면, 그 중심에 진표율사가 되었든,
진묵선사가 되었든 성의 대상으로 자리잡고 있는 점이다. 이런 성의 실
체가 바로 민중들의 의식 속에 지속적으로 자리잡고 있는데, 그 대칭적
관계에 속된 현실과 부조리, 부패, 불안, 더럽힘이 도사리고 있다.

진묵설화의 성소관념도 여기저기 그가 행동반경으로 삼은 곳 어디에
서든지 민중들이나 신도들에게 동일시되어 나타난다. 성소관념이 성립
되기 위해선 무엇보다 인물의 신성성과 민중들의 순수한 바람과 기원,
간구의 조화된 관념에서 비롯된다. 따라서 진묵이 주석했던 곳이면 어
디든 성소로서의 의미를 표방하며, 그에 따른 민중들의 기원이나 바람,
희구가 계속적으로 그 공간에서 표출된다.

필자의 현장채록에서 확인된 윤도솔암[72]을 찾아갔을 때, 칠순 노파
인 윤보살이 머물고 있는 다락방 같은 주석 공간에는 법당이 마련되어
있으며, 그 곳에서 주술적이고 도교성이 강한 천서(天書)[73]와 진묵 영
정이 봉안되어 있었다. 그리고 그 옆으로 미륵불을 주불로 하여 본전을
삼고 토굴같은 공간에는 미륵이라고 지칭하는 남근석 같은 바위에 실
을 칭칭 감아 고리모양을 하고 있었다. 이곳을 보더라도 미륵신앙이 이
지역에 토착화되어 있는 실증이라고 보여진다. 그 노파가 들려준 진묵

---

72) 이강오, 한국신흥종교총람, 한국신흥종교연구소, 1990, p.1033.
73) 치자물을 들인 한지에 일본어도 아니고 범어도 아니며 더구나 우리나라 말도 아닌
　　낯선 글씨를 소중하고 보관하고 있다가 필자에게 보여주었는데, 천서라고 하였다.
　　게다가 노란 한지에 산스크리트어 같은 기호를 써놓고 그 안에 십 원짜리 동전과
　　5-6cm 크기의 대나무 조각을 넣고 아이들이 노는 딱지 모양으로 접어 부적처럼 활
　　용하라고 필자에게도 주었다.

선사 관련 이야기도 거의 미륵신과 동일시하여 인식하고 있었는데, 봉
서사에서 영정을 모셨다고 하며, 6·25 전쟁으로 모시지 못해 그 죄책감
에 진묵선사가 살 집을 모형으로 지어 모셔놓고 있었다.[74]

　전북 지방의 민중들과 신흥종교의 교주들과 제무속 신앙의 보살들이
나 민간신앙자들이 한결같이 미륵불로서 진묵을 수용하고 당래불로서
미륵 하생을 바라는 간절한 염원이 문면 곳곳에 넘쳐난다. 그만큼 이
지역이 당래불인 미륵이 현현하여 자기들을 구원해줄 것이라는 강한 믿
음을 갖고 있는데, 그 주인공이 진묵으로 인식하고 시대적으로 어려운
난국을 극복하고자하는 향유자들의 원망의식이 투사된 현상이라고 보
여진다. 이 지역이 설법도량으로써 미륵불이 존재하고 있고 민중들이
그것과 밀접하게 관계양상을 보여주고 있다는 점에 주목해 보면, 민중
들의 신앙생활이 현실적으로 강하게 반영되어 있다. 즉 민중들이 현세
기복적인 신앙관, 주술적인 신앙관이 종횡으로 교직되고 습합되어 나
타났다. 이것이야말로 민중들의 강렬한 소망의식의 발로이기도 하다.

　익산의 미륵사, 김제의 금산사가 미륵도량으로 천년 이상의 세월을
강건하게 지탱해온 이면에는 이 지역 민중들의 아픔과 혼란, 불안 공포
등이 담겨진 결과일지도 모를 일이다. 원불교의 사회운동 일환으로 조
용한 혁명과 가정의 혁신, 사회의 제병맥은 돈과 물질의 병이나 원망병
과 사회개조의 길을 설하였는데,[75] 여기에 미륵신앙과 맥을 함께 하고
있다는 점에서 중요성을 갖는다. 게다가 모악산을 중심으로 한 미륵신
앙이 강하고 나타나 있기에 강증산의 경우도 대원사의 칠성각에서 상
통천문(上通天文)하고 하찰지리(下察地理)하고 중통인의(中通人義)하여

---

74) 진묵설화 채록편에 윤보살 제보자 참조.
75) 이을호(외), 한사상과 민족종교, 일지사, 1990, pp.266-271.

만고대도통(萬高大道通)을 한 곳이다.

　　구도 영역에서 돌아온 강일순은 1901년 7월 전주 모악산 대원사에서 기
도수련을 하게 되었는데, 수도를 시작한 9일만에 대각을 얻어 자신이 신명
계와 인간계를 통솔하고 천지운도를 뜯어 후천세계를 개벽할 상제의 권능
을 받았다고 하였다. 그 이후 증산은 자신이 구천상제로 있다가 말세에 직
면한 인류를 구제하기 위하여 지상에 내려왔는데, 특히, 한국의 운수가 매
우 위급하여 땅에서 운도를 고치는 천지공사를 한다고 주장하였다.76)

　강일순이 모악산에 머물면서 대원사에 있는 진묵 영정을 누차 보아
왔을 것이고 그에 얽힌 일화를 승려들로부터 들어왔던 터에 진묵이 봉
곡에 의해 죽었다는 일화에서 그를 해원공사(解冤工事)에 주동적 인물
로 설정되어있음은 두말할 나위가 없겠다. 그 이유는 말세에 직면한 인
류를 구제할 장본인인 증산이 말세의 위기에 많은 원한이 사무치는 사
람들을 구제하는 길이야말로 천지공사의 본질이라고 한다면, 적어도
이 땅에 고통받는 수많은 민중을 구원하는 길이 그 자신의 종교적 목적
과 부합되는 일이기도 하다.

　증산도의 강증산이 진표율사와 진묵대사를 증산도의 원전에 적기(摘
記)하여 나타나 있는 걸로 봐서 그들이 증산도의 선경건설(仙境建設)에
역사하는 미륵보살의 현현으로 자리매김을 해 놓았는데, 이 땅에 많은
민중들이 이름 없이 죽어간다 한들 제명에 자연사하는 일이 곧 오복77)
가운데 하나이다. 그런데 어떤 연유에서 비롯되었든지 제명이 죽지 못
하고 억울하게 죽어가야만 하는 자들이 적지 않은데서 그 문제의 원인

---

76) 이강오, 앞의 책, p.967.

77) 수(壽)·부(富)·강령(康寧)·유호덕(攸好德)·고종명(考終命)을 오복이라고 한다.

을 찾아 종교적 근본태(根本態)로 삼았다는 점이다. 한 인간의 목숨이 제명에 죽지 못하고 정치적, 사회적, 경제적, 관습적 이유로 자의든 타의든 자연사되지 못하였다면 곧 원혼이 구천을 맴돌면서 해악을 하고 그런 행위들이 유족이나 이웃, 사회에 영향을 끼친다면 공포요, 불안이며, 비극이기도 하다. 그런 원한을 다스리고 풀어줄 자가 다름 아닌 증산이라면 더욱 현실적인 민심의 반향을 불러일으키기에 충분하다 하겠다. 물론 제 종교에 있어서 해원사상이 없는 것은 아니나 이 지역 민중들의 동향과 의식에 직접적인 관련을 맺고 있다고 한다면 진표율사와 진묵선사의 표상은 신성성을 지닌 거룩한 존재이자 미륵의 현현을 예비하고 있다고 해도 과언이 아니다.

그런데 곰곰이 따져보면 외형상, 진표율사와 진묵선사와 그리고 강증산, 소태산의 계보를 형성하고 있지 않다하더라도 불교적 인물들과 신흥종교인 증산교와 원불교의 공통분모는 사실상 불교의 계보를 외피로 한 유교와 도교의 부분적 내용이 첨가되어 있을 개연성이 크다 하겠다. 어찌 보면 기복신앙이 강한 우리나라에서 구한말의 말세적 현실에서 진묵선사의 위치는 매우 지대하게 작용하였을 것이 분명하다. 그런데 왜 진표율사보다 진묵선사가 더 신흥 종교에서 강조되는 이유는 무엇일까? 적어도 신흥 종교 교주들의 수행처나 수행 수단이나 방편에 따라 그 근원을 추적해 볼 수 있지만, 무엇보다 불교 수행자인 진표나 진묵의 설법과 사상, 지행과 밀접하게 관련된 것이 아닌가 싶다.

진표는 '오륜을 메쳐 슬완(膝腕)이 모두 부서지고 피가 바위 언덕에 비오듯 하였으며, 계속해서 정진하니 미륵이 감응하여 점찰경(占察經) 두 권을 주었다'[78]고 하였다. 이에 비해, 개인의 종교성은 사회화의 과

---

78) 이병도, 역주원문 삼국유사 수정판, 명문당, 1987, p.409.

정을 통해서 발전하고 육성되며 소멸하는 것[79])이라고 하는데, 진묵선사는 이미 봉서사에 출가해서 사미승으로 옹호단의 향을 피우는 소임을 맡겼는데, 얼마 안 돼 밀적신장(密寂神將)이 꿈에 나타나 부처님의 예를 받고 있으니 불편하다고 하면서 원래부터 부처인 사미승 진묵에게 조석으로 향을 받는다는 것을 부당하다고 꿈속에서 질책한다.[80]) 그렇다고 본다면 이미 진묵은 본래진면목(本來眞面目)으로 견성성불(見性成佛)한 자이다.[81])

종합해보면, 진표와 진묵은 미륵신앙이 성행한 전북 지역에서 부처로 숭앙되는 대상이자 깨달음을 얻은 인물들이다. 두타행을 수행하여 깨달음을 증득한 장본인이 진표율사이고 그가 개창한 금산사를 중심으로 보살도의 정신을 실천하였다면, 그에 비해 진묵은 부처의 심성을 직접 인근의 백성들에게 보살도의 정신을 실천한 보시행의 장본인으로 민중 속으로 들어가 그들과 호흡하며 고락을 함께 한 인물이라는 점이다. 그것이 이 지역 민심에 관통되어 널리 구비전승된 결과라고 생각된다. 다만 시대적인 상황에 따른 호불호(好不好)에 입각하여 호불행위의 이념과 반불교적 이념의 시대상이 두 인물간의 인식 차이를 보여주게 한다. 즉 불교 국가에서 불교 행위의 선양과 반불교적 국가에서 호불행위가 적지 않은 차이를 보이게 만들기도 한다. 따라서 지정학적으로 서구열강의 발호와 주변 정세의 불안정한 상황이 구한말의 시대상이라고 한다면, 백성들의 피폐함이 극도에 처한 세기말적 현상 속에서 민초

---

79) 오경환, 종교사회학, 서광사, 1990, p.74.
80) 이일영, 진묵대사소전, 보림사, pp.43~44.
　　密迹神將顯告於主事之夢曰, 我等諸天衛佛之神祇也. 焉敢返受佛禮, 亟令改換奉香. 使我得以安於晨夕.
81) 梵海, 東師列傳, (前略)曳杖出門 沿溪而行 植杖臨流而立 以手指水中己影 而示侍者曰 這箇是釋迦佛子也 侍者曰 是和尙影 師曰 汝但知和尙假不識釋迦眞(後略).

들의 참상이 좋을 리만 없기 때문에 민중들에 의해 구비전승된 인물인, 화신불(化神佛) 진묵이야말로 신흥 종교의 표상이자 귀감이 될 만한 미륵보살의 현신 인물임에는 틀림이 없다.

한편 진묵 설화가 미륵불의 현현으로 민중 집단에서 널리 전승되고 있기도 하지만, 그 외에 무속 집단과 민간신앙에서도 널리 유행하고 있음을 확인할 수 있다. 물론 제보자들 가운데 대부분이 여성들이고 그 여성들이 불교적 행태를 기본으로 취하고 있지만, 얘기를 하다보면 부처님, 미륵님, 보살님, 상제님, 옥황상제님 등을 자연스럽게 입에 올린다. 이런 걸 보면, 그들의 신앙행태가 기성 종교의 신앙체계와는 판이하게 다른 듯하지만 본질적으론 기복신앙에 따른 자연스러운 현상이라고 여겨진다.

더군다나 미륵신앙과 무속과의 관계나 그 경계가 애매모호하거나 동일시되어 수용되고 있는 점이다. 그야말로 무·불습합 현상(巫佛褶合現象)이 일어난 것이다. 민간신앙의 기저에 신성을 기반으로 이승과 저승, 사는 것과 죽는 것, 있는 것과 없는 것을 명확히 구분하지 않는 미분화된 심성이 모든 존재가 지속과 순환적 지속 사고 체계를 이루는 원본 사고이다. 이러한 원본 사고는 무속뿐만 아니라 다른 종교와 어울려 사회 현상으로 나타나고 있다는 것이다.[82] 이처럼 한국 불교가 무속신앙과 무리 없이 보다 큰 갈등을 야기하지 않고 융합하는 데에서 또한 한국적임을 발견하게 된다.[83]

따라서 진묵 설화에서 진묵선사가 무속인들에게 추앙이 대상이 되어 자연스럽게 융합해버린 당연한 결과이기도 하다. 전북 지역 인근에 사

---

82) 김태곤, 한국민간신앙연구, 집문당, 1987. pp.229-230.
83) 박용식, 앞의 책, p.32.

는 무속인들 가운데 무당이 된 내력도 미륵과의 관계에서 찾고 있는 걸 보면, 진묵대사와 어느 정도 연관성을 갖게 되는 상황적 질서 속에서 무속인들이 개인적 입신 경지에 직간접으로 영향을 미치고 있는 것도 사실이다. 무속인들을 부를 때에도 모악산 보살, 호명 보살, 윤 보살, 김연춘 보살 등의 호칭에서 보여주는 것과 같이 불교적인 신앙 체계와 습합되어 자연스럽게 이루어지고 있다.

그러나 이들은 불교적 신앙 행위나 내세관에 치우쳐 있기 보다는 점복과 예언, 인명수복과 관련된 일을 주로 하기 때문에 미륵불국토와 진표, 진묵과 연관짓는 것이 무리가 아닐 것이다. 더군다나 강증산이나 소태산의 신흥 종교에까지 진묵 선사에게 그 연원을 두고 있음은 지극히 당연한 일이라 여겨진다.

우리나라에 들어와 정착된 종교라 할지라도 주술 종교적 성격이 강한 주술성을 행하는 것은 당대의 시대상황과 백성들의 원망 의식과 밀접하게 관련되어 있다. 그 근간 위에 인간 내면의 의식 층위가 가로 세로 적층되면서 이념화되기도 하는 것이다.

설화 작품은 당대 현실의 어떤 것도 다 담아내어 전승할 수 있는 특징을 갖게 되는데, 종교성이 강한 설화 작품에 있어서는 더한 전승력을 확보하게 된다는 점이다. 종교적 인물인 진묵을 설화화하고 전승하는 과정이야말로 민중들이 삶의 실상과 매우 밀접하게 관련된 양상이고 보면, 종교적 입장의 구원, 구조, 구제의 의미 문제와 불완전한 세계에 대처해 나가는 발로이리라 여겨진다.

설화 작품에 이러한 세계의 불완전성이 모티프나 모티브의 생명력을 얻게 되는 순간에 이야기로 거듭나서 민중들에게 구비전승되면서 현실 세계를 이해하도록 노력하고 그에 직면한 문제들을 해석해내고 이해하며 해결해 나가는 과정의 실상이 반영된 메커니즘이라 해도 과언이 아닐 것이다. 신비적이고 초월적인 관념에 의한 주술 행태가 인간적인 삶의 질곡과 부조리에 대한 간접적인 대응방식이기도 하다. 인간의 한계로는 어쩔 수 없는 세계가 존재하고 그 세계에 대한 극복 방법이 유무형의 능력과 결부되어 헤게머니를 갖게 될 때, 인간 인식 수준에 예상 밖의 결과를 초래하기도 한다. 더구나 인간의 근원적인 문제와 맞닥뜨렸을 때, 밀도있게 진행된 두려움과 공포와 불안의식을 희석하거나 제거할 삶의 방편을 견지해야 하는데 그게 어렵다. 그 가운데 문제 방편을 탐색하는 과정에서 주술적 행위는 민중들에게 매우 큰 반향을 불러일으키고도 남겠다. 바로 진묵 설화의 실체가 민중들에게 밀착되어 많은 반향을 불러일으킨 장본인이라 해도 과언이 아니다. 그러다 보니 진묵설화에 나타난 진묵은 미륵불로서의 현현, 부처의 응신불, 소부처로 인식되고 있는 저간 사정도 당래불인 미륵불의 사상과 밀착된 주술적 종교, 민간신앙과의 혼융된 습합된 적나라한 모습이라 여겨진다.

지금까지 〈진묵이 죽은 이유〉와 관련된 각편들을 중심으로 개별 작품을 분석하고 이해하였지만, 동일 유형의 범주에 해당되나 인물에 대한 태도가 부정적인 개별 작품의 설화가 존재한다는 사실이다. 부정적인 인식을 바탕으로 구축된 설화 작품의 개요를 정리해 보자. 이 작품은 종교적인 의미를 드려내려는 데 그 전승력이 있다 하겠다. 봉곡과 진묵, 모두가 옥황상제의 령에 따른 도통인이다. 그런데 진묵대사는 옥황상제가 내려준 도를 가지고 천하를 다스릴 생각은 하지 않고, 돈만 벌 속셈으로 장사 속에 놀아난다는 내용을 갖고 있다. 민간신앙과 불교, 유교 도교가 습합된 전형적인 작품 유형이다. 그 가운데 도교적 색채를 강하게 띠고 있는 것이 특징이라 하겠다.

(조사자:진묵대사에 대하여 얘기 좀 해주십시오.) 나 몰라. 아는 것이 있
간디. (한참 있다가) 그런디 진묵대사는 나쁜 사람여. 옥황상제님이 진묵
대사에게 도통을 내려 주었는디⋯⋯세상이서 널리 도통을 풀어주지 않고,
아 글씨, 진묵이가 그걸로 돈벌 속셈으로 장사 속으로만 놀아낭게로 옥황
상제님이 가마니 보니까. 나두서는 안되겠다 싶어서 김봉국에게 죽이라고
힜어. 그래서 김봉곡이 짐묵대사를 죽있어. 돈만 아는 짐묵대사를 죽이갖
고 옥황상제님이 데리갔어. 아 그리 가지고, 지금도 짐묵이는 지옥에도 없
구. 옥황상제님이 기시는 천상 감옥에 지금도 갇혀 있다는구먼. (조사자:
그래요?) 아 글씨, 절에서는 지금도 진묵이를 왕으로 여기는 모양인디 별
게 아니여. 사람은 자기 헐 일을 히야지 아무 짓이나 못히여⋯⋯저기 저
사람들도 옥황상제님이 보내준 사람들이여. (마침 필자가 있던 곳에서는
암벽 밑에 제당이 있었는데, 산신제가 행해지고 있었다.) 무당을 아무나
허는 것이 아니여. 신선들과 같어서 함부로 대히서는 안 디야. 이 산에 지
금 칠성장군님이 기시갖고 저 사람들도 인사 드리는 거여.(김연춘 보살)

불교적인 포교나 선양은 물론이고 종교적 갈등에 비친 진묵에 대한
태도가 제보자 모두 긍정적인 관점을 유지하고 있는데 비해 유일하게
진묵에 대해 부정적인 시각을 보이고 있는 작품이다. 위의 작품을 서사
단락을 정리하면 아래와 같다.

가) 옥황상제가 진묵대사에게 도통을 내려 주었다.
나) 진묵대사가 천하에 도통을 베풀지 않고 돈 벌 연구만 했다.
다) 옥황상제가 김봉곡을 시켜 진묵대사를 죽였다.
라) 지금 진묵대사는 천상 감옥에 갇혀 있다.

'옥황상제가 진묵대사에게 도통을 내려 주었다'고 하였으니 다른 각
편에서 밝히고 있는 바와 같이 진묵은 원래부터 부처였다는 말과 상통

한다. 원래 부처였으니 부처로서 그 역할만 제대로 수행하면 문제가 없게 된다. 천상 세계와 직접 맞닿아 있는 인물이다. 그야말로 지상 세계와 천상 세계의 교섭이 이루어지고 있기 때문에 그의 행위는 지극히 신성성을 띠고 나타날 수밖에 없다. 그런데 문제는 나)단락에서 발생된다. '천하에 도통을 베풀지 않고 돈 벌 연구만 했다'는 것에서 '도통'이 한 개인의 일신영달이나 명철보신의 수단으로 활용하는 데서 문제가 발생하였다. 만천하에 도통을 베풀어 인간 존재의 다양한 양식에서 나타날 수 있는 모순과 부조리의 실체를 파악하고 극복하여 구원을 강조해야 할 처지임에도 진묵은 그렇지 못했다는 논리이다.

왜 백성들 가운데 일부는 진묵의 신성한 행위가 자신의 입신영달에 활용하고 있다고 믿게 되었을까? 진묵 이전에 진묵을 바라보는 민중들의 관점과 태도에 달려 있다 하겠다. 그렇다면 왜 그들의 관점과 태도가 진묵을 부정적인 인물로 치부하게 되었을까 하는 궁금한 점이 적지 않다 하겠는데, 적어도 도통한 사람들이라고 자처하는 자들의 대부분이 자신의 부귀영달에 집착하거나 소아적 행태를 보였다는 점을 들 수 있지 않을까. 게다가 옥황상제와 관련을 맺고 있는 진묵은 천상의 도를 지상에서 실천하는 역할을 수행하는 행위자라는 점이다. 불교도로서 진묵이라기보다는 옥황상제의 분신이나 다름없는 인물이어서 도교적인 인물로 설정되어 버렸다.

도교에서는 천상계를 신성성과 결부시켜 옥황상제가 거주하는 선계 공간으로 설정하고 온 우주를 지배하는 관부로 형상화하고[84] 이곳에서 인간 세계를 내려다보고 인간의 길흉화복과 생사를 천상 선관들이 관장하고 있기도 하다. 그야말로 진묵은 옥황상제의 시야에서 벗어날

---

84) 한국도교사상연구회편, 도교사상의 한국적 전개, 아세아문화사, 1989, p.239.

수 없는 존재이다. 그의 모든 행위는 옥황상제의 관계 속에서 인간이 지켜야 할 도리가 옥황상제의 의지이며 천리라는 점을 인지하게 만든다. 옥황상제는 하늘에 있는 신적인 존재인 만큼 천상과 지상의 소통의 중심에 자리하고 있다. 그 속에서 진묵이 도통인으로서 천상과 지상의 공간적 이동이 자유로운 진묵을 대역자로 내세워 그의 신적 직능을 발휘하게 만든다. 신적 직능을 행사해야 할 진묵이 지상 세계에 내려와서 제 할 일을 하지 않고 돈벌이에 몰두해버리니 옥황상제와 갈등은 증폭되어 버린다.

진노한 옥황상제가 진묵을 징치하기 위해 유학자인 봉곡을 내세우는 걸로 봐서 진묵설화의 변개와 첨삭이 자유롭게 일어난 양상을 보여주고 있다. 유, 불 갈등의 장본인인 진묵과 봉곡이다. 그들의 갈등 빌미를 내세워 진묵을 죽이고 천상으로 올라오게 만들어 감옥에 가둬놓고 있다. 성스러운 역사를 행사해야 할 진묵이 그 일은 방기한 채 세속적인 가치에 몰두하고 있으니 문제가 된 것이다. 단지 세속적 공간에서 문제가 된다면 성스러운 공간까지 욕되게 할 수 있다. 그런데 왜 이런 일이 발생할까? '도통을 행사하지 않고' '돈벌이만 궁리하는' 자가 되어 〈진묵이 죽은 이유〉의 변개에 중심 화소로 작용하고 있다. 그것은 곧 민중들의 인식수준과 밀접하게 관련된 이야기임을 재삼 말하지 않아도 알 것 같다. 민중들의 입장에서 세상을 이해하고 수용하는 통로가 무수하게 많을 테지만 정작 현실 세계에서는 얼마 되지 않는다. 민중들의 의식이 진묵이라는 한 승려에 붙여서 진정한 삶의 가치와 의미를 모색해보려는 설화문학의 특징이다. 민중들의 소박한 상상력이 민중들의 삶의 모습과는 괴리된 형태를 취하고 있는 도통인들에 대한 준엄한 경고이기도 하리라.

천상 세계와 지상 세계가 바람직한 상호작용을 해야 옥황상제의 뜻이 지상에 제대로 펼쳐져 만백성이 화육(化育)할 텐데, 도통인이라는 명분을 내세워 돈벌이에 급급하였다면 진정한 도통인이 아닐 뿐더러 본말이 전도된 양상을 보이는 사이비 도통인에 불과하다는 것이다.

도가 종교 행위를 본질로 하는 정신세계의 고양이라고 한다면 돈벌이는 생활 방편을 편리하게 추구하기 위한 물질세계의 향유이다. 진묵이 정신세계를 고양시켜 도를 통했으니 도의 가치를 극대화하기 위한 신성성을 드러내며 피폐한 삶을 살아가는 정신적으로나 물질적으로 질곡과 부조리에 처한 만백성들을 구제해야 했다. 그런데 옥황상제의 대리인에 불과했던 진묵이 엉뚱하게 돈벌이에 혈안이 된 처지가 되었다면 그의 불경스런 행위가 물심양면으로 고통받는 민중들에게 불행으로 남겨질 수밖에 없다. 숭고하고 신성한 천상의 행위가 지상에서 그대로 펼쳐져야 하는데 지상세계에서 전개하는 순간 세속화되어버렸다.

그런데 천상 세계의 메시지가 진묵에 의해 지상 세계에서 펼쳐져 모든이의 불행과 불안, 공포를 불식시켜 보다 나은 삶을 살아가기 위한 역할과 기능을 제대로 수행해야 한다. 진묵은 수행하지 못했다. 그래서 천상 감옥에 갇혀 있다. 그렇다면 옥황상제의 메시지가 무엇이고 그의 바람이 무엇일까 고려해 보면, 그 이면의 중심에는 모든이의 순수하고 간절한 마음이 도사리고 있다. 다시 말하면, 천심이 곧 민심(天心卽民心; 人乃天)이라는 천도교와도 만난다. 이타적 행위를 통해 메신저 역할을 해야 할 인물이 이기적 행태를 보이고 있다면, 정작 이것은 옥황상제의 감시라기보다 여러 사람들의 인식에서 비롯된 정신적 작용의 산물이라 할 만하다. 따라서 설화 향유자들이 이 이야기를 통해서 강조하고자 한 점이라면, '아무리 뛰어나고 훌륭한 인물이라 할지라도 만백

성에게 유용하게 써야 할 것들을 남용하고 오용한다면 징치의 대상이
될 뿐이다.'는 사실을 각인시켜 주고 있다.

　결과적으로 옥황상제의 메시지란 다름 아닌 만백성의 간절한 바람을
개념화하고 상징화해서 표출한 것이고, 그것을 동양에서 절대적 존재
인 옥황상제에게 의탁된 결과이자 관념화된 실체일 뿐이다. 그리고 그
의 바람은 당면 현실에서 나타난 사회 현상을 만백성의 문제의식을 통
해 바라본 질곡과 고통을 치유하고자 하는 희구이기도 하다.

③ 〈진묵이 죽은 이유〉의 현장론적 분석

　진묵설화가 전승되는 지역과 그 지역 주민들의 삶 속에 내재된 다양
한 의식과 교섭하면서 진묵의 역사적 실체는 어느새 문학적 상상력의
견고한 외피를 두르고 역사보다 종교와 문학으로써 더한 전승(傳承)과
전파(傳播)를 타고 해당 지역의 문제의식을 적극적으로 반영하여 나타
난다. 그렇기 때문에 진묵설화는 지역사회의 사회, 정치, 경제, 문화
등의 제 현상을 고스란히 담고 있는 민중의식의 표출이라 해도 과언이
아니다. 진묵은 역사적 실존 인물로서 문화, 역사, 종교, 문학, 사상과
철학이 복합적으로 투사된 인물임에는 틀림없는데, 그 속에 지역문화
의 편린과 종교의 제현상, 민중의식의 발로가 어떻게 유기적으로 작용
하여 지역적 요소와 상호 결합되면서 진묵설화의 자양분으로 기능하였
는지 살펴보는 것도 의의가 있는 일이라 하겠다.

　먼저 진묵의 역사적 발자취인 그의 행적이나 궤적을 따라가다 보면
한결 같이 불교적 문화재가 현재에도 고스란히 보존되어 성소적 공간
으로서 기능하고 있다. 그래서 지금도 종교적 의미가 강화되어 불교적
신앙 의례 행위가 지속적으로 유지되는 공간이다. 〈진묵이 죽은 이유〉

의 설화가 불교적 색채와 내용을 담고 전승되는 설화이면서 불교 경전
의 의미를 재구해 놓은 미륵보살의 하생처라는 현장론적 의미가 강화
된 설화이기도 하다. 이 지역 민중들은 언젠가 진묵이 미륵으로 다시
내려와 하화(下化) 설법(說法)으로 중생을 구제하고자 하는 미륵불국토
로써 확증되는 공간이라는 확신과 소망의식을 갖고 있다. 이 지역 민심
에 반영되어 있는 미륵하생의 미륵불국토 사상은 여느 승려보다도 민
중들과 삶의 궤적을 함께 해온 진묵이 적이 안성맞춤이었다. 더군다나
진묵선사도 선종의 계보를 잇고 있는 처지에서 임제선사의 '어느 곳에
머물든지 주인이 되라. 지금 있는 이곳이 곧 진리다'[85]고 하지 않았던
가. 미륵의 현현이 되었다거나 부처의 화신인 진묵이 이 지역에 주석하
고 있다거나 그가 거쳐 간 곳이라면 불심(佛心)이 상재(常在)하고 어디
에든 부처가 상존하고 누구나 부처가 될 수 있다면 불교의 불이관(不二
觀)에 입각하여 신성한 공간이 되어야 한다. 거룩하고 신성한 공간이라
면 이 지역의 민중들에게 자신들의 원망을 실현시켜줄 자가 그곳에 머
물고 있는 진묵선사가 되는 것 당연한 일이리라.

　미륵 신앙이 성행하는 이 지역에서 진묵 인물이 설화력(說話力)을 획
득하여 전승을 하는 데에는 그 지역 현장의 지리적인 조건과 전설처럼
증거물이 존재하여 그 신빙성을 구체화하게 마련이다. 그 결과 진묵설
화의 전승 요소가 지역의 지리적 조건과 적절하게 부합되면서 전승력
을 강화해 나가는 것도 설화의 특징 가운데 한 요소라고 볼 수 있다.
진묵 선사라는 인물 전승과 지리적 조건의 결합적 관계가 유기적으로
부합되면서 한 편의 설화가 연행된다. 진묵설화의 연행성에 있어서 그
지역의 지리적 조건과 부합된 에피소드나 삽화가 구체적이고 생동감

---

85) 隨處作主立處皆眞.(임제선사)

있게 받아들여지는 이유도 민중들의 의식이 투영된 지역적 특징이 보다 생생하고 구체적이기 때문이다.

진묵설화가 연행되는 지역의 지리적인 증거물로는 봉곡들, 간중리의 봉곡 후손들의 논, 삼례들, 전주시 여의도동의 밭두렁이 진묵 설화 속에 구체적으로 언급되는 걸 보면, 농업 경제를 기반으로 하는 봉건왕조 사회 체제에서나 농본주의의 기치를 내세우는 정권하에서 어느 정도 그럴듯한 명분과 수용이 가능하였을 것으로 짐작된다.

만백성들의 삶이 궁핍하고 가난과 추위, 탐관오리들의 압제에 시달릴수록 농업과 토지는 그들이 살아가는 삶의 본질적인 근간이기도 하였다. 그래서 농업 생산물이 민중들의 삶과 밀접하게 관련된 실체이다. 그런 일이 그들의 의식주의 욕구를 충족시키는 기본 재화인 쌀 이하 곡식들이 재배되는 경작지의 확보가 매우 중요한 관건이다. 그런데, 계급적 질서가 상존하는 시대에 문전옥답의 기름진 농토가 민중들에게 확보된다면 이루 말할 수 없이 좋겠지만 현실은 전혀 그러하지 못했다. 지방 토호 세력들인 대지주가 부와 권력을 동시에 선점하고 있는 상황에서 민중들의 삶은 궁핍과 기근에 노출된 삶, 그 자체였다. 그나마 토지를 소유하고 있다고 하더라도, 매우 작은 밭뙈기이거나 남의 논밭을 부쳐 먹는 소작농에 불과했다. 더군다나 수리시설이 발달하지 못해 천수답의 형태의 전근대적 농업 형태를 취하고 있어 농업 생산의 차질은 불가피한 것이었다. 이런 지리적 환경의 특징을 봉곡에 의해 죽은 진묵의 저주로 기름진 옥토가 척박해진 까닭이라고 설명한다. 민중들 사이에 에피소드로 설화적 요소를 가감하여 얼마든지 일어날 수 있는 이야기의 화소이다.

실제 이곳이 진묵과 봉곡의 갈등과 반목 위에 농토가 조성되지도 않앉으며, 실재 그들과는 아무런 관련성도 없이 자연 발생적으로 생긴 자연 구릉지이다. 따라서 특별하게 수리시설을 갖추지 않는 한 밭으로밖에 활용할 수 없고 밭이라고 해야 가뭄이 닥치면 속수무책일 수밖에 없었다. 그런데 민중들은 이것을 유교와 불교의 갈등으로 말미암은 소산이라고 에피소드화해서 향유하고 있는 것이다. 실재 환로에서 물러나 낙향한 유학자인 봉곡이 살던 간중리 일대[86]는 봉서사 골짜기가 깊지 않아 물 사정이 좋지 않았다. 그곳에서 흐르는 물줄기는 고작 실개천이며 비가 내리지 않으면 금세 바닥을 드러내는 건천(乾川)이다. 따라서 수리 시설이 갖춰지지 않은 봉건왕조 시대나 구한말, 일제시대까지만 해도 그 일대는 밭이 전부였다. 그러니 이 일대에 대대로 터전을 잡고 사는 가난한 농민들은 드넓은 밭이 논이었다고 한다면 얼마나 좋았을까하는 바람을 늘 가슴에 품고 있음직하다.

진묵이 처음 출가하여 주석하였던 봉서사가 있는 서방산을 중심으로 그 아래에 넓은 들처럼 구릉이 형성되어 있다. 그곳이 간중리 들이라고 한다. 간중리의 북쪽으론 완주군 고산에서 흐르는 물이 봉동 들을 거쳐 삼례를 경유해 흐르고 남으로는 진안 방향의 곰치재에서 흐르는 물줄기가 소양을 경유하여 전주와 경계를 이루며 간중리 용진을 안은 듯 흐른다. 소양천의 물줄기가 간중리 들에 직접 연결된다면 더할 나위 없이 좋다. 더군다나 소양과 간중리는 서방산 자락의 앞과 뒤에 자리하고 있는 촌락이다. 따라서 수량이 많은 소양천이 간중리의 구릉에 직접적으

---

86) 전라북도 완주군 용진면 간중리 소재. 필자가 조사할 무렵인 1990년대 말은 이미 저수지가 축조되어 있었다. 다만 이곳에 사는 현지인인 제보자에게 물어보았더니, 수리 시설이 만들어진 시기는 그리 오래 되지 않았다고 하였다. 실재 그곳은 전주시와 인접한 관계로 근교농업이 발달하였고, 과수농업이 발달한 지형적 특성을 지니고 있었다.

로 흘렀다면 좋았을 것은 분명하다. 진묵설화에 나오는 상간중리와 하
간중리의 사이를 흐르는 실개천 수량으로 물의 수급이 원활하도록 간중
리 들을 충족시키기에는 어림도 없다. 이 현실적 바람을 설화에 담고
있는 형편이다. 소양에서 흐르는 물줄기가 간중리로 직접 물구멍을 통
해 흘렀다는 것인데 과학적으로나 지정학적으로 그럴만한 개연성은 전
혀 없다. 그런데 산 하나 사이를 경계로 형성된 취락구조가 한 쪽은 물
의 사정이 좋고 간중리는 물 사정이 형편없다. 따라서 이 지역 사람들에
겐 물 사정이 매우 절실했던 사안임을 알려 준다. 간중리 들에 관개(灌
漑)했던 소양천 물줄기의 수맥을 차단해 실개천이 되어 버린 이유가 진
묵의 저주였다. 설화에서처럼 간중리 실개천에는 12채나 되는 물레방
앗간이 있었다고 한다. 그런데 진묵과 봉곡의 싸움으로 진묵이 일방적
으로 탄압당하여 시신이 불태워지자 소양에서 간중리로 흐르는 물구멍
을 숯과 지푸라기로 막아버려 옥토가 건답(乾畓)이 되어버렸다. 그야말
로 진묵의 저주가 봉곡의 후손들이 경영하는 전답에 직접적으로 영향을
미쳐 이젠 건답이 되어버렸다. 봉곡의 후손이야말로 경제적 기반이 매
우 약화되어버렸으니 봉곡의 가문은 쇠락일로를 걸을 수밖에 없었다.

일제가 이 땅을 수탈하기 전까지는 봉서사 주위에 숲이 울창한 송림
을 이루고 있었다고 한다면 현재에 비해 물의 수급이 원활했을 것이다.
그런데 이 부분을 진묵설화는 진묵과 봉곡의 갈등으로 생긴 현상이라
고 변개 첨삭하여 향유하고 있다.

의식주가 우리 인간의 삶에 절대적으로 중요한 것은 예나 지금이나
변함이 없다. 그러니 잡곡보다는 벼를 경작하여 먹는 문제를 해결하고
자 했던 민중들의 염원이 간절하였음은 물론이다 하겠다. 구체적인 어
떤 대상들이 민중들의 사고가 투영될 때, 그럴듯한 개연성을 확보하여

활발한 전승을 보이는 경우가 많다. 봉곡들도 예외는 아니다. 행정구역상 전주시에 소재한 봉곡들(平野)은 현재 동산동과 여의동 일대를 포함하는 지역이다. 이곳은 수리시설이 좋지 않아 밭농사 전용 공간이다. 이런 지역이 봉곡과 진묵의 싸움으로 진묵의 저주가 내려져 원래 논농사 지역이었는데, 오늘날까지 밭농사만을 짓고 있는 곳이 되어 버렸다는 것이다. 중농주의의 시대에는 당연히 생각할 수 있는 가능한 일이라 여겨진다. 쌀농사를 주업으로 하는 국민들에게 쌀은 필수적인 생활양식이자 경제 수단이다. 그런데 그 넓은 구릉지가 쌀을 생산하면 좋은데 그렇지 못하는 상황은 수용자들이나 향유자들에게 안타까운 일이며 그럴듯한 설득력을 갖고 전승되고 있다.

삼례 지역도 예외는 아니다. 전주와 인접해 있는 삼례는 그 사이에 한내천이 흐른다. 완주군 고산 지역에서 발원하는 지류와 소양지역에서 발원하는 지류가 합수해서 흐르는 강으로 만경강의 상류이다. 수리시설이 좋아 좋은 쌀을 생산할 수 있는 곳이다. 그런데 바로 그 들에 인접해있는 구릉지는 수리시설이 갖춰지지 않는 한 쌀을 생산할 수 없는 곳이다. 쌀을 필요로 하는 당대의 민중들에게 이런 곳마저 논으로 경작할 수 있다면 더없이 좋았을 것이란 바람과 가능성을 담고 설화적 전승력에 첨삭되어 향유되어졌을 것으로 짐작된다.

〈진묵이 죽은 이유〉 유형의 현장론적 접근을 통하여 설화의 왕성한 전승력을 고찰하였다. 민중이 지향하는 민중불교에는 민중의 현세적 간절한 원망(願望)이 담겨져 있으며, 그 원망의식을 처리해 나가는 구체적인 사실들이 설화에 담겨져 있기도 하다. 즉 삶이란 것을 민중들은 어떻게 처리하고 이해하며 살아가는가를 구체화해서 보여준 설화라고 해도 과언이 아니다. 이 설화에서 드러나듯이 불교의 홍법과 민중들이 인식하는 당대의 삶의 실체가 나름대로 유기적 관계를 구축하며 생성되는 과정을 엿볼 수 있었다.

〈진묵이 죽은 이유〉의 설화 작품이 시대적인 상황을 거치면서 당대의 현실과 밀접하게 연결된 상황으로 변개하여 수용되는 것은 설화의 일반적인 특징이라고 볼 수 있다. 즉 진묵설화가 연행되어지는 곳과 시대상을 추적하여 설화 작품의 전승현장을 재구할 수 있다는 사실도 충분히 가능하리라 짐작된다. 이를테면 조선 시대의 민중들이 향유하는 작품들 가운데 후대에까지 전승되면서 어떤 변이 과정을 보여주며 오늘날까지 향유하는지 살펴보는 일도 설화 연구에 중요한 과제가 될 것 같기도 하다. 어쨌든 민중들이 향유하는 설화 작품을 통해 당대의 문제의식과 민중의식이 종횡으로 수놓아진 현상을 그들이 어떻게 이해하고 수용하여 살아왔는지 설화 작품의 주제를 통해 일목요연하게 파악할 수 있었다.

2) 〈중태기의 유래〉의 구조 분석과 의미

① 구조와 의미

진묵설화의 하위 유형들 중에는 의식주와 관련된 설화가 대체로 많은 편이다. 구체적인 작품들의 제목만 보더라도 〈골마다 있는 진묵 부처〉·〈쌀 나오는 구멍〉·〈바루에 있는 모래로 쌀밥 만들어 먹는 진묵대사〉·〈인분을 국수로 만들어 먹기〉·〈중태기의 유래〉 등이 있다. 〈중태기의 유래〉는 단지 진묵대사 한 사람만 설화력을 갖고 있지는 않다. 대체로 심산유곡에서 수도하는 고승대덕이나 신이한 행적을 발휘하는 승려라면 이러한 설화적 모티브를 갖고 있는 인물들이 적지 않게 발견된다.

그런데 이 이야기의 화소에 전국 각지 어디에나 있을 법한 내용이지만 거기에 진묵 선사의 행위와 그 특징을 갖고 전승되는 이야기란 점에서 주목되는 바가 있다. 기존의 유형에다 첨삭과 변개를 과감하게 확대하여 작품의 변이양상이 두드러진다. 그래서 이 작품의 향유자의 수용태도에 따라 축약, 확장의 변이양상이 드러나 있는데다 진묵과 대립된 행위의 주체자들의 신분이 동일하지 않고, 그에 따른 나름대로 의미가 있어 주목되기도 한다.

〈중태기의 유래〉가 종교간의 갈등 문제를 드러내고 있으면서 당대의 지배적 이념에 따른 일반인들의 의식과 인식태도, 민중의 의식주 문제 등이 다양한 층위를 형성하며 전승되는 작품이라 하겠다.

〈중태기의 유래〉의 서사 단락을 정리하면 아래와 같다.

가) 유가 사람들이 물고기를 잡아 천렵을 하고 있었다.

나) 지나가는 진묵을 불러 물고기를 먹어보라고 빈정대었다.

다) 진묵이 솥단지를 들고 물고깃국을 마셔 버렸다.

라) 고깃국을 먹고 난 뒤 물가에 가서 뒤를 보니 물고기가 살아서 나왔다.

마) 그 뒤 유가 사람들이 그를 존경하였다.

바) 중태기의 유래가 여기서 비롯되었다.

앞의 서사단락을 한 문형으로 정리하면, '유가 사람들이 진묵에게 물고기 매운탕을 먹을 수 있느냐고 놀려대자 즉석에서 먹고 나서 뒤를 보자 물고기가 살아서 나와 그 뒤에 그 고기를 중태기[87]라고 불렀다고 한다.'이다. 궁극적으로 진묵이라는 인물을 중심으로 서사화가 진행된 전형이므로 그의 신이성(神異性)을 드러내어 유가적 안목이나 관점, 그 입장을 분명하게 할 의도가 있는 설화 작품이다. '유가 사람들'과 '진묵'의 대립과 갈등이 궁극적으로 불교와 유교의 갈등이 전제가 되겠지만, 조선조 사회가 억불숭유라는 이념적 기치를 표방했을 때부터 불교와 그 불자들은 냉대와 멸시, 배척의 대상이기도 하였다. 그런 와중에 권력에 중심에 섰던 유교와 권력에서 밀려나 주변으로 밀려났던 불교는 전혀 교류가 없었던 것이 아니라 때로는 방외의 교류가 일부 이루어지긴 했지만 어디까지나 유교적인 중심 질서 속에 상하 관계의 수직적 계열 속에서 가능하였던 것이다.

조선조에 들어와서 작금에 이르기까지 유교적 명분과 그 질서는 한 민족의 의속 속에 알게 모르게 깊이 관여된 사실을 인정하지 않을 수 없을 정도로 일반화되었다고 해도 과언이 아니다. 그만큼 유교적 질서에 입각한 관계 형성이 의식 속에 자리하고 있는 한 유교적 논리가 불교적 행위나 의례보다 실질적으로 우위에 설 수밖에 없는 현실이다. 계층적으로 하류에 속하는 진묵이 유가 사람들이 있는 공간을 지나가려고 한다면, 많은 멸시와 조롱을 받는 수모야말로 다반사가 아니었을까 추측된다. 우리 설화 문학 속에 나타난 승려나 고승, 불자들과 관련된 에피소드 등이 적지 않게 나타나는 게 그 반증이 아닐까 싶다. 그 가운데 대표적인 작품이 '장자못 전설'을 꼽을 수 있다 하겠다.

---

87) 중태기의 표준 이름은 비들치, 비들게이다. 잉어목 잉어괴 황어아괴에 딸린 민물고기이다. 우리나라 전역에서 서식하는 물고기로 뻐들이, 중택, 중태기, 중어리, 중치, 버들챙이, 동태기, 똥피라미, 까만피리, 버들치 등으로 불린다. 크기는 대게 8-15㎝ 내외, 잡식성, 생태습성은 산속 계류의 맑고 찬 1급수에서 살며 물의 각 층을 활발하게 헤엄친다. 본고에서는 중태기라는 방언으로 채록되었다. 따라서 중태기, 중고기 등으로 사용하게 될 것이다.

그만큼 조선조 승려 신분이 미천하였기 때문에 일부 정권이나 사대부가 부녀자들과 줄을 잇고 있는 승려 이외는 속가에서 대접받기는 몹시 어려웠다. 차라리 산중에서 좌선입정(坐禪入靜)하여 우회적으로 그 존재의 위대함을 드러내거나 소리 소문 없이 고승대덕의 면모를 드러내는 게 고작이었다. 그렇지 않으면 걸개승(乞丐僧)으로 오인을 받아 갖은 수모를 당하기도 일쑤였다. 물론 당시의 질곡이 민중들에게 고통의 연속으로 치닫게 하였고, 일부 백성 가운데는 유리걸식(遊離乞食)이나 남부여대(男負女戴)를 일삼다가 마침내 삭발위승(削髮爲僧)을 한 자가 있는가 하면, 분장위승(扮裝僞僧)하여 속가에서 민폐를 끼치는 일도 적지 않았다. 그만큼 조선 초기에 비해 조선 후기에 이르러 정치, 경제, 사회, 제도 제 방면에 걸쳐 이완현상이 일어나 혼란한 사회상인데다 정치적으로 매우 불안정하였다는 반증이다.

진묵 선사와 유가 사람들, 진묵 선사와 천렵하는 어린아이들로 각편이 존재하는데, 진묵과 대칭점에 있는 등장인물이 어떤 계층이나 부류라 하더라도 표면적으로 나타나는 진묵의 위상이 대사회적으로, 대인적으로 몹시 폄하된 인물로 설화에서는 드러난다. 당대 현실에 있어서 진묵의 위상이 봉곡과 방외우로서 자리매김하고 있는 문헌에 비해, 민중들은 터무니없이 갈등과 대립, 대척점에서 약자인 진묵이자 화신불인 진묵으로 동시에 공유하며 인식하고 있다는 점이다.

　　(前略)-봉서사 밑에 물레방아가 일곱 개나 있는 냇가에서 유가 사람들이 고기를 잡아 솥단지에 끓이고 있었는데(後略)-(법원)

유교가 절대적 질서로 자리매김된 당대 현실에서 유가 사람들이 개천에서 천렵을 하고 있다. 그야말로 무소불위(無所不爲)요, 유교 지상주의(儒敎 至上主義)인 그들만의 천국인 셈이다. 그런데 갑자기 그 곁을 지나가는 진묵에게 불가의 계율을 들어 불가적 이념을 조롱하고 있을 뿐만 아니라, 그를 신봉하는 진묵 선사마저 조롱과 비아냥거림의 본보기가 된 경우이다. 종교의 본질이야 어찌되었든 불교의 계율은 살생과 간음, 음주 등을 금기시하고 있는데, 그걸 취한다는 의미는 곧 불교의 계율이 허상일 뿐만 아니라 불교 율법마저 공론에 불과하며 그를 신봉하는 자들이야말로 유교 질서에 반하는 무뢰배일 따름이요, 위선자이다.

그래서 나)단락에서 유가 사람들의 승려와 불교에 대한 조롱과 무시가 물씬 풍겨 나온다. 그런데 이를 어쩌랴. 승려에 대한 조롱과 무시가 곧 진묵 선사의 인물됨이 유가 세력 앞에서 고스란히 드러나는 계기가 된다. 진묵 선사가 그들 앞에서 그들의 요구에 응하든 응하지 않든지 이미 답은 정해져 있다. 응하였다면 계율을 파계한 파계승(破戒僧)에 불과하니 놀림감이 되어 버리고, 물고기 매운탕을 먹지 않았다면, 아집(我執)이나 법집(法執)에 사로잡힌 이기주의자이자 종교 계율에 함몰된 교조적(敎條的) 폐쇄주의자(閉鎖主義者)에 불과하다고 강조하며 조롱하게 될 것이다.

(前略)-그러는디 인자, 그 사람을 또 한 친구가 있었던 모냥여. 근디 그 친구가 나뻐. 근디 인자, 한번은 천렵은 가자고 긍게로 진묵대사가 그러자고 갔어. 아 가서는 솥단지랑 모다 갖고는 게기를 많이 잡아갖고 솥단지에다 끓인단말여. 천렵을 갔을게 인자 먹을라고, 아! 펄펄 끓는 놈을 봉곡이라고 허는 사람이 뭐라고 허닝그로는 아 이거 들어미시겄냐고 그렇게(後略)-(추복룡)

(前略)-지나가는 진묵대사를 보고 우롱하고 빈정대기를 "스님 고기 좀 드실라요"하니까(後略)-(법원)

유가 사람들이나 봉곡이나 유교를 대표하는 인물들이다. 그야말로 당대의 아웃사이더인 진묵을 놀림의 대상으로 삼아 딴에 유가적 지상주의 혹은 유교적 절대적 우위를 강조하려는 교만과 자만이 배어 있다. 그런데 인물 전승에서 보면 일종의 시련이라고 볼 수 있다. 위대한 고승이나 훌륭한 인물이 되기 위해서는 일정 기간의 시련과 고통을 감내하고 극복해야 하는 서사 장치이기도 하다. 국외자(局外者)가 제도권에서 그 인물됨을 드러내기 위해서는 제도권의 제도와 체제에 순응한다고 해서 될 일이 아니다. 반불교적 행태를 취하고 있는 유가 사람들이나 봉곡, 어린 아이들은 명실상부한 유교적 질서에 편승하거나 주도하는 계층들이다. 그에 대립적 관계를 형성하고 있는 진묵에게 갈등의 심화가 진행된다. 먹어야 할 것인지 말아야 할 것인지 내적 갈등의 연속이고, 유가 사람들이나 봉곡과 갈등을 어떻게 극복해야 할 것인지의 외적 갈등이 심화되는 양상이다.

다)단락에서 보여주는 진묵의 모습은 유가 사람들을 놀라게 할 만한 행위이자 갈등의 최고조에 이르렀다. 아니 살생을 해서는 안 되고 고기를 섭생해서는 안 될 승려가 물고기 매운탕을 먹어버렸으니 동시에 파계가 일어났고, 파격이 일어났다. 어찌 보면 유가 사람들이 고정 관념을 단숨에 날려 버린 일대 중대한 사태라고 해도 과언이 아니다. 폐쇄적이고 고정관념에 사로잡힌 논리로 보면, 파계이자, 타락한 승려일 뿐이다. 그러나 성속을 넘나들며 아무런 거리낌을 느끼지 못했다면, 파계가 아니라 범속하고 일반적인 세계를 초월해서 이루어진 초월적 세계의 구현을 보여준 것이다. 초월적 세계를 직접 구현하여 통속화된 유가적 논리를 제압하였다. 따라서 진묵의 반불교적 행위를 통해 유가 사람들의 고정화된 인식을 단번에 충격 속에 빠지게 만들었다. 대체로 반목과 질시로 경직된 유교적 논리를 일삼던 유가 사람들이 배타적이고 비타협적 관계에 있는 진묵의 행위를 보고 경악을 금치 못하게 되었다.

단순히 천렵을 일삼고 있다는 일이 넓게 헤아려보면, 세속 사람들이 모여서 화기애애한 분위기에 지나가는 사람들에게 인정을 베푸는 과정으로 당시 세속의 인정을 드러내고 있다고 볼 수 있다. 하지만 '유가 사람들'이 중심이 된 유가적 질서가 두루 미쳐 있다는 공간 확장의 의미로 이해한다면 불교와 승려에 대한 조롱과 질시이다. 그 가운데 일상화되어 있는 놀이나 문화에 진묵은 아웃사이더이자 하류계층에 속할 뿐이다. 그런 그가 유가 사람들의 주문에 선뜻 나서서 불교적 계율에 힘입어 그들의 목전에서 죽은 생명체에 생명력을 불어넣어 다시 물속에서 유영하게 한 행위가 불교의 신이성이자 경외이기 때문이다. 결국 유가적 논리에 고착화된 사회 질서가 사회 발전과 그 변화에 무감각하고 그들이 폄하하고 비방했던 불교가 사회 저층에서 나름대로 역할을 할 수 있다는 반론이기도 하다.

곧 불교 논리인 '지계(持戒)'와 그에 반하는 '파계(破戒)'를 통해서 지계의 엄숙성을 더 강화시켜 놓고 있다. 승려에 대한 조롱과 비속화된 승려로 인식하고 있는 유가 사람들이 진묵의 행위를 실체화하여 예정된 결과를 추수하기 위한 장치로 주목되기도 한다. "물고기와 새우를 잡아먹고, 똥을 아무 데나 누는 것은 승려라면 안 될 짓이다. 그런데도 혜공이건 원효이건 그런 짓을 함부로 했으니 딱한 노릇이라 하겠다. 비속한 짓이라면 가려 가며 하는 데서 쾌감을 느끼니 시비를 하기도 어려운 것 같다. 하지만 '네 똥이 내 고기다'고 한 말이 너와 나의 구별이 없고, 똥과 고기가 하나이기에 갈라서 분별을 하는 것 자체가 헛된 짓임을 갈파하였다면 평가가 전혀 달라진다. 계율을 지키는 것과 파계를 하는 것

도 둘이 아니며, 불법이 어디 따로 있는 것도 아니어서, 숭고가 곧 비속
이고 비속이 곧 숭고라는 깨달음을 아주 파격적인 방법으로 나타냈다
하겠다."[88] 진묵의 비속한 행위가 숭고한 모습으로 거듭나서 유가 사람
들을 놀라게 한 것이다. 거기엔 진묵의 세계관이 유가의 세계관과 일치
한다거나 동일시하고자 하는 의도가 있지 않는 한 종교적 대립과 갈등
은 어느 정도 해소된 상태이다. 유교적인 현실 속에서 진묵과 유가 사람
들의 대립 양상이 외형적으로 부각되어 있다가 해소 과정을 거치면서
그들 모두에게 내면적인 화해와 이해의 장으로 안내하는 지침이기도 하
다. 즉 훌륭한 인물이라면 이념이 무슨 대수가 되겠느냐는 논리이다.
종교 이념에 따른 형식적 도그마에 갇혀 있기 보단 민중들의 삶이라면
어떤 행위도 유용하게 쓰일 수 있다는 시대적 상황과 그 인식의 바탕
위에 형상화된 민중들의 의식과 사회상의 단적인 반영이기도 하다.

　라)단락의 전체 내용을 한번 보자. 물고깃국을 먹고 난 다음 다시 고
기를 살려내는 진묵의 신이한 행위를 통해 그에게 주어진 시련을 극복
하는 과정이다.

　　아 근디 쪼깨 있다가 가서 또랑의 가서 확 기어눙게 게기가 삶어 쥑인
게기가 살어서 구물구물 놀아. 아 근디, 가만이 봉괵이가 봉게 겁나거든 풀
풀 끓는 솥단지를 들어마셔 도로 괴기가 긔어눙게 또 물으서 살어서 놀으
대가리 없는 괴기 한 마리가 놀거든(後略)-(추복룡)
　　(前略) 그래 가지고 바위 위에 걸터 앉아 냇가를 향해 설사를 하였더니
고기가 살아서 나왔다(後略)-(법원)
　　(前略)중이 고기를 먹어야 쓰겠소? 도로 산 대로 내놓겠소. 그리고는 궁
둥이를 따고 똥을 누재. 똥을 누는디 큰놈 작은놈이 다 나오더래 고기가.

---

88) 조동일, 한국 설화와 민중의식, 정음사, 1985, p.61.

다 났습니다. 저 대가리 없는 놈은 대가리가 냄비에 붙었습니다(후략)-(구
비문학대계)

이 단락에서 진묵이 먹었던 고기를 배설하니 물속에서 살아서 노닌
다. 진묵의 비속한 행위가 조롱과 냉대로 굴절되거나 폄하되는 것이 아
니라 도리어 그의 숭고한 행위를 통해 극적인 반전을 일으키고 있다.
그런 가운데 진묵의 신이성이 도도한 유가 사람들이나 봉곡에게 직접
목격하고 있는 한 그의 실체를 인정하지 않을 수 없다. 진묵설화의 대
부분의 각편을 보면, 주된 모티브는 신이한 요소, 기이한 행적이 그의
설화적 특징을 규정하게 만든다. 이 작품도 예외는 아니다. 그야말로
진묵으로 대표되는 불교적 세계관과 봉곡으로 대표되는 유교적 세계관
이 항상 충돌하고 상하 관계로써 대립과 충돌만을 일삼았다고 한다면,
그의 신이한 요소와 그 행위가 이루어지고 난 뒤에는 화해와 소통이 이
루어지면서 수평적 관계가 정립되어 그의 신성성과 불교적 신이성으로
말미암아 그 불교적 의의를 한껏 고양시켜 놓고 말았다.

따라서 마지막 유가적 질서 위에서 유가의 사람들이 보인 행동 양상
은 적대적 관계에 비록 놓여있다 할지라도 존경을 마다하지 않을 것이
다. 단순히 표면적으로 존경을 아끼지 않고 있으며, 유교와 불교의 교
호작용을 통해 열린 세계를 지향하는 새로운 지평을 열 수 있는 가능성
을 보여주고 있기도 하다. 그런데 유가적 의식 세계를 바탕으로 형성된
한 사회의 규범이나 풍속이 하루아침에 변화를 모색하고 시대변화나
조류에 능동적으로 대처할 수 없는 것도 현실이다. 도리어 불교적 세계
에 압도당한 유교의 세계를 상상할 수 없기에 수평적 관계 속에서 교유
와 인정이 다름 아닌 불교적 논리를 강조하는 의미맥락을 지향하게 한
다. 종교적 갈등으로 비춰지는 현실 세계에서 민중들의 의식 충위는 단

순히 불교는 옳고 유교는 나쁘다는 오호의 개념적 접근이 아니다. 현실 세계에서 나타나는 다양한 현상에서 정작 그 세계의 이면을 들여다 보면, 적지 않는 왜곡과 호도에 진실이 가려져 있다는 것을 정확하게 지적하고 있다. 잘못된 현실을 종교적 갈등 양상에 투영시켜 그들의 의식 세계를 거리낌 없이 드러내고 있기도 하다.

중고기[89]가 1급수의 청정 담수에서 사는 비늘이 없는 물고기라고 한다면, 승려는 심산유곡에서 세속을 등지고 구도의 삶을 살아가는 존재이다. 한편, 민물고기의 섭생과 승려들의 삶의 양식도 동일한 공간에서 펼쳐져 있는데, 첫 음절이 '중'이라고 해서 동일하게 발음이 되며, 외형적인 색깔이나 형태에서 상동성의 유사 원리가 작용하고 있기도 하다. 그에 따라 중고기의 유래담이 되어 버렸고 죽은 물고기를 살려냈다는 점에서 살생 금지 및 지계와 직접적인 관련 양상을 맺고 있다. 배설해서 놓아주었다는 점에서 방생의 의미가 작용하여 불교적 교화 방편으로 의미 층위를 강화하여 전승하고 있다. 한편 전승현장이 불교와 유교가 직간접적으로 연계되어 있는 점으로 보아 민중 계층의 종교에 대한 보편적 인식이 작용하고 있기도 하며, 민중들 자신의 삶이 반영되어 있기도 하다.

② 〈중태기의 유래〉의 문헌 설화와 구비 설화의 비교

작품의 개별 전승을 보면 향유자나 제보자의 성격이나 성향, 기질, 종교 신념, 취향에 따라 이야기가 전승되는 과정에서 많은 변이와 변

---

89) 잉어과에 속하는 민물고기. 몸은 갸름하며 납작하고 길이는 10-16cm. 몸빛은 등쪽이 녹빛 나는 어두운 갈색이고 배는 희며, 옆구리 중앙에 검은색. 세로띠가 있음. 산골의 시냇물 같은 곳에 서식.

개, 첨삭을 일으키는 경우는 허다하다. 〈중태기의 유래〉의 개별 작품들도 예외는 아니다. 여기에서 주목하고자 하는 바는 중고기의 생태 공간과 승려들의 삶의 공간이 대체로 일치한다. 절간의 위치가 심산유곡에 위치해 있고, 중고기가 사는 공간도 넓은 강의 한 복판에 서식하는 것이 아니다. 강의 발원지에 가까운 최상류 1급수의 물이 있는 곳에 서식한다. 승려들도 세속 공간의 명리를 등지고 심산유곡에 위치한 사찰이나 암자에서 불교적 구도와 그 깨달음을 얻기 위해 일생을 살아가는 승려의 조용하고 해맑은 모습과도 흡사하다.

아무리 승려 신분이나 고결한 의식을 지닌 선비라 할지라도 서사진행의 관점과 태도에 따라 다양한 인물전형이 창조되고 인물의 태도 여하에 따라 우호와 비우호가 교차될 수 있고, 사건 중심의 설화이든 인물 중심의 설화이든 주제와 그 의미를 얼마든지 다양하게 생산해 낼 수 있는 게 설화의 장르적 특징이기도 하다.

다양한 변이와 첨삭과 변개가 일어날 수 있는 적층문학인 점을 감안하면, 진묵설화의 하위 개별 작품인 〈중태기의 유래〉가 열린 구조를 취하고 있어 얼마든지 다른 모습을 띠고 전승할 수 있는 상황적 여건을 지니고 있다. 이를테면 진묵이라는 고승과 선승의 위대한 인물 전승의 의미를 강조하면서 보다 중태기가 어떻게 해서 생긴 물고기인지 그 어원을 밝힌 설화의 유래담으로써의 기능만 남은 작품을 현장에서 직접 채록할 수 있지만, 어디까지나 진묵 선사의 신이한 행위에 초점을 맞춰 전승되고 있는 것 또한 사실이다.

≪동사열전(東師列傳)≫ 나타난 진묵설화의 하위 개별 작품은 13번째 에피소드로 나타난다. 진묵설화가 구비전승되는 전승 현장에서는 종교적 갈등을 전제로 불교의 신이한 역사와 고승 진묵의 위대한 신성

성과 경외심에 그 초점을 맞추고 있다. 그에 비해 ≪동사열전(東師列傳)≫은 조선 후기 범해(梵海) 각안(覺岸) 승려에 의해 문헌에 정착되었다. 각안(覺岸)이 ≪동사열전(東師列傳)≫을 편찬한 의도가 '병화를 겪고서 공사간의 문서가 남아 있긴 하되 믿을 수 없어 동국 스님의 시대 사적을 모아 선각자가 후학을 깨우치는 잠계로 갖춘다.'고 하였다. 게다가 책을 찬술하여 '서중선사(書中先師)'하겠다는 집필의도가 있으니, 불교와 관련된 주제를 드러내고자 하는 의도가 강하다고 하겠다.

서술자의 편찬 의도, 서술시각, 서술 태도에 입각해서 진묵 조사전의 여러 삽화 가운데 〈중태기의 유래〉 서사단락을 정리하면 다음과 같다.

가) 소년들이 시냇가에서 물고기를 끓이고 있었다.

나) 그것을 보고 진묵이 죄 없는 물고기가 끓이는 괴로움을 당한다고 한탄하였다.

다) 소년들이 스님이 고깃국을 자셨다고 놀려댔다.

라) 스님이 시냇가에 뒤를 보니 물고기가 살아서 뛰놀았다.

마) 소년들은 그물을 거두어 집에 돌아갔다.

앞의 서사단락을 하나의 문형으로 정리하면, '진묵 스님이 고깃국을 먹고 시냇가에서 뒤를 보니 물고기가 살아서 뛰놀았다.'이다. 여기에선 찬술자의 서술시각을 고려하면 진묵의 일대기를 후손들에게 잠계(箴戒)할 목적이며, 그 가운데 승려들의 세계에서 공부하는 후학들을 경계할 목적으로 찬술한 의도가 강하다. 그리고 그의 〈자서전(自敍傳)〉에서 밝히고 있는 것과 같이 살생을 함부로 일삼는 소년들을 통해 불교의 살생의 금지를 주지시켜 본래의 의도인 불교 계율의 진면목을 그의 신이한 행위로 드러내고자 한 것이다.

이 작품에선 소년과 진묵 사이에 갈등이란 거의 미미하다. 그래서 갈등과 대립이 이 삽화에서 주된 사건 기능을 담당하지도 않고 있다. 갈등을 드러낼 만한 빌미인 소년들의 '조롱'이 계제되어 있음에도 크게 부각되지 않는 것은 진묵의 신이한 행위에 초점이 맞춰 있기 때문이다. 더군다나 ≪동사열전(東師列傳)≫의 찬술자가 승려인 각안(覺岸)이고 불교적 세계관에 입각하여 고승들의 열전 체제 가운데 진묵 승려의 신이한 행위가 곧 불교의 홍법(弘法)에 관련되어 있어 불교적 주제를 강조하거나 그에 속한 승려들의 위대한 행위다. 불교의 계율에 따라 삶을 영위하는 신분이란 점을 주지시켜 '살생을 함부로 해서 안 된다'와 '방생'이 불교의 취의에 입각한 보시행위란 점을 강조해두는 데 있다. 그런데 문제는 일반적인 방생이란 소년들에게 잡혀서 죽어갈 생명들을 구해서 살려주는 행위일진대, 여기선 죽은 물고기를 살려서 소년들을 깜짝 놀라게 하고 있을 뿐만 아니라 그물을 거두어 집에 돌아가게 만들 정도이니 더 이상 생명을 해치서는 안 된다는 의미를 강조하고 있다. 그런 이면에는 죽은 물고기를 되살려놓은 진묵의 신이한 행위가 소년들을 집으로 돌려보냈다고 한다면, 그의 신이한 행위는 예사롭지 않은 일이므로 모든 사람이 감화를 받고 불교의 세계, 승려의 숭고함을 따르지 않을 수 없도록 만든다.

그에 비해 현장에서 채록한 진묵설화 가운데 〈중태기의 유래〉는 종교적 갈등과 대립을 근간으로 해서 진묵의 신이한 행위가 결합되어 변이를 일으키고 있다 해도 과언이 아니다. 다만 서술자의 시각과 서술자의 태도, 관점에 비춰보면 승려 신분과는 다른 양상을 보인다. 민중들의 관점과 시각과 태도를 반영한 이야기의 전승이라는 점을 부각시키

고 있다. 그것은 문헌 설화에 보이는 반동적 인물이 '소년들'이라는 점
에서 '유가 사람들', '유학자인 봉곡'으로 확대되어 전승되는 점을 발견
하게 된다. 이것이 바로 민중들의 의식 저변을 반영한 설화임을 단적으
로 보여주고 있기도 하다. 문헌 설화에서 보여준 인물 설정이 민중 계
층의 구비설화에서는 그들의 의식 저변의 의도가 반영되어 변개와 확
장을 자유자재로 하고 있다. 한편으로 유가적 질서에서 비롯된 횡포와
탄압의 실체가 유가적 질서와 그 추종들이다. 그들이 진묵을 탄압하는
데 있어 진묵의 신이한 행동양상이 표출되어 그들을 설득하거나 이해
시켜 불교적 세계의 신이함과 경이로움을 드러내게 한다. 그래서 종교
적 갈등과 대립에서 비롯된 진묵 설화의 〈중태기의 유래〉도 다른 진묵
설화의 각편처럼 수용하되, 민중들이 사회를 인식하는 수단이자 방편
으로 적극 활용되고 있다는 점에서 의의가 있다 하겠다.

유교와 불교의 갈등 속에서 불교적 위상이 무너진 상황에서 민중들
은 불교적 세계의 신이성을 경탄해 마지않았다는 점과 유교적 질서 속
에서 나타나는 부조리한 행태에 대해 비판적인 자세를 견지하고 있는
것이다.

③ 〈중태기의 유래〉 개별 작품의 변이 양상

진묵 설화 가운데 〈중태기의 유래〉의 변이 양상은 대체로 구술자들
의 수용태도에 따라 인물의 변이양상이 나타나는데, 이야기 화소의 다
양한 변개나 확장보다도 동일 유형 설화에 나타나는 등장인물의 신분적
성격이나 계층에 따라 이야기의 의미가 달라진다. 대체로 이야기 향유
자들이 〈중태기의 유래〉를 통해 어떤 의미를 전달하거나 규정을 하려고
하는 것보다는 거의 소화담(笑話譚)의 성격이 짙게 베어나오기도 한다.

그렇지만 진묵설화의 하위 유형의 개별 작품으로 갈래를 구분하여 고찰을 하게 될 때는 등장인물의 갈등 양상과 등장인물의 신분적 계층을 어떻게 설정하느냐에 따라 이야기의 전승 의미가 달라질 수밖에 없기도 한다. 이를테면, 종교적 색채가 강하게 투영시켜 놓으면 종교적 갈등의 설화가 될 것이고, 물고기의 명명이 어떻게 해서 생겨났는가라고 밝혀놓은 것에 초점을 맞추면 기원담(起源譚)이나 유래담이 되고, 단순히 민중들의 여흥거리로 알고 우스개로 여기면 소화담(笑話譚)이 될 것이다.

개별 작품에 나타난 주동적 인물의 신분 계층이 전체적인 이야기 전개의 흐름을 좌우하고 있는 상황에서 작품 내용의 정서나 심리는 문학의 주제를 드러내는 방편이기도 하다. 더군다나 향유자나 제보자들의 의식층위에서 전승되는 설화 작품들은 기본적으로 민중의식의 소산이라는 대전제를 고려해서 어떤 관점이나 태도, 입장을 준수하느냐에 따라 작품의 주제와 의의는 다양한 층위를 형성할 가능성을 배제하지 않는다. 더군다나 종교성을 강하게 투영하고 있는 작품에 있어서는 제보자나 이야기꾼의 입장, 관점, 태도가 매우 중요하게 작용하는 것은 두말할 필요가 없겠다. 전형적인 인물 유형에 따라 진묵과 대척점에 서 있는 자들을 고찰해 보면, 당대의식 층위는 물론이려니와 시대 조류의 편린까지도 추출해 낼 수 있을 것이다.

〈중태기의 유래〉의 각편들이 보여주고 있는 양상은 동일한 모티프로 큰 변개는 보이지 않는다. 다만 신분계층의 전형성을 보여주는 대립적 인물이 주인공과 관계 속에서 인물성격을 달리하고 있을 뿐이다. 즉 반동적 인물이 '봉곡', '유가 사람들', '청년들', '소년들', '막연한 사람들'로 설정되고 있는 상황을 고려한다면, 이것이 설화문학의 특징이기도 하지만, 개별 작품의 반동적 인물을 통해 주동 인물의 인물 성격이 명확하게 드러나면서 주제의식을 더욱 강화하기도 한다.

먼저, 종교적인 외피를 강렬하게 표출하고 있는 작품으로 진묵과 대척점에 서 있는 반동적 인물인 봉곡이란 인물은 유가적 세계를 대표하는 중심인물이다. 설화 향유자들의 의식 세계 속에 제보자들의 성격과 세계관이 고스란히 드러난다.

> (前略)그러는디 인자. 그 사람을 또 한 친구가 있었던 모냥여. 근디 그 친구가 나빠. 근디 인자, 한번은 천렵을 가자고 긍게로 진묵대사가 그러자고 갔어. 아 가서는 솥단지랑 모다 갖고는 게기를 많이 잡아갖고 솥단지에다 끓인단말여. 천렵갔응게 인자 먹을라고 아! 펄펄 끓는 놈을 봉곡이라고 허는 사람이 뭐라고 허닝그로는 아 이거 들어마시것냐고(後略) -(추복룡)
> 봉서사 밑에 물레방아가 일곱 개나 이는 냇가에서 유가 사람들이 고기를 잡아 솥단지에 끓이고 있었는데(後略)-(법원)

동일한 두 작품의 각편을 토대로 등장인물을 살펴보면 '봉곡'과 '유가 사람들'이다. 비단 진묵과 대립되는 인물이 종교적 대립을 전제로 설정된 인물뿐만 아니라 어느 누구도 반동적 인물로 설정되어 이야기의 흐름을 이끌어 갈 수 있겠다. 승려와 승려의 대립이든, 승려와 선비의 대립이든, 승려와 일반 세속 사람들의 대립이든 인물 설정은 개방적이다. 다만 서술자의 의도에 따라 등장인물의 성격이 규정되어 전형성을 벗어나지 못하는 것도 설화 문학의 특징이기도 하다. 이에 따라 종교적 갈등과 대립이 전체적인 이야기의 흐름을 전적으로 지배하게 만든다. 유교적 세계관과 불교적 세계관의 충돌이나 갈등 속에서 서술자의 태도나 입장을 고려해 놓고 보았을 때, 불교 설화이기도 하지만 한편으론 불교 설화가 아니라 단순히 등장인물만 승려신분일 뿐 일반적인 설화의 양상을 보여주기도 한다. 관점과 태도 여하에 따라 죽은 물고기를 살려냈다는 점에 방점을 두면 불교의 신이성과 연결되고, 승려 신분임을 번연히 알면서도 물고기를 먹으라고 강요하는 점에다 방점을 두고 이해하다 보면 지배 이데올로기의 횡포이자 지배계급의 횡포이기도 하다. 이런 점에서 주제적 의미 층위가 다양한 것도 주지의 사실이다. 설화가 당대의 '민간사고의 결정물'90)이라고 본다면 봉곡이나 유가 사람들도 한 시대를 풍미했던 장본인들이다. 따라서 인물 성격이 어떻게 규정해놓느냐에 따라 주제의 의미도 달리 나타나지만, 민간사고의 결정물이라는 상기한다면, 적층문학의 실상을 띤 보편적인 주제 실현의 범주를 벗어나지 않는다.

한편, 종교성이 드러나지 않는 진묵과 대척점에 서있는 반동적 인물들의 또 다른 일면을 보자. 반동적 인물 군으로 '소년들'과 '청년들'로 설정되어 향유되고 있는 개별 작품이다.

> 한 번은 대사가 길을 가다가 여러 소년들을 만났는데 그들은 천렵을 하여 시냇가에서 물고기를 끓이고 있었다. 대사는 끓는 솥을 들여다보며 탄식하기를 "발랄한 물고기가 아무 죄없이 가마솥에서 삶는 괴로움을 받는구나" 하였다. -(진묵조사 소전)
>
> 여름에 어디를 대사가 누님한테를 가게 되었는디, 냇가에서 젊은 청년들이 천렵을 하더래요. 물고기를 잡아서 그것을 끓여놓고 술에 밥에. -(최래옥, 한국구비문학대계)

전자의 작품을 보면, 진묵대사와 소년의 대립이 나타나지만, 여느 작

---

90) 유영대, 설화와 역사인식-이성계 전승을 중심으로-, 고려대석사학위논문, 1981, p.6.

품에 비해 등장인물간의 큰 갈등이 야기되지 않는다. 살생을 금하고 지계를 해야 하는 승려신분인 진묵 대사가 적극적으로 간여하여 시비를 놓고 있는 모양새를 취하고 있다. 이 작품은 서술자의 태도가 적극적으로 반영된 결과다. 불교적 계율에 방점을 두고 읽어보면, 진묵의 신이한 행위를 강조하여 불교적 교의나 포교에 강조를 두고 있음이 명백하다. 어찌 보면 종교적 취의만을 강조해버린 결과 설화 문학으로써의 흥미가 불교적 취의에 묻혀 버려 상쇄되고 말았다. 그야말로 종교적 갈등이 약화되면서 불교적 계율이나 그 취의만을 강조한 나머지 이야기의 맛이 사라지다시피 하였다.

또 한 작품으로 인물 변이를 일으키고 있는 작품을 보면, '젊은 청년들'이다. 마을 청년들이 한 데 모여 술을 장만하고 밥을 장만하여 천렵을 하고 있다. 계절적으로 당연히 여름철이다. 젊은 청년들에게 여름철은 소먹이용 꼴을 베거나 땔감을 장만하는데, 그런 일을 작파하고 천렵을 하고 있다. 그런데 그런 청년들이 지나가는 진묵대사에게 어깃장을 놓는다. '물고기를 먹을 수 있느냐'는 것은 승려에 대한 모독이다. 방생과 살생금지와 지계를 해야 하는 승려에게 감히 고기 섭생을 권한다는 것은 대놓고 능욕과 모멸을 해대는 격이다. 그저 단순히 웃어보자고 해대는 해학과 유머일 수도 있겠지만 정도의 차이로 보아 예사롭지 않다. 그런데 진묵대사는 그들의 요구에 응하여 그의 의도된 목적만을 취한다. 결과는 젊은 청년들의 변화된 모습이다. 신이한 행적을 통해 그의 숭고한 면을 확인하였으니, 예전대로 진묵대사에 했던 행위가 지속될 수는 없다.

한편, 당대의식의 반영이라는 측면에서 승려 집단에 대한 사회적 냉대와 푸대접일 수 있지만, 한편으로 보면 조선 후기 탐관오리의 횡포와

부패상이 횡행하여 유리걸식을 일삼는 자들이 많았을 것이란 추론이
다. 그런 자들 가운데 승려로 변장이나 변복을 하여 살아가는 자가 많
다는 사회상을 반영할 수도 있겠다. 그러니 그런 측면을 감안하며 저
승려가 진짜 승려인지 아니면, 승려로 변장한 유리걸식자인지 떠볼 만
도하지 않은가. '진묵'이라는 인물이 누군지도 모르고 다수의 승려들
가운데 한 사람으로만 알고 있는, 그야말로 익명으로 존재하는 승려 신
분을 지닌 자에게 '젊은 청년들'이 물고기를 권해 볼 만한 처지가 아닌
가. 흥미진진한 설화문학의 특징을 고스란히 다 살려놓고 있는 흥미로
운 작품이다. 그런데 결과는 쉽게 판명난다. 가짜 중인지 진짜 중인지
금방 탄로가 날 수밖에 없다. 물고기를 먹어야 하니 말이다. 젊은 청년
들의 요구를 거절해도 진묵의 실체는 진짜 승려로서 부정되고 그들의
요구에 응해도 그의 참모습이 만천하에 인정될 지는 두고 봐야 아는 것
이다. '삶은 물고기'를 먹는 순간 사이비 승려, 즉 땡초였다. 젊은 청년
들의 판단이 큰 실효성을 갖고 있는 한 진묵은 땡초로서 인식될 뿐이
다. 그런데 사이비 승려가 아닌 진묵의 실체는 극적 반전을 통해 보다
명확해진다. 사이비 승려도 아니며 더군다나 땡초도 아니다가 입증되
는 순간 그는 불교적 영웅으로 거듭날 수밖에 없다. 그의 실체를 젊은
청년들이 인정하고 말았다. '삶은 불고기가 살아서 꿈틀거린다.'이다.
기사이적(奇事異蹟)이 젊은 청년들 앞에 전개되는 순간 익명으로 존재
했던 진묵의 모습은 거룩하고 숭고한 존재로 거듭나게 되고, 반면에 젊
은 청년은 그들의 어리석음만 탄로가 나는 계기만 만들고 말았다.

　민중들의 인식을 반영한 설화작품으로 진묵설화의 메시지는 사람을
함부로 냉대하거나 대하지 말라는 경고이다. 짐짓 눈으로 보이는 현상
만을 가지고 진실, 혹은 전체인양 단정하거나 기정사실화 해버린다면

눈으로 확인되지 않는다고 해서, 눈에 보이지 않는다고 해서 모두 부정해 버리고 마는 우를 범한다는 엄중한 경고이기도 하다. 계층이나 지역에 따른 주관적 인식이나 집단적 인식은 객관적 세계에 대한 정확한 판단을 방해한다. 편견이나 집착에 따른 인식 수단이 매우 협소해서 부분적인 인식이 전체적인 인식인양 호도되어 진실과는 멀어질 수밖에 없다.

또 〈중태기의 유래〉의 중고기의 유래담이기도 하지만 중태기가 중이 배설한 민물 담수어이다. 따라서 속가에서 중고기를 먹지 않는 이유는 중이 배설한 물고기라서 그렇다고 하는 확장된 양상이 나타나 있다.

> (前略) 아하, 그게 중태기라고 있지요. (조사자:중태기, 있지요.) 그 산 꼭대기 물 있는데 그게 중의 똥구녁으로 나오는 중태기라는 것인디, 비늘이 없어요. 비늘이 없어요. (조사자:비늘이 없어요?) 미끈미끈하니, 속가 사람들은 안 먹습니다. 중의 똥구녁으로 나왔다고. (웃음) 중의 똥구녁으로 나온 것을 먹어서야 쓰는가? (웃음) -(최래옥, 한국구비문학대계)

〈중태기의 유래〉에서는 중태기를 속가에서 먹지 않는다는 단락이 확장되어 변이를 일으키고 있다. 여기서는 인간의 배설물이 중고기가 되어서 먹지 않는다는 의미를 강조하기보다는 향유자들의 승려에 대한 신분적인 비하를 하려는 의도에서 그런 뉘앙스가 강하다고 하겠다. 중고기가 비늘이 없는 물고기라서 마치 인간의 배설기관을 통해 나왔기 때문에 그렇다고 그럴듯한 유사성을 강조하지만, 민중들이 인식하고 있는 현실이자, 신분 계층의 질서가 엄연했던 사회상의 반영이자 시대적 조류였기 때문이다. 그 당시 승려라는 신분의 위상이 매우 낮았기 때문에 그에 따른 호칭도 매우 부정적이었다. 이미 먹어서는 안 될 고기를 먹었다는 그 자체가 승려로서 신분을 망각하고 있을 뿐만 아니라 일반인들의 조롱과 지탄의 대상이 되었다. 타락한 승려이거나 땡초라서 비속한 행위자일 뿐이다. 그런데 진묵의 비속한 행위가 신이한 행위를 통해 숭고한 존재로 각인되었다. 설화 문학 작품의 주제와 연결되는 부분이다. 설화 향유자들의 관점에서 보면, 기존의 보편적 인식을 무너뜨린 진묵은 진정한 승려가 아니다. 어떤 상황에서건 하지 말아야 할 것은 하지 말고 해야 할 것은 해야 하는데, 그렇지 못한 진묵이야말로 파계승이었다. 더군다나 유가적 입장을 견지하거나 그런 사회적 질서가 어느 정도 유지되는 사회라면 진묵대사에 우호적인 평판을 기대할 수 없기도 하다. 그러니 그런 승려가 배설해 놓은 물고기가 물속을 유유히 헤엄치는 물고기라고 하더라도 파계승의 배설물을 섭취한다는 것은 곧 상상할 수 없기 때문이리라. 향유자들의 보편적인 의식 속에 승려 계층에 대한 폄하와 냉소가 담겨져 있으며, 기존의 유가적 질서에 편승된 맹목적인 유가적 이념의 자기화에 힘입은 허위의식도 작용하지 않았나 생각된다.

3) 〈진묵과 봉곡의 도력 시합〉의 구조 분석과 의미

① 〈진묵과 봉곡의 도력 시합〉 구조와 의미

설화는 당대 민중들의 삶의 일체를 다양한 모습으로 반영하는 언어적 기제라고 말할 수 있다. 그래서 이야기 속에는 당대인들의 의식, 윤리, 철학, 사상, 문화의 제 현상들이 나름의 의식과 인식 작용에 의해 이야기가 만들어지고 성장하며, 확장되기도 하고 멸실되기도 하면서 변화무쌍한 변이양상을 보이며 발전한다. 설화가 탄생, 성장, 발전, 소멸의 과정을 거치는 것에서 하나의 유기적인 생명체라고 볼 수 있다. 당대인

들이 이야기를 통해 그들의 문제의식을 표출하고 해결하기도 하고 때로
는 그들의 고통을 극복하려는 방편으로 적극 활용하기도 하면서 문제
해결을 도모해가는 과정으로도 향유한다. 그러기에 이야기 문학 속에
는 그들의 세계관, 역사관, 가치관, 숙명관 등이 담겨지게 마련이다.

진묵설화 작품 가운데 〈진묵과 봉곡의 도력 시합〉의 설화 개별 작품
은 구전 설화와 문헌 설화가 각각 전혀 다른 구조적 양상을 띠고 나타
난다는 점에서 주목을 요하는 흥미로운 작품이다. 두 인물 간의 대립과
갈등이 첨예화되어 긴장감을 조성하고 있는 작품이 있는가 하면, 반대
로 우호적인 친분관계를 유지하면 그들의 세계관의 차이를 물화된 체
계로 드러내어 겨루는 개별 작품도 존재한다.

〈진묵과 봉곡의 도력시합〉에서 문헌 설화와 구비 설화의 공통된 서
사단락을 추출하면 다음과 같다.

가) 진묵대사가 양반인 봉곡을 찾아가서 책을 빌려 보았다.
나) 진묵대사는 길을 가면서 빌린 책을 다 보더니 하나 하나 찢어서
내 버렸다.
다) 봉곡은 진묵에게 찢어버린 책을 원래대로 해서 가져오라고 하였다.
라) 진묵이 가져온 책이 빌려준 책과 똑 같았다.
마) 진묵이 봉곡의 도통을 시기하여 또 다른 시합을 하였다.
바) 계란 쌓기 시합을 하였는데, 봉곡은 위로 쌓고 진묵은 위에서 아
래로 쌓아 내렸다.
사) 결국 진묵이 승리하였다.

서사 내용을 가)-사)단락까지 나름대로 서사단락을 추출하여 이야기
흐름을 잡고 있지만 그 가운데 관점과 태도에 따라 여러 각편의 텍스트

를 토대로 더한 서사단락을 추가할 수도 있다. 하지만 여기선 편의상 위의 서사단락을 표본으로 하여 〈진묵과 봉곡의 도력 시합〉의 구조와 의미를 탐색해 나가도록 하겠다.

텍스트 상에 등장하는 인물은 크게 진묵과 봉곡과의 대결양상으로 이루어져 있다. 진묵은 봉곡과 방외우(方外友)를 하고 있는 사이다. 그 래서 자연스럽게 어울릴 수 있는 관계이다. 불가에서 대표적인 인물인 진묵은 그의 도의 세계를 구현한 도통한 인물로 설정되어 있다. 그에 어울리는 봉곡 또한 유가적인 인물로 유가적 이념을 구현해내는 도덕 군자나 현인에 버금가는 인물로 설정되어 있다 해도 과언이 아니다. 그 야말로 텍스트 상에 나타나는 두 인물은 종교적 세계를 대표하는 출중 한 인물들이며, 문면에 나타난 걸 토대로 해서 두 이념간의 대결양상 가운데 어느 이념이 우월한지 겨뤄 볼 뿐이다. 물론 연행 현장에서 제 보자들의 인식 태도가 두 종교를 균형된 시각과 관점을 유지하지는 않 는다. 당대의 질서 속에서 유교와 불교에 대한 입장이 지배와 피지배의 관계, 중심 세력과 주변 세력의 역학 관계에서 적어도 민중적 시각 관 점과 입장을 견지하고 있는 것이 설화 문학의 특징을 반영한 결과이므 로 민중들의 의식이 고스란히 나타나게 되어 있다.

가)단락은 진묵대사가 절 아래 있는 봉곡을 찾아가 책을 빌리는 대목 에서부터 시작된다.

(전략(前略)) 근디 그전에야말로 중은 상놈이라고, 봉곡 앞에서는 말허 자면 행세를 못했어. 말자면 지금은 양반 상놈 안 개리지마는 그전에는 양 반 상놈 개릴 적으 진묵은 기술은 좋아도 쌍놈이라고. 그냥 지앵이(고양이) 앞에 말허자면 지(쥐) 노릇 혔어. 그냥 근디, 진묵이 하루는 독지에 와서 선생님, 그 선생님(봉곡 김동준)보는 책 좀 한번 빌리 달라고 말혀, 그리드

랴(후략(後略)-(김광현)

제보자가 들려준 설화는 이미 신분 질서의 상하관계가 명료하게 드러나 있다. 진묵과 봉곡의 관계는 수평적인 관계가 아니다. 봉건 계급 사회의 질서가 엄존한 시대상으로 '지렁이 앞에 말허자면 지 노릇 힜어' 하는 사회이다. 신분적 계층질서가 조선 중기에 엄존하였을 것이다. 그런데도 봉곡 선생을 찾아가 그들의 신성시하는 책을 빌려볼 수 있을 정도면 상하 관계의 신분 차이에도 둘 사이는 각별한 관계이다. 문면의 텍스트만 보면 돈이나 명예, 권력 따위의 세속적 기제와는 하등 관계가 없는 도학자이거나 도통인(道通人)들이다.

이 설화가 채록된 1990년대에도 우리 사회에 알게 모르게 남아 있는 신분질서와 그에 따른 의식이 우리의 일상생활 규범에 널리 자리를 잡고 있던 시대이다. 아무리 급속한 사회 변화를 초래하는 시장 자본주의 사회로 급속한 전환이나 천민 자본주의적 산업발전이 확산된다 해도 규범이나 의식이 하루아침에 변화되지 않는다. 제보자의 의식에도 신분상의 차이를 인정하고 '양반', '상놈'하면서 신분상의 차별을 공공연히 인정하고 그런 공간에서의 행동 양상을 보이며 이야기 구연을 진행하고 있는 것이다. 양반인 봉곡과 상놈인 진묵이 관계 맺기를 하기 위해선 자의든 타의든 어떤 빌미가 필요하다. 여기선 유가적 덕목을 고양시키기 위한 필수과목이나 다름없는 유학 책이다.

진묵이 봉곡을 찾아간 행위가 불자와 유자의 상호교섭을 확장하려는 의도가 사실관계에 놓여 있더라도 본 텍스트는 전혀 다른 양상으로 비춰지고 있다. 진묵의 저돌적인 행위가 양반 사회에 대한 저항이나 도전이 아니다. 그럼에도 천한 신분인 진묵이 봉곡을 찾아갔다는 것 자체가

외형적인 친화 교섭을 통해서 봉곡과의 대결구도를 열어젖힌 서막이기
도 하다. 어찌되었든 관계맺기의 서막이 저돌적이니 비굴이나 굴종이
라 해도 관계가 없다. 관계의 지속성을 통해서 방외우의 친분을 강화해
나갈 수도 있을 것이며, 반대로 소통의 불완전성과 교착으로 적대관계
의 심화를 초래하여 비극적인 대립과 갈등의 연속으로 결말지어질 수
도 있다. 어떻거나 진묵에 의해 소통을 시도한 점이다. 상하 관계의 신
분 질서에서 절대적 우위에 있는 봉곡이 진묵에 대해서 갖게 되는 폄하
와 상대적 우월감이 진묵의 요구를 들어주었을 것이다.

　그런데 문제는 절대적 우월의식으로 무장된 봉곡이 불교의 세계를
인정하거나 말거나 엄연한 현실에서는 황탄하고 미혹에 찬 종교로 인
정하고 있는 셈이다. 왜냐하면 불가의 승려가 유가의 경전을 빌리러 온
것 자체가 예속이나 굴종의 연장선상에서 이루어진 행위체라고 봉곡이
여길 수 있기 때문이다. 그야말로 '억불숭유'가 갖는 절대적 지위와 사
회 권력이 천민 집단이나 다름없는 진묵을 아무리 곱게 보아준다고 해
도 천민집단일 뿐이다. 진묵에 대한 봉곡의 관점과 시선이 고정불변인
상황에서 '지앵이 앞에 지'인 신분적 한계 상황을 여실하게 확인된 처
지이다. 더군다나 진묵이 봉곡을 찾아가서 책을 빌려본다는 설정 자체
가 장식품이 아닌 이상 책을 통한 교유나 교분 쌓기이다. 그 당시 누구
나 책을 읽을 수 있는 시대 상황이 아니었다. 한자로 된 책을 읽을 정도
의 사람이라면 지식계층에 속한다고 볼 수 있다. 신분을 달리하더라도
지식인들의 교유가 일상적으로 이루어진 경우가 적지 않았다. 그런 관
점에서 보면, 진묵과 봉곡의 교분은 매우 우호적인 관계로 발전할 수밖
에 없었을 것이다.

　설화 작품에서 진묵대사가 봉곡에 거처하고 있는 공간인 '독지'에 간

다. 실제 봉곡이 살고 있는 터전이 '독지(獨地;돌땅)'가 매우 중의적으로 처리된다는 점을 간과해서는 안 될 것이다. 서사 맥락의 흐름상, 어휘를 해석하기에 따라서는 '독보적인 지위', '단단한 땅', '척박한 땅', '고정불변의 땅', '반석의 땅과 지위'로 해석될 수 있는 개연성이 매우 높기 때문이다. 그만큼 진묵의 대척점에 있는 봉곡의 지위가 확고부동할 뿐만 아니라 무소불위의 권력 구도까지 아우르는 민중들의 사고인식이 반영된 결과이다.

나)단락에서는 진묵대사가 봉곡의 집인 독지에서 책을 빌려가지고 가면서 길가에서 읽는 대목이다.

> (前略)근디 가만히 책을 줴놓고는 감서 보니까, 무조건 찾는 것이 찢어 내리는 거여. 책을(조사자:보면서요?) 응 책을 보는 것이 아니라 찢어 냇싸버려 이렇게(시늉) 그냥(조사자:가면서요) 응 가면서 으 자기, 자기 공부하는대로 가면서, 절로 올라 가면서 공부하는 데로 가면서 책을 찢어 냈어(내버린다). 연신 계속 찢어 내삐리는 것을 알앗단말여, (後略)-(김광현)

봉곡이 빌려준 경전을 진묵이 가면서 길거리에서 읽고 있다. 그리고 나서 다 읽은 경전 내용은 더 이상 볼 필요가 없이 찢어 내버린다. 텍스트의 내용을 크게 정리해서 문형화하면, '진묵이 길거리에서 책을 읽고서 찢어 내버린다.' 봉곡이 빌려준 유교 경전이나 다름없는 강목을 찢어버렸다는 것은 봉곡에 대한 정면 도전이자 모독 행위이며, 승려 신분으로서 유교 질서에 대한 도전행위이다. 이것은 유가적 입장에서 보면 유가적 질서에 대한 반항 행위이므로 기존의 질서에 정면으로 저항한 행위이다. 그러므로 곧 반체제적이며, 반유가적 행동양상을 표출하였으니 반역자라 매도하여 처형까지 일삼는다 해도 아무런 변명거리가 있을 수 없다.

　그러나 이것을 진묵의 입장에서 보면, 전혀 다른 방향에서 해석되고 이해되며 수긍이 갈 것이다. 그것은 불교 논리에 입각해서 유교적 질서와 경전을 해석하는 방법이다. 그 어느 누구도 경직된 사유논리에 집착하여 세상을 자기화하지 말라는 메시지이다. 불교적 입장에서 주요 경전의 핵심 요지인 '법집(法執)', '아집(我執)', '득어망전(得魚忘筌)', '뗏목 방편'에 해당된다.

　이 세상에 어떤 진리나 섭리도 영원한 것은 없다. 그런 까닭에 자기의 경전만이 절대적이고 그 외의 모든 것은 허망과 미망이며, 우상에 불과하다고 보면 안 된다. 이런 의식에서 자유로울 수 있는 것은 곧 독단(dogma)과 아집에서 벗어나는 길 밖에 없다. 득도(得道)나 반야(般若)의 세계에 이르렀으면, 경전이나 강목(綱目) 따위는 잊어버려도 하등 문제가 없다는 것이다. 그런데 자꾸 집착과 아집이 파생시키는 현실 상황은 봉곡에게 '봉변(逢變)'을 안길 뿐 더 이상 어떤 발전도 기약할 수 없기도 하다. 유교 도학자적 풍모를 지니고 있는 봉곡이 명분이나 허명(虛名)을 중시하며 공리공담에 휩싸여서 사회의 현실적 모순에 아무런 문제의식을 갖지 못하고 무사안일로 일관하게 되면 큰 낭패만 초래하고 만다. 진묵이라는 '봉변'에 봉곡이 어떻게 대처해야 할까. '봉변'에 따른 봉곡의 대처방법이라고 할 수 있는 '능변(能變)'이 중요하게 자리하게 된다. '봉변'을 초래한 불기적(不羈的)인 행위자인 진묵의 '주자강목(朱子綱目) 찢기(문헌설화에 보임)를 통해 봉곡에 대한 정면도전행위라고 볼 수도 있겠지만, 그보다는 진묵의 신이한 행위에 초점을 맞추고 있다는 점에서 강조해 볼 대목이다. 자기와 전혀 다른 세계인 주자강목마저 단숨에 읽어버리고 그것도 걸어가면서 강목의 진의를 다 파악할 수 있는 힘, 곧 그의 능력은 불교적 신이로 직결되어 있다. 불교적 신이로 드러나는 그의 행위의 핵심 논리는 '득어망전(得魚忘筌)'[91]과 '뗏목 방편'에 대한 시현(示顯) 행위이다.

한편으론 책 속에 진정으로 참뜻이 담겨 있지 않다는 논리이기도 하다. 그러니 책만 끌어안고 있다고 해서 진정한 도통인과 도학자가 되는 것도 아니다. 유교에 강령에 갇혀버린 삶 속에서 책의 의미는 유교적 이념을 표상하고 그 함의를 간직하고 있다 하더라도 허상이며, 진실한 이념은 책 밖에 있다는 주장이기도 하다. 유가적 이데올로기가 구현될 수 있도록 하기 위해선 백성들에 진정한 유가적 이념이 구체화되어 시현되어야 한다. 그러나 봉곡은 책 속에 갇혀 자유를 얻지 못하고 구애된 삶 속에서 허위 명분만 잡고 있는 격이다. 그러니 진묵은 그들이 즐겨 있는 책을 빌려 보기도 했고 찢어버리는 행위도 가식 없이 보여줌으로 해서 경책(警策)을 삼고자 하였던 것이다.

유가적 책만 갖고 있으면 유가적 실천 강령이 그대로 실현될 수 있는 것도 아니다. 더군다나 허위의식에 사로잡혀 있는 대부분의 유학자를 자처하는 자에게 진정한 유가 정신을 보여주어야 하지만 그렇지 못하다. 봉곡도 유가의 다른 부류와 별반 다를 게 없다.

그렇지만 진묵이 유학 도학자인 봉곡이 보는 책을 찢어버린 행위는

---

91) 이런 실례가 구체적인 에피소드로 드러난 작품이 부설거사전이다. 한 때 진묵 선사가 주석하기도 하였던 월명암이 부설거사의 수도행각과 밀접하게 관련된 암자이다. 운수행각승인 영희, 영조, 부설이 변산반도 지나다가 고운 처녀인 묘화의 간청에 부설만 눌러 앉게 되었다. 영희 영조만 문수도량인 오대산으로 떠난다. 훗날 세 사람이 재회하여 그들의 도량을 겨루는데, 들보 위에 물이 담긴 병을 세 개를 놓고 도력 시합을 한다. 그 가운데 영희와 영조는 병을 치자 병이 깨지면서 물도 흘러 내렸다. 그러나 부설은 병을 치니 들보에 매달린 병만 깨지고 물은 그대로 매달려 있었다. 따라서 이 에피소드가 진묵과 어느 정도 연관된 듯하다.

유가인과 유가 서적에 대한 모독이다. 그야말로 유학에 대한 신성모독
(神聖冒瀆)이라고 볼 수 있다. 지배계층의 지배 이념인 유학자들이 보
는 책을 아무 허락도 없이 파지해 버리는 행위는 반국가적 행위이자 불
충(不忠)이기에 반역에 해당하는 행위이지만, 불교적 논리가 배경으로
작용하고 있는 면에서는 법집이나 아집에서 벗어나라는 경계이기도 하
다. 임제 선사처럼 '부처를 만나면 부처를 죽이고, 조사를 만나면 조사
를 죽이라'는 것이다. 그래야 '능변(能變)'할 수 있다. 변화에 주체의식
을 갖고 능동적으로 대처할 수 있다는 논리이다.

진묵이 빌려간 책을 찢어버렸다는 사실을 안 봉곡이 원래대로 해서
책을 가져오라는 언명이다. 텍스트에 나타난 것으로 해석할 수 있는 의
미 층위를 보편적 인식으로 이해하기에는 어려움이 적지 않다.

> (前略) 알고는 그 이튿날인가 된 뒤해 불났어(불렀어). 그 책을 봤으면
> 가져오느라 가져간 걸 알고. 찢어 내삐리는(내버리는) 걸 알고 가져오느라
> 했어. 긍게 예. 선생님 이틀만 연기를 히돌라고 히드래(해달라고 하더라).
> 이틀만, 그면 그래라 그래서. 이틀을 딱흐(딱) 연기를 히졌어 히줬더니(해
> 주었더니) 아닌 게 아니라 그와 같이 그대로 가지고 왔더랴. 그 책을!(後
> 略)-(김광현)

조동일에 따르면 자아와 세계의 대립과 갈등 속에서 자아의 우위에
서는 것이 설화라고 하였다. 이 텍스트도 주인공의 신통력이 봉곡의 신
통력보다 우위에 서는 것은 당연하다 하겠다. 두 종교를 대표하는 두
인물간의 맞대결이 종교적인 측면에서 대표성을 갖는 존재 근거가 되
겠지만, 경쟁적 우위에 선 자가 곧 진묵 선사가 되는 것은 서사 전개상
당연하다. 그런데 거기에 함의된 종교적 우월성보다 경쟁 관계에 있는

두 인물을 바라보는 민중들의 시각이 중요하리라 본다. 일상적인 인식과 바탕으로는 전혀 이해할 수 없는 일이다. 다른 서사적 질서 속에 진묵의 신이한 능력 발휘가 봉곡의 협박과 위협이라는 위기를 극복하게 만든다. 즉, 유가적 이데올로기가 반영된 책으로 도학자의 손때가 묻어 있을 그 상태로 책을 복구해 냈다는 신이한 능력이 서사 구조의 문제와 문제 해결이라는 이항대립적 구조 질서를 보인다. 이미 여기에서서 제보자나 서술자나 향유자들이 한결같이 진묵의 신이한 능력으로 봉곡의 협박을 극복하였다는 서술시각이 반영되어 있다.

있어야 할 것이 의도된 행위로 말미암아 없어지게 되었을 때, 지배 위치에 있는 자들의 횡포나 억압, 관용, 이해 등이 상존할 수 있다. 문제는 그 가운데 무엇이 상대에게 주어지는 물리적인 압력 상태인데, 그 질서가 일방적일 때는 별 문제가 없게 된다. 지식과 정보를 얻고자 하는 강렬한 욕구에 쌓인 진묵에게 신분상의 차이를 떠나 얼마든지 책을 빌려줄 수 있지만 빌려 보았으면 그대로 돌려주는 게 인지상정인데, 엉뚱하게 주인 허락도 없이 찢어버렸다. 경쟁 관계에 있는 유학자의 지식과 정보의 갈증을 해소하고서 엉뚱한 행위로 봉곡의 노여움을 살 수밖에 없다. 그런데 유학자인 봉곡이 군자적 풍모를 지니고 있다면 행위의 결과에 연연하여 진묵을 추궁하는 것만이 능사가 아니다. 다시 한 번 기회를 주고 그대로 가져 오라고해도 늦지 않다. '그대로 해서 가져온' 책을 봉곡은 어떻게 받아들일까? 진묵이 원래대로 책을 만들지 못할 것이란 전제, 자기중심적인 확신, 즉 진묵에 대한 부정과 단정이다. 진묵에 대한 부정적인 인식이 언제나 자리하고 있었다면 어떤 계기로 해서 긍정적인 인식으로 전환이 이루어진다. 그런데 문제는 긍정적인 인식이 오래가지 못한다는 한계 상황이다.

라)의 서사단락을 보자. 앞 단락에서 중복된 부분을 제외한 봉곡의 진묵에 대한 인식과 긴장 대목이 나타난다.

> (前略) (채록자:다시 써왔단 말이죠?) 긍게 어떻게 했든지 간에 그 책을 그대로 되려 가져왔다, 이거여. 다 찢어 내삐맀는디, 그만큼 긍게 기술이 좃잖여.(채록자:머리가 뛰어나단 말인가요. 아니면?) 응, 그치 나보다 높고 기술이 좋다는 얘기지. 봉곡보다는, 근디 가만이 생각한간에 요놈에 한테 잡으야것는디 잡알 길이 없어. 봉곡이 마자면 그 때 봉곡은 유교고, 유교, 유교를 믿고, 또 진묵은 마자면 불교지, 자─자─ 대산게 불콘디 불교한테 유교가 치것드라 이거야. 가만이 볼 때 치게 생겼어. 그래서 인자 책을 가져왔는디 그러면 딱허니(後略)─(김광현)

유교와 불교의 갈등이 단순히 시대적 상황에 따른 정치적 사회적인 갈등에만 머물 수 있는지는 차치하더라도 독보적인 존재인 봉곡을 능가하거나 추월한다면 도저히 수용할 수 없다. 어떻게 해서든지 진묵을 제압할 제어기제가 필요했다. 그러나 이것이 이성적인 태도 여하에 따른 발상이 아니라 감성적 발상에 기초한 파시즘적 행태가 얼마든지 진묵을 향해 자행할 수 있다. 그야말로 봉곡은 진묵의 꼬투리와 빌미를 잡아야 할 상황이다. 제보자의 언표를 빌리자면 유교와 불교를 내세워서 종교적 지배 우위를 앞세워 함부로 재단할 수 있는 상황이 아니다. 이 자체로 보면, 이미 겨루기는 끝이 났다. 봉곡에 대한 진묵의 완벽한 승리이다. 그런데 그냥 물러날 수 있는 계제가 아니다. 물러난다는 것은 진묵에 대한 패배를 자인하는 꼴이 되면서 봉곡보다 진묵의 도력이 한 수 위임을 공개적으로 세상에 드러내고 마는 꼴이다. 도리어 진묵의 도통이 봉곡보다 낫다는 실재를 검증한 결과여서 날개를 달아준 격이

되어버렸다.

　다른 한편으로 보면, 도력시합이란 게 관념적이고 추상적이며 형이상학적인 실체여서 일반 민중들이 헤아리기에는 도통 무슨 말인지는 모르지만 입소문을 통해서 고승대덕(高僧大德)이요, 대도현인(大道賢人)임을 인지할 뿐이다. 여기에서도 찢은 책을 원상대로 복구해 놓았다고 해서 위대한 것이 아니라 가시화된 형태, 혹은 물화된 형태를 통해 그들 세계인 내면의 형이상학적 사상과 철학적 지혜를 우회적으로 표출하고 있다고 보면 되는 것이다.

　따라서 민중들은 그들의 시각을 통해 진묵이 지역의 도통한 유학자인 봉곡마저도 능가하는 위대한 깨달음을 지닌 자인데, 그렇지 못한 봉곡이 지배하는 이념 현실이 그들에게 고통과 질곡만 초래하고 있다는 민중의식의 표출이라 여겨진다. 민중들의 관점에서 보면 유교보다는 불교가 더한 우호와 민생의 아픔을 치유할 종교로, 진묵으로 다가와 있다는 의미이기도 하다. 단적으로 제보자의 말마따나 '유교가 불교에 치게 생긴' 상황이 도래한다면, 곧 민중들의 외면은 불을 보듯 명확한 상황이라면, 유교적 이념의 사회 지배체제는 걷잡을 수 없는 혼란의 소용돌이 속에서 그들의 입지가 완전히 소거되지 않는다 해도 매우 좁아질 수 있는 상황이 도래하고 말 것이란 의미이다. 그것은 단순히 지방 토호 세력의 몰락을 의미하기도 하지만 더 나아가 중앙의 지배 이념마저 교체될 지도 모르는 위기의식의 표출이기도 하다. 그래서 봉곡은 어떻게든 진묵보다 우위에 선다는 확신을 만인에게 보여주어야 한다. 그 일환으로 무엇인가 트릭을 쓰거나 강제를 하거나 또 다른 무엇을 제시하여 제압해야만 한다.

　바)와 사)의 단락을 또 다른 반전의 기회를 포착하고자 하는 봉곡의

의도된 제안이다. 지금까지 번번이 진묵과의 대결에서 지기만 하던 봉
곡이 일대 전환을 삼아야 할 승자의 명분이 필요하기도 하였다. 그것이
사)단락에서 말하는 '계란쌓기 시합'이다.

> 그러면 딱허니 또 봉곡이 진목을 불렀어. 불러가지고는 야 오늘, 우리
> 오늘은, 계란 쌓기 시합을 허자 그랬어. 그렇게 진목이 허자는 대로 혀. 봉
> 곡 허자는 대로. 마르자면 지금으로 마러자면, 대통령이 그 밑에 있는 애들
> 보고 부하를 보고 야 이렇게 하자믄 이렇게 하고, 저렇게 허자믄 저렇게
> 하고 그런 시대같이 지금 시대같이 예를 들어서, 그런디 봉곡은 방바닥에
> 서 외줄로 쌓아 올려 가지고 천장까지 딱허니 부쳐왔어. 외줄로 위줄로 붙
> 여 놓았는디 인자 그렇게 진목이 허는 말이 있다가 뭐라고 허닝고이는 그
> 러면 인자 제가 쌓카요. 그믄 너도 인지 그믄, 자 싸바라(쌓아 보아라) 그
> 렇단말여. 그더니 진목은 어떻게 쌓는고 허니 천장에서 붙여서 밑으로 싸
> 내려. 긍게 꺼꿀로 그렇게 기술이 하늘과 땅새지. 천장에서 싸내려오는 사
> 람허고 밑에서 싸올리는 사람허고 같으겠어. 하. 기술이 나보다 좋으니 큰
> 일났단말여.-(김광현)

도력 시합의 연장선에서 계란 쌓기도 그들의 도통 경지를 물화(物化)
하여 구체적으로 드러낸 실체이다. 두 사람 모두 예사 사람의 능력을
훨씬 능가하고 있다. 도력 시합의 실체가 계란을 쌓는 일이지만 일반적
인 사람들은 상상도 할 수 없는 일을 시현해 내야 한다. 봉곡은 이번에
는 자기가 이기겠지 하며 자신만만한 표정으로 방바닥에서 천정까지
타원형인 계란을 한 줄로 쌓아올리며 기고만장(氣高萬丈)한다. 그러나
진묵은 봉곡이 쌓은 일렬의 계란을 천정에서 아래로 쌓아 내려온다. 정
확하게 표현하면 천장에서부터 시작해 하나하나 계란을 매달아 방바닥
에 닿게 한다. 영이한 능력이 두 사람 모두에게 나타나 있지만 그에 따

른 도력의 정도는 진묵이 한 수 위임을 증명하게 된다. 더군다나 알을 도력시합의 수단이나 방편으로 삼아 겨루기를 한다는 점을 살펴보면, 세계관의 갈등 속에 도사린 생명 원리, 우주의 표징, 세계관의 우주적 질서92)에 무엇이 보다 본질적인 이해 방편인지 헤아리게 만든다. 즉, 불교와 유교의 우열(優劣)의 관념을 구조화하여 세상을 이해하는 도구로 활용하고 있는 민중들의 인식적 수단과 연결된다. 도의 깊이를 가시적으로 계량화하여 현실 극복의 이상적인 이데올로기로 인식하려는 의도가 담겨 있다. 거기에는 기존의 지배적 이념인 유교에 대한 민중들의 불만이나 원망을 함의하고 있다.

진묵과 봉곡의 대결양상을 보이고 있는 설화의 전승 현장은 전북 용진면의 간중리 일대이다. 이곳을 배경으로 진묵과 봉곡의 대결 구도는 단순히 유교와 불교의 갈등 양상을 표출하고 있는 것도 아니다. 설화의 생태적 고찰은 설화의 전승 공동체의 사회적인 생산으로 인식하면서, 해당 설화가 전승 현장의 사회 문화적 환경과 어떤 관계를 맺으면서 전승되고 변이되는가 하는 것을 유기적으로 검토하는 일93)이라고 하였다. 진묵설화의 한 유형인 이 전승이야기도 당대의 전승 현장에서 향유화는 민중층들에게 수용되어질 때, 종교간의 갈등과 대립 양상을 특정 종교의 신앙행위와 민중층의 사고나 의식작용을 반영하고 있다.

민중층이 신앙하는 불교와 지배계층이 주도해온 유교적 질서와 그 규범이 상호 충돌하거나 갈등을 야기할 만한 것도 아니다. 다만 어느 한 종교에 의해 주도된 모순과 부조리에 삶의 실상이 적지 않게 왜곡되거나 호도될 때, 걷잡을 수 없는 혼란과 불만을 초래하게 마련이다. 진

---

92) 김무조, 한국신화의 원형, 정음문화사, 1989, p.333.
93) 앞의 책, 임재해, p.229.

묵설화에서도 민중층인 불교와 지배계층의 주도적 이념인 유가의 대립
과 갈등 양상이 설화의 모토로 표면화되었다면, 적어도 민중적 관점에
서 보면 유가적 이념을 숭상하는 지배계층의 잘잘못을 그런대로 파악
하고 있으며 그들 민중계층의 삶의 실상이 어느 형태로든 일그러진 모
습을 반영하고 있다.

봉곡이라는 거대한 지배사회 구조 속에서 진묵이라는 민중층의 사회
구조 지층을 형성하여 거대한 부정 세력의 세계관을 거부하고 긍정 세
력의 세계관을 간직하고 드러내고자하는 민중들의 의식 속에서 비롯된
다는 것을 알 수 있다. 민중들은 어떤 삶을 살아가더라도 권위적이고
형식적인 삶의 왜곡된 구조를 거부하고 자유로우며 개방된 긍정 세력
에 대한 주체의식을 갖고 그를 토대로 삶을 진작시켜 나가고자 하려는
의도가 다분히 담겨 있다.

민중들은 실제의 삶에서는 불합리한 세계, 부조리한 세계, 폐쇄와 일
관된 자기중심적인 보수, 형식, 가식 있는 권위 등이 그들에게 고통만
안겨줄 뿐, 어떤 발전과 미래에 대한 기약을 제공하거나 담보해주지 못
했다는 사실이다. 그들은 지배계층이 자행하는 여타의 부정적인 모습
들을 과거의 선인들의 삶의 모습에서나 현재의 모순과 부조리의 원인
고찰에서나 익히 알고 있었음에 틀림없다. 그래서 설화작품에서 어떤
대상도 초월하거나 타개하여 그들의 삶 속에서 패배를 전혀 모르는 불
사조와 같은 삶을 구가하고자 노력하기도 한다.

② 〈진묵과 봉곡의 도력시합〉의 문헌 설화와 구비 설화의 비교

문헌설화와 구비설화가 상호 교섭하는 양상은 전혀 없을 것 같다. 왜
냐하면 구비전승된 문학이 이미 문헌에 정착된 이상 화석화된 문헌으로

밖에 텍스트가 존재하지 않기 때문이다. 그러나 연행 현장에서는 문헌과 구비 할 것 없이 자유자재로 소통되거나 첨삭 변개가 전혀 다른 양상으로 전개돼버린 경우도 적지 않게 일어난다. 물론 구비문학과는 달리 이미 문헌에 정착된 설화는 더 이상 변개되거나 첨삭하거나 유형을 달리하는 다른 작품으로 변화가 불가능하다. 향유자들이 문헌 설화를 보고 민간에 전승될 때에는 많은 유형의 이야기들이 향유자의 취미나 기호에 따라 혼재되면서 동일한 유형에 첨삭 변개가 자유자재로 일어난다. 따라서 적층문학이자 열린 서사구조를 띠고 있는 설화적 전통에 힘입어 다양한 변개와 유형 창출이 가능한 이유가 여기에 있다고 볼 수 있다.

게다가 향유자들의 의식 구조와 관련해서 많은 변화가 일어나는 것은 당연한 현상이다. 향유자들의 의식세계가 어떤 관점과 시각을 유지하고 있느냐에 따라 서사 내용이 자유롭게 변이를 일으키는 예는 허다하겠다. 이를테면 〈진묵과 봉곡의 도력시합〉에 있어서도 향유자들의 세계와 서술 시각의 태도가 견지하고 있는 양상에 따라, 혹은 대상에 대한 호불호(好不好)에 따라 서사 내용은 판이하게 달리질 수 있는데, 본고에서 다루고자 하고 있는 작품도 그 범주에서 벗어나지 않는다. 그만큼 서사문학 작품에서 서술자의 서술 의식과 서술 시각, 서술 태도가 작품에 매우 중요하게 기능하고 있는 것이다.

본 작품도 종교 행위자들인 승려 집단에서는 우호적인 태도와 불교적 취의를 강하게 드러내는 편찬의도와 서술 시각, 서술적 태도를 견지하고 있는데 비해, 현장에서 채록한 이야기들은 불교적인 홍법이나 불교적 취의를 강하게 드러내지는 않지만 불교에 대해 우호적인 시각을 유지한다는 점에서 크게 다를 바가 없다.

범해(梵海) 각안(覺岸)이 엮은 ≪동사열전(東師列傳)≫ 편에는 동사의 열전답게 불교적 홍법, 취의, 의례, 계율을 소재로 고승들의 행적을 드러내어 궁극적으로 불교적 세계의 고양과 선양에 그 의의를 두고 있는데, 〈진묵과 봉곡의 도력시합〉에 해당되는 문헌설화는 진묵과 봉곡이 악의에 찬 대결양상을 보이고 있지 않다. 단순히 불교와 유학을 대표하는 지방의 인물들로 그들의 사상과 철학이 곧 그들의 종교나 의례 행위에 맞닿아 있음을 여실하게 보여주고 있다. 따라서 불교와 유교의 대결양상이 선의의 관계 형성을 통해 발전적인 지향을 하고 있다는 측면과 방외우의 교분을 통해 그들의 세계의 진정한 모습을 보여주고 있을 뿐이다. 그런 가운데 설화 속에서는 불교적 세계의 우위가 유교의 세계를 통해 상대적 우위를 확보하고 있는 셈이 된다. 승려인 범해 각안의 사상과 철학 편집 목적이 전편에 두루 통용되고 있는 점에서 불교적 세계의 극치를 보여주려는 점이 강렬해 보인다.

그에 비해 민간에 전승되고 있는 진묵 관련 설화는 다양한 변이가 일어날 개연성이 매우 높은 현실을 어느 정도 반영하고 있다. 그것은 〈진묵과 봉곡의 도력시합〉에서 나타난 삽화이다. 즉 문헌에 하나의 삽화만으로 진묵과 봉곡의 방외우에 따른 불교적 취의를 드러내는 에피소드로 기술되어 있다. 그러나 민간에 전승되는 구비설화에서는 진묵과 봉곡이 적대적인 관계로 설정되어 있다는 점이다. 두 인물 간 우호적인 관계 양상을 보여주고 있는 문헌과는 달리 적대적 관계 설정이 설화 문학에 더한 긴장과 주제의식을 드러내기에는 적합한 양상으로 발전한 결과이기도 하다. 또한 하나의 삽화로 이루어진 문헌 설화와 두 개의 삽화로 이루어진 구비 설화의 차이가 분명하게 다르다. 문헌 설화이든 구비 설화이든 공통적인 화소가 '책을 빌려 보다'라고 한다면, 문헌에서는 이 화소가 전부이다. 그러나 민간 구비 설화는 '책을 빌려 보다'+

'계란 쌓기를 하다'로 에피소드가 추가되어 나타난다.

진묵 설화도 설화 문학의 특징인 열린 구조, 열린 결말을 확연하게 보여주는 좋은 사례가 되겠다. 원수와 같이 견원지간이라면 아무리 좋은 일도 관점에 따라 다양한 해석이 내려지는 게 당연한 일이다. 억불숭유 정책이 조선조의 통치이념의 근간이라고 하더라도 완벽하게 준수할 수 있는 것은 더욱 아니다. 인간의 생활관습이나 규범, 인식적 사고를 하루아침에 단절시킬 수 있다는 것은 더욱 불가능하다. 그리고 그 바탕 위에 새로운 패러다임을 구축하여 지향했던 이상세계를 펼친다는 것은 상상할 수 없는 일이다.

민가에서 전승되는 설화에 그들의 꿈과 이상을 담아낼 수 있는 에피소드를 무지기수로 창출할 수 있고, 그런 가운데 불교와 유교에 대한 일반 백성들의 인식과 의식 구조야말로 당연히 반영된다. 따라서 이야기의 확장 속에서 민중들이 담아내고자 하는 의도가 무엇이었을까? 유교는 좋고 불교는 나쁘다는 것인가, 아니면 유교는 나쁘고 불교도 나쁘다는 것인가. 반대로 유교도 좋고 불교도 좋다는 것인가, 아니면 불교만 좋고 유교는 나쁘다는 것인가? 여러 모로 상정해 볼 수 있는 문제이다. 민중의 현실적인 삶 속에 도사린 진정한 의도는 그들의 피부에 와닿는 현실 문제를 어떻게 바라보고 어떻게 인식하고 있는지 하는 가늠자가 되겠다.

적어도 〈진묵과 봉곡의 도력시합〉에서는 표면적으로 불교적 취의를 강조하는 '득어망전(得魚忘筌)'의 구체적 실상을 적나라하게 보여주고 있기도 하다. 한편으론 방외우라는 이념적 갈등과 대립 속에서도 소통되는 인간적 만남의 가치를 소중하게 여기면서 불교적 위치를 정당하게 자리매김하려는 의도로도 읽혀지기도 한다. 따라서 당대의 지배적

인 이념인 유교와 어깨를 나란히 함께 할 정도의 진묵이자 불교라는 점
에서 각인되는 바가 크다. 반면, 봉곡이 받들고 있는 '강목'은 유교적
이상의 요체라 해도 과언이 아니다. 그런데 그걸 버리지 않고 금과옥조
처럼 받들고 있지만 유가 이념적 동질성만 강조되면서 시대의 변화를
추수하지 못한다. 유가임을 자처하는 지원(芝園) 조수삼(趙秀三)의 기
록을 살펴보아도, 진묵대사가 부중 선비가 쓰는 강목 전부를 빌려가지
고 돌아오다가 길거리에서 책 한 권을 다 읽는 즉시 버렸다고 했다. 30
여 리 길을 오자 70권의 책을 보았다고 했고 부중(府中) 선비가 시험
삼아 물어보았더니 한 글자도 어긋남이 없었다고 하였다.[94] 그야말로
진묵의 신통한 독서에 대해서 강조할 뿐 이념적 편애나 의식을 보이지
않고 있다. 그렇다면 진묵의 행위를 통해 보면, 부중 선비라고 하는 문
헌 속에 화자나 기술자인 지원 조수삼이나 한 인물의 신이한 행위에 대
해 특별한 주목을 요하고 있는 것이다. 그 가운데 불교의 사상적 취의
를 고스란히 표출시킨 그의 행위에 대해 나름대로 존숭하고 있다고 하
는 메시지의 전달이다.

　유가적 틀에 갇혀버린 낡은 지식과 정보로 백성들을 농단하지 말라
는 것이기도 하고, 아니면 경직된 이데올로기인 유교를 통치기술로 해
서 백성들의 삶을 고단하게 만들지 말라는 것이기도 하다. 그리고 시대
에 부응하지 못하는 어떤 이데올로기나 종교도 백성의 짐이자 고통일
뿐이라는 논리가 은연중 배어있기도 하다. 민중들이 인식하기엔 봉곡
의 존재가 그들의 삶과는 동떨어져 있는 착취자의 화상으로 보일 뿐 백
성들의 삶에 긍정적으로 작용한 적이 없다는 것을 설화로 전승해서 인

---

94) 大師一日詣府中士人. 請借綱目全部. 令一力. 負而從之. 覽一冊訖. 輒投諸道. 則力隨
拾之. 比至寺. 計三十里. 而七十冊. 業已卒矣. 後. 士人. 試抽而問之. 則擧無一字錯
焉.〈震默大師小傳〉

식하고 있는 것이다.

봉곡과는 달리 진묵이 민중들에게 각광을 받을 만한 이유가 있다면 무엇일까? 백성들과 밀접한 삶의 모습을 보여주어 그들의 아픔과 어려움을 해소해주기도 하고 때론 해결해 주기도 하였다는 점을 들 수 있겠다. 무엇보다 현재의 고통을 해소해 주고 미래의 희망을 전파할 자로 진묵을 지목하고 있는데, 그렇게 생각하는 민중들의 저변 의식엔 불교의 사상과 취의가 반영되어 있다. 즉 〈60화엄경〉에서는 "심불급중생삼무차별(心佛及衆生 三無差別)"-"마음과 부처와 중생 이 셋은 차별이 없다"는 것으로 가르치고 있다. 즉 미혹한 중생의 눈에는 '심, 불, 중생 (心, 佛, 衆生)'의 차별이 있게 보이지만, 깨달음에 의한 진여(眞如)의 입장에서는 '본질적(本質的)으로는 차별(差別)이 없음'을 볼 수 있다는 것이다. 민중들의 고달픈 삶속에 그들의 질곡과 고통을 극복해줄 구원의 주체는 불교이자 그것을 신봉하고 있는 진묵 선사가 적격이었을 것이란 추론이 가능하리라 본다.

③ 〈진묵과 봉곡의 도력시합〉 구비전승의 전개 양상

조선 중기에 실재했던 인물이 오늘날까지 그 실제가 그의 업적과 직접적인 관련을 맺고 전승된다하더라도 실재 그의 궤적은 신이한 요소로 점철된 환상적이고 낭만적인 이야기들이 전부이다. 따라서 그의 신이한 역사와 행위가 사실과는 거리가 먼 비실재의 전부라고 단정해버리는 것도 올바른 접근 방법은 아니다. 과학적이고 합리적이며 보다 이성적인 현대인들에게 그들의 사유체계를 근본적으로 부정해 버린다면 남는 것은 허망하다싶을 정도의 황탄지설(荒誕之說)이나 황당무계(荒唐無稽)할 뿐일 것이다. 일반적으로 설화가 오늘날만큼 척박해진 대접을 받고 있는 상황에서 눈으로 확인되는 세계가 더한 진실성을 확보할 것 같아도, 도리어 더 진실성이 의심받고 진실이 격하되는 당대의 현실이 아닌가. 따라서 설화의 세계가 오늘날에도 그 진실성을 의심받았다면 더 이상 전승되지도 않았을 뿐더러 그 존재의의를 상실하고 말아 소멸되고 말았을 것이다. 그럼에도 오늘날에도 그의 신이한 궤적이 의심받지 않는다고 한다면 그 이유는 당연히 이야기의 진실성에서 비롯된 것이라는 확신을 부인하지 못 할 것이다. 왜냐하면 설화 문학의 본질에서 그 전승의 의를 찾을 수 있기 때문이다. 사실 이야기가 황당무계하고 괴이하다고 할지라도 그 이면의 주제를 들여다보면 의미심장한 의미를 겹겹으로 직조되어 단순하게 이렇다고 치부해 버릴 만한 빌미는 아무 데도 없다.

　도리어 산업화 이후에도 진묵설화가 그 존재의의를 계속 유지 전승되고 있다면, 그들이 향유하는 현실에 적극적인 눈을 돌려야 한다는 것을 강조한 것과 매 한가지이다. 경직되고 권위적인 유교 질서가 희미하나마 그 명맥을 유지해온 시대라면 그들에 대한 불만이나 불평을 빗댄 풍자와 비판이 주류를 형성하고 있을 법하지만 그렇지만도 않다. 사·농·공·상(士農工商)의 조선조 신분 질서가 산업화 이후에도 국민들 의식 저변에 자리하고 있던 점을 감안하면 하루아침에 사라질 규범이나 법규도 아니다. 특히 일제 강점기와 독재 정권을 거쳐 오면서 통제와 감시가 이루 말할 수 없이 자행되었을 것이고 민중들의 불만은 적지 않을 것으로 짐작되는 바이다. 그런 와중에 조선조의 계제적 질서가 어떤 형태로든 유지되어 왔고, 변형된 형태로 그 희미한 명맥을 반상의 계열로 치부되며 온존해왔던 점이 약자의 실정이었을 것이다. 질곡과 부조리한 시대를 관통해온 민중들이 정치, 사회, 경제면에 있어서 약자인 점을 고려해 보면, 피지배인 민중의 고통은 곧 암울한 시대의 장본인이었다. 그들이 적극적인 저항을 일삼을 만한 역량이 확충되지 않는 상황에서 지배계층에 대한 적극적인 저항도 있을 수 있겠고, 소극적인 저항도 얼마든지 있을 수 있다. 그러나 진묵설화의 향유자들의 의식 저변에 깔린 지배계층에 대한 혐오와 이반은 이야기로 대체되어 강화된다.

더군다나 지배계층이나 민중계층이라고 하더라도 식자층에 해당하는 사람들의 교류는 이들 간에 신분고하를 막론하고 소통이 원활하게 진행되어 왔던 사실이다. 마치 진묵과 봉곡의 방외우가 전형을 보여주고 있는 것처럼 적지 않았다. 따라서 문헌에 정착된 진묵과 봉곡의 교우가 매우 우호적이고 방외우로서 사상적 교감을 어느 정도 숙지하고 있는 상황이라는 점이 설화 속에 반영되어 있다. 유교와 불교 어느 입장을 견지하더라도 그들의 방외우로서 교감은 유·불대립의 시대상에서도 진정한 군자의 모습이거나 각자의 모습으로 전형화되어 전승된다. 그에 비해 민중계층에서 보는 그들 간의 관계는 대립적인 갈등과 대척점을 세워 이야기 전승을 향유하고 있다. 고담준론(高談峻論)이나 일삼는 부류들과는 전혀 다른 현실 인식이라고 해도 과언이 아니다.

제보자들의 의식세계를 통한 개별 작품의 서사전개가 각기 다른 양상으로 전개될 개연성이 충분히 있는 것이 사실이다. 그렇지만 여기에서는 호불반유(好佛反儒)의 태도를 취하고 있는 민중들의 보편적 인식 규범을 적시하지 않을 수 없다. 왜냐하면 그들의 규범의식이란 곧 현실에 대한 적확한 태도의 표현이기 때문이다. 동일한 사안이라도 보는 이의 입장과 태도에 따라 달리 보이는 것은 보편적인 현상인 만큼 하나의 현상을 두 가지로 수용하여 전개시키는 배경에는 당대 삶의 실체가 혼용될 수밖에 없을 것이다. 이를테면 진묵과 봉곡이 십리 안팎의 짧은 거리에서 서로 소장한 책을 주고받으며 원만한 인간관계를 맺었다. 그렇다고 하더라도 인근의 민초들뿐만 아니라 민중들은 사상을 달리하는 두 인물의 훌륭한 교우가 돋보인다고 예찬을 마다하지 않을 수 없었음에도 굳이 방외우의 근저에 도사리고 있는 본질적 갈등에 그 연원을 두고 그들 간의 관계양상이 이야기 전승의 중요한 화제가 되었다는 것 자체가 민중들의 삶의 모습이자 현실태(現實態)의 의식과 인식이기도 하다.

그러나 이야기 향유자들인 민중들은 그들의 관계를 대립관계로 설정하고 그들의 시각에서 당대의 삶과 가치, 지향해야 할 바를 거리끼는 일 없이 드러내고 있다. 그것도 지식인들이나 종교인들의 지적 사고의 수준이나 교양인으로서 훌륭한 인물임을 의심하지 않기도 하지만 그보다 그들 세계의 본질의 실상이 그들만의 잔치인양 치부되는 것에 대하여 나름대로 문제인식을 하고 있다고 해도 과언이 아니다. 유가의 팔덕목인 수신제가치국평천하(修身齊家治國平天下 正心誠意) 가운데 수신제가하여 고작 하는 일이라는 게 가문의 영광이요, 명철보신이라면 차라리 진묵과 같이 민중들과 함께 한 선승이 봉곡보다 훨씬 낫다는 논리를 앞세운다.

따라서 봉곡은 어떤 상황 아래서도 진묵보다 우위에 설 수 없다. 당대의 내로라하는 봉곡이다. 일부 지역에 터전을 잡고 유학자로서 명실공이 존경의 대상으로 세상이 다 아는 일이지만 그를 풍자하는 민중의 입장에선 그들만의 이해를 도모하는 자야말로 원망과 배척의 대상일 수밖에 없을 것이다. 배타적인 입장을 견지해온 봉곡에게 천민 집단의 지식인인 진묵은 한갓 시험의 대상일 뿐이다. 그래서 군자를 자처하던 봉곡에게 도통기술을 겨뤄 진묵이 이기게 만든다.

게다가 진묵에게 당한 봉곡이 속수무책으로 가만히 지켜보고만 있을 수 없다. 불교에 대한 유교의 우위가 진묵에 의해 결판이 난 상황을 어떻게 하든 만회하려고 또 도력시합을 자청할 수밖에 없다. 그것이 민중들은 지적 사고의 우위를 검증할 만한 가시적인 대안으로 제시된 타원형의 계란을 쌓아올리는 시합이다. 그런데 그 시합마저 진묵이 한 수 위의 실력으로 도의 깊이를 검증하며 이겨 버렸으니 봉곡이야말로 지나치게 포장된 허상에 지나지 않는 인물이란 점을 주지시켜주고 있다.

민중들의 눈에 비친 봉곡의 삶의 실체가 민중들의 삶과 별반 다를 게 없는데 갖은 개념과 규범을 재단하여 차별화된 삶을 구가하며 군자 행세를 자행하며 민중들 위에 군림하고자 하는 태도를 매우 못마땅하게 여기고 있다. 팔천(八賤) 가운데 하나인 승려 집단의 한 인물인 진묵과 겨뤄보니 그의 존재가 어떠했는지 드러났고, 그의 위상이 진묵을 통해 만천하에 고스란히 드러나고 말았다. 그것은 민중들의 현실인식을 그대로 반영하고 있다고 한다면 결국 봉곡은 민중들의 조롱의 대상이자, 희화화된 인물이며 그의 권위에 대한 허상을 만천하에 폭로하여 왜곡된 현실을 보여주려는 의도로 읽혀지는 이야기라고 보겠다.

민중들은 이야기 전승을 통해 유교 사회의 부조리와 왜곡된 현실 속에서 그들이 향유하는 그 어떤 것도 수용할 수도 없고 이해하기 어렵다는 진솔한 민중의식을 표출하고 있다. 별것 아닌 것이 별것인양 민중들의 삶을 쥐락펴락하는 현실에 나름대로 불만을 토로하고 있음직하다. 이것은 봉곡이 이 지역사회에서 어떤 역할과 지위를 점유하고 군자의 풍모를 지닌 채 유지행세를 하였다 하더라도 '별것이 아니다'라는 현실인식의 발로라고 여겨진다. 별것 아닌 것이 별것인양 별것이 되어 권력화하고 지배 권력을 행사하였다면, 민중들의 눈을 의심하지 않을 수 없을 것이다.

그런데 문제는 현실이다. 별것 아닌 것이 지배 권력을 행사하고 있는 경직된 유교 사회의 현실이다. 그것이 오늘날까지 이어지고 있는 현실에서 민중들의 삶이 희망만 지닌 채 나아질 기미를 갖고 있지 않은 현실이 더욱 문제가 된다. 그래서 그들은 진묵과 봉곡의 방외우(方外友)마저 비틀어서 그들의 원망의식을 표출하는 대상으로 삼았다는 점을 간과해서는 안 될 것이다. 그래서 설화 문학 작품을 적층문학이자 민중문학이라고 하는 이유가 바로 여기에 있지 않을까 생각된다.

Ⅳ. 진묵설화의 신이성과 서사 의미

1. 신이화소의 서사적 기능과 의미

진묵설화의 핵심 얼개는 신이한 요소와 그 행적이 주요 모티프로 작용하고 있다. 진묵설화에 나타난 신이한 요소에 행적이 전편을 관통하고 있는데, 그런 요소가 진묵설화의 실체이자 존재의 의의이기도 하는 듯하다. 곧 신이담(神異譚)도 현실에 대한 인식방법이나 태도를 민중들의 방식으로 수용한 결과물이고 향유하는 서사물이기도 하다. 진묵의 출생, 성장, 수도, 교유, 입적에 이르는 과정이 기사이적(奇事異蹟)의 구체화된 양상들이라고 봐도 틀림이 없다. 전묵설화의 개별 작품군 (version)이 한결같이 신이한 요소나 기사이적의 모티프가 대부분 반영되어 서사화된 맥락에서 살펴보면, 진묵대사가 살았던 조선 시대 중엽부터 현대에 이르기까지 시대적 모순과 민중들의 삶의 불안이나 결핍에서 배태된 점이다. 그렇다고 일방적으로 시대의 모순과 민중의 고통만을 강조한 나머지 이야기 문학의 본질을 훼손해서는 안 될 것이다.

비현실적이고 낭만적이며 환상적인 이야기나 삽화들이 주류를 이루고 있는 진묵설화는 당대 의식의 산물이자, 현실태의 서사물이라고 볼 때, 진묵은 단순히 불교적 성향이나 취의를 발현하는 의도의 전승력에 의의를 갖고 있다고 볼 수 있으며, 더 나아가 전북 지역을 중심으로 생활터전을 일삼아 왔던 민중들의 의식과 원망을 일정하게 담고 있는 설화 문학의 진수라고 볼 수 있다. 불교적 인물로서 불교적 의의와 취의를 모태로 해서 신이한 행동 양상을 표출하였다. 불교문학이면서 민중이 향유했던 설화 문학이다. 인물전승이 승려라는 점에서 불교와 밀접하게 관련양상을 맺고 불교의 이념을 실어 나르는 방편으로 활용되었고, 더 나아가 지배 질서에 정면으로 맞서서 그들과 대립항(對立項)을 설정하여 투쟁을 일삼았던 것이 아니고, 그릇된 지배 질서에 의해 간난과 핍박 속에 허덕이는 민중들의 편에 서서 자신의 역할을 다했던 한 고승의 일대기가 민중들의 의식 속에 살아 숨을 쉬고 있다는 점에서 불교인의 진정한 자세를 보여주고 있는 인물이다.

진묵설화의 하위 개별 작품들을 통해 진묵의 신이한 요소와 그 기능이 서사문학에서 어떤 역할과 기능을 하는지 살펴볼 필요가 있다. 왜냐하면 진묵설화의 신이성은 단순히 환상적이고 비현실적이며 낭만적인 세계이기에 허구적이라고 단정할 수 없는 민중들이 지향한 의식의 변형된 표출이기 때문이다.

앞서 고찰한 세 편의 진묵 설화의 개별 작품 이외에 신이 모티프를 드러내는 작품군들이 개별화되어 구비전승되고 있다. 이를 정리해 보면 아래와 같다.

〈누이의 밤길을 밝힌 해〉·〈죽은 나무에 잎 피우기 시합〉·〈진묵대사의 갑옷과 자〉·〈바위 구멍에서 쌀이 나와 밥 해먹기〉·〈진묵대사의 탄생담〉·〈진묵은 화신불〉·〈송광사 일화〉·〈대원사 일화〉·〈천상감옥에 갇힌 진묵대사〉·〈가래침을 먹고 도통한 진묵〉·〈신령스런 소리가 나는 법당〉·〈도통한 진묵이 해인사 불을 끈 일화〉·〈대원사가 가난한 이유〉 등이다.

불교의 인물들을 수록해 놓은 〈〈동사열전〉〉에는 위에서 열거한 것과는 달리 '진묵조사(震默祖師)' 행적이 신이한 모티프로 순차적으로 정리되어 있다. 그 책에 나타난 승전의 신이 모티프를 나열해 보면 아래와 같다.

문헌에 수록된 진묵설화 각편(version)을 개별화해서 개별 문형(文型)을 작성하면 아래와 같다.

(각편-1) 진묵대사가 태어날 때 불거촌의 초목이 3년 동안 시들었다.

(각편-2) 신중단의 신장들이 꿈에 나타나 진묵부처로부터 봉향을 받을 수 없다고 하였다.

(각편-3) 진묵대사가 봉곡에게 책을 빌려 읽고 나서 길거리에 버렸는데, 봉곡이 강목을 확인해보니 모르는 내용이 없었다.

(각편-4) 진묵대사가 봉곡 여종에게 상서로운 기운을 넣어주려고 하였으나, 거절하자 그것을 허공에 쫓아버렸다.

(각편-5) 진묵이 기춘을 위해 바릿대 속에 담긴 바늘을 가지고서 국수를 만들어 주었다.

(각편-6) 진묵의 어머니가 여름철 모기 때문에 고통을 겪자 왜막촌에서 모기를 쫓아버려 그 후에 그곳에 모기가 없어졌다.

(각편-7) 진묵의 어머니가 돌아가시자 유앙산에 길지를 정하고 천년향화지지라고 하자 그 후 사람들의 발길이 끊이지 않았다.

(각편-8) 진묵이 술을 마실 때 곡차라면 마시고 술이라고 하면 마시지 않았는데, 술 거르는 승려가 자꾸 술이라고 하자 금강역사를 시켜 철퇴를 가하였다.

(각편-9) 부안 월명암에서 공부하면서 침식도 하지 않고 문지방에
　　　손이 짓이겨져 피가 나는데도 알지 못하고 수능엄경 독서삼매
　　　에 빠져 시간가는 줄을 몰랐다.

(각편-10) 목부암의 등불이 멀리 진묵에게 비쳐 안내를 하였다.

(각편-11) 진묵이 비리에 연루된 아전을 나한당의 나한을 시켜 도와
　　　주게 하였는데, 그가 나한들의 머리를 주장자로 일일이 두드려
　　　관물을 축낸 아전을 도와주라고 했다. 아전의 꿈에 나타나 진묵
　　　의 명령이기에 마지못해 도와준다고 하였다.

(각편-12) 진묵이 요수천가를 지나다가 사미승의 도술에 속았다.

(각편-13) 아이들이 천렵을 하고 있다가 솥단지에 끓고 있는 물고기
　　　를 먹고 진묵이 그 물고기를 모두 살려 냈다.

(각편-14)　진묵이 시자를 시켜 부곡 골짜기에 노루 고기 회를 먹는
　　　사냥꾼들에게 소금을 갖다 주라고 했다.

(각편-15) 진묵대사는 멀리 동쪽 해인사에 불이 나자 봉서사에서 쌀
　　　뜨물을 머금었다 품어 불을 껐다.

(각편-16) 탁발승이 한 달 만에 돌아오니 진묵의 얼굴에는 거미줄이
　　　쳐져있고 먼지가 수북하였다.

(각편-17) 전주 대원사에서 머물고 있는 진묵이 해남 대둔사에서 날
　　　라온 공양을 사년동안 받았다.

(각편-18) 진묵대사가 송광사와 무량사 주지에게 운관의 용을 표시
　　　하라고 하면서 주의를 당부하였으나 금기를 어긴 무량사 화주
　　　승은 신장에 맞아죽었다.

진묵설화는 앞서 밝힌 문헌 설화나 구비 설화에 나타난 신이한 모티

프로 구성된 에피소드들이다. 신이한 이야기들 속에 그에 따른 화소들이 진묵설화의 전체 작품에 하나같이 들어있다는 것을 특징으로 삼아 논의를 진행시켜 보면, 결국 신이담에 해당되는 이야기들이 주류가 될 수밖에 없다. 신이한 능력을 구사하는 기사이적의 행위가 이야기의 핵심 요소라고 볼 수 있다. 그런데 문제는 이야기 구조에 담긴 의미를 단순히 불교의 행위에 언급되는 신성성과 그 주제를 통해 불교 문학으로 치부해도 의미가 통하고 일반적인 설화문학으로서 민중의식이 투영된 민중문학이라고 해도 큰 무리는 없을 것이다. 왜냐하면, 작품에 대한 연구 방법과 접근은 관점과 태도 여하에 따라 얼마든지 그 의미가 확장되는 구조를 취하고 있기 때문이다.

결국 향유자들의 의식과 태도에 따라 이야기의 주제를 다양한 시각에서 접근할 수 있는데, 진묵설화의 경우, 그 의미 층위가 다층화되어 있는 작품들이 대부분이다. 어찌되었든 이야기 자체로 접근하여 그 의미층위를 이끌어내기 위한 기본 전제로 구조적인 이야기의 틀과 내용적 전개, 상황적인 질서를 찾아 그 의미 층위를 일목요연하게 정리할 필요가 있다.

그러기 위해선 무엇보다 먼저 신이구조를 유형화할 필요가 있지 않을까 생각된다. 이 작품들이 모두 신이화소를 바탕으로 형성된 설화들이고 그러한 요소가 없다면 진묵설화의 의미와 특성도 무의미하기도 하기 때문이다. 진묵설화의 신이성이 구체적으로 다양하게 상황에 따라 전개될 수 있지만 작품 전체의 신이성, 즉 그 화소가 갖는 성격이야말로 불교적 주제를 드러내기 위한 작용으로 나타나는가 하면, 문학 작품의 일반적 주제와도 일맥상통하고 있어 다른 여타 작품과 특별하게 다를 수 있을 수 있다는 것은 당연한 일이라 하겠다.

신이 화소와 신이성의 실체는 일상화의 일탈과 파격에서 새로운 세계에 대한 지향이 대체적인 작품의 전형이라고 보면 틀림이 없을 것이다. 진묵설화의 구조를 유형화하여 한 문장으로 문형화하면 다음과 같이 정리할 수 있을 것이다. '일상적인 사회 현상을 일탈과 파격으로 변용시킨 신이한 능력을 달성하여 새로운 세계에 대한 꿈과 이상을 지향하고 실현하고자 한다.'는 것이 전체적인 진묵 설화의 구조적인 문형의 틀이라고 하겠다.

결국 진묵설화에 나타난 신이한 성격, 신이 화소는 일상적 현실의 결핍과 부재를 완전한 세계와 그 현실로 대체되어 향유되는데, 그 근저에 민중들의 희구와 욕구, 욕망의 실현의 에너지가 구체화된 실상이라고 보여진다. 이를테면 진묵의 탄생과 성장, 죽음에 이르는 과정이 하나의 신이한 성격으로 규정할 수 있는데, 그 구체적인 에피소드들이 지극한 일상에서 비일비재하게 일어나는 현실이 낭만적인 수법으로 서사화되었다는 점이다.

진묵이 태어날 때, '인근의 초목이 3년간 시들했다'는 서사적 모티프는 그 당시 3년 가뭄이 들어 온천지가 풀죽어 있어 사람들의 삶이 매우 어려운 시기였을 것이라고 읽혀질 수 있다. 그렇지만 한 인물의 신성성과 신이한 인물의 탄생을 예비한 서사동기라고 규정하고 영웅적 면모나 기이한 행적을 보여준 다른 여타 작품들의 주인공의 출생과 크게 다르지 않다는 점에서 영웅적 탄생담이기도 하다. 그리고 진묵설화를 현장 채록에서 나타난 그의 탄생담도 고승대덕들의 탄생과 핍진하는 양상을 보여준다. 진묵의 탄생과 관련된 에피소드는 민중들 사이에 떠도는 영웅담의 주인공의 탄생을 그대로 답습하고 있기도 하다. 그의 출생과 관련된 탄생담의 실상을 들여다보면, '조의씨의 꿈에 풀밭에서 붉은 구슬'의 실체도 신화적 세계에서 보여주는 여타 작품과 별반 다를 게 없는 이야기이다. 즉 '붉은 구슬'의 정체가 결국 남성성과 무관하지 않는 상징성을 간직하고 있는 점에서 보면, 시간의 이질성[95]이란 개념에 비춰 성스러운 시간을 예비한 상태에서 세속적(속된) 시간인 초목이 3년 동안 시들해졌다는 의미이고 성스러운 시간에서 진묵의 탄생과 맞닿아 있다는 의미를 환기시켜준다. 게다가 붉은 구슬의 정체가 남성성의 연장선에서 상징적 체계를 주지하고 있다. 그러니 속된 공간에 대비되는 성스러운 시간 붉은 구슬을 치마에 안고 귀가한 후 출생한 진묵의 신성성은 이미 고승대덕의 면모를 이미 구유하고 있는 것이나 매 한 가지이다.

일반적인 영웅의 일대기를 불교적 주제 아래에 놓고 보면, 구조적인 흐름이 유사하다. 인물전의 성격은 입전화된 상황에서 진묵이 '부처, 현신불, 부처 현현'이니 하는 의미는 불교의 본질을 서사화한 것이다. 그렇지만 일반 사람들 사이에 그 인물 전기로써 서사적 전개 양상을 고찰해 볼 때, 이미 보통 사람, 범상한 인물이 아니다. 이미 비범한 존재로서 그 양상을 보여줄 뿐이다. 따라서 비상한 인물, 비범한 존재자로서 영웅적 면모를 드러내는 바, 그것은 종교적으로 성스런 인물, 사회적으로 영웅적 인물 존재양상을 신격화하거나 신비화하여 그의 인물됨이 세속적 공간과 시간 속에서 유의미화된 숭고한 인물, 성스러운 인물로 거듭나게 만들고 있다. 이것이야말로 속된 시간의 연속선상 위에 성스러운 시간이 결부된 회귀적 영원성과 연결된다. 그렇다면 이 위에 구축된 인물 전기의 입전자인 진묵은 성스럽고 숭고한 인물의 전형을 표상한다.

종교적인 인물로서 진묵의 성스러움과 경직된 사회 체제 속에서의 사회적, 문화적 인물로서 영웅적 일대기의 진묵은 민중들의 소박한 현

---

95) J.F 비얼레인, 현준만 옮김, 세계의 유사 신화, 세종서적, 1996, p.34.

실 생활에 절대적으로 필요한 가치가 미치지 못해 일어나는 삶의 질곡
과 부조리한 사회 현상을 지적하고 있다고 해도 과언이 아니다. 따라서
사회적 민중 영웅의 모습으로 체현된 것일진대 불교적 인물이란 점에
서 여러 모로 제한된 인식 위에 고정해버린 나머지 불교적 주제에 국한
한다 해도 부정할 수 없다하겠으나 그보다 민중들과 공유된 의식 공간
에서 보면 불교적 외피를 입고 있는 민중적 영웅이기도 하고 메시아이
기도 하다.

　물론 불교적 사유체제와 그 주제를 서사화한 에피소드들로, '신중단
의 진묵부처', '기춘을 위한 국수', '술과 곡차의 의미 해석에 따른 철
퇴', '진묵의 수능엄삼매' 등은 한결같이 불교의 설화 전형에서 한 치도
벗어나지 않으나, 진묵설화 전체적인 맥락에서 살펴보면 이미 상황적
의미가 민중들과 깊이 교감하고 있으며 그 언저리에 소통의 진면목이 도
사리고 있기도 하다. 불교인물의 신성화로 그노시즘(Gnosticism)적 인
식과 그 궤를 같이하고 있다고 무비판적으로 불교설화라고 억측을 해
서는 안 될 여지가 있다. 불교에 몸담고 있는 고승들마저 부처의 진면
목을 파악하지 못했다면 어떻게 될까? 불철주야 수도처에서 부처가 되
겠노라고 수도를 게을리 하지 않던 자들도 진묵의 진면목을 보지 못하
는데, 세속의 사람들은 말해 무엇 하겠는가.

　결국 간접적으로 주지의 꿈에 나타나 어린 진묵이 동자승이 아니라
부처라고 고지해준다. 주지하자면, 성스러운 도량에서 수도하는 주지
나 고승들마저 진면목을 알아보지 못하는데 세상 사람들마저 알아볼
수 없다. 외형에 치우치지 않고 진묵의 참 모습을 본 자만이 진정한 각
자(覺者)이다. 따라서 세상, 세계에 대한 진정한 이해와 소통은 형식에
구애받지 않고 사물의 진면목을 볼 줄 아는 자가 진정한 각자임에도 불

구하고 세상 사람들의 한결 같은 인식 수단은 외형적인 사물과 그 외피에 그치고 말아 본질적인 접근과 깊은 이해까지 이르지 못하는 어리석음을 만천하에 드러내놓고 만다는 것이다.

진묵의 신이한 행적은 어느 것에 얽매이지 않는다는 특징을 갖고 있다. 그야말로 수시수처(隨時隨處) 불피작행(不避作行)하는 불기정신(不羈精神)이 몸에 배어 있다. 어떤 권력이나 종파, 경직된 유교 사회의 무소불위의 강제된 힘에도 거리낌이 없는 행동이 진묵의 본래 모습 같기도 하다. 그의 불기적 행동으로 실천하는 수행자가 다름 아닌 진묵대사라면 민중들의 바람과 기원에 매우 친화적인 인물이며, 틀림없이 소통될 수 있는 인물이라는 점에서 민중들의 표상으로 적격이다.

민중들의 기원과 소망이 현실화될 수 있도록 그들을 위해 대리역할을 하고 손수 수행할 자가 진묵이면서 한편으로는 현실의 질곡과 고통을 대리만족을 할 수 있도록 원조자적 기능을 맡기에도 부족함이 없다. 민중들 사이에 현실적 타개책으로 보이는 적극적인 대응방식과 소극적인 대응방식이 있다고 한다면 분명 그들의 의식은 후자에 속할 일이다. 민중들은 그들이 처한 현실의 문제를 적극적으로 해결하지 않고 간접적인 방식으로 현실을 도피하거나 소극적인 태도를 일관되게 견지하는 것의 연장선상에 진묵이라는 인물이 자리하고 있다.

결국 민중들이 지향하고자 하는 세계와 진묵대사의 행동 양상과 합치되는 그 지점에 진묵설화가 향유되고 있다. 그렇다면 진묵과 민중들의 의식이 교직되는 사회적 환경은 두말할 나위 없이 그릇되고 파행되는 유교적 이념과 그 부류에 대한 지탄과 원망이 배경으로 자리하게 된다. 그런데 문제는 민중들의 향유된 이야기들 속에 진묵설화가 한결같이 신이한 요소와 그 기능으로 점철되어 있는가에 대한 의문일 테지만 그들이 겪게 되는 현안이 현실적 해결이 불가능하다는 데에 있다. 그것이 봉건 질서와 경직된 계급적 사회의 한계이기도 하지만 그들의 원망(願望)을 성취하고 그들의 원망(怨望)을 해결하고 해소하고픈 간절한 염원과 기대가 반영되어 있다. 그 가운데 지배계층의 대척점에 서 있는 이데올로기인 불교적 가치를 숭상하는 인물이자, 민중적 영웅의 행동 양상에 부합되는 진묵이 안성맞춤이었다. 그것은 곧 그들의 향유하고자 세계에 필수불가결한 요소들인 바, 인간 생명의 기본적인 욕구이자 토대인 의식주와 맞닿아 있는 삽화들이란 점이다. 일상생활에 꼭 필요한 사안들이 이야기 속에 그대로 에피소드화되어 형상화된 작품들이다.

2. 진묵설화의 개별작품의 신이양상과 분석

신이한 요소와 기능이 진묵설화의 특질이란 점을 재차 주지하면서 진묵설화의 신이한 성격과 그 기능들을 하나씩 탐색하다보면 민중들의 지극히 소박한 꿈이 무엇이었는지 확인하게 된다. 즉 진묵설화의 특질이 신이한 성격과 그 모티프가 주조를 이루고 있다면 그러한 요소들을 진묵설화의 개별적 작품에서 제거해 버린 채 개별 작품의 이야기들을 재구성해 보면 보다 명확하게 의미지향이 무엇이었는지 주지하게 된다. 신이한 기능과 성격을 빼버리고 재구하여 보면, 민중들의 바람과 기원과 아울러 현실세계의 모순과 질곡을 쉽게 정리할 수 있다.

진묵실화 가운데 〈각편-1〉과 〈각편-2〉에서 신이한 요소와 모티프를 중심으로 고찰해 보면, '초목이 3년간 시듦'과 '신장의 현몽이 주는 메시지'인데, 결국 보편적인 자연의 질서와는 다른 특수한 상황의 도래가 진묵의 출현으로 이어졌고, 인간의 정상적인 질서와 분별이 어긋나버린 상황에서 진묵이 부처라는 진면목을 알아주는 '질서와 분별'의 중요성을 되짚어 보게 만들었다.

그 뿐만 아니다. 봉건시대나 산업사회에 관계없이 인간의 보편적 가치를 훼손하는 사회체제나 그 질서로 이상화된 허구나 위선을 꼬집기도 하는데, (각편-3)·(각편-8)·(각편-13)의 신이한 모티프가 그 기능을 담당하고 있다. 일반적으로 누구나 경전처럼 받들어야 하고 주옥처럼 여겨야만 되는 실체는 한번 대충 훑어보고 길거리에 버려도 무방할 만큼 그리 중요하지 않다는 논리이다. 그러니 '득어망전(得魚忘筌)'의 불교적 논리를 앞세워 유교적인 가식과 허위, 가치의 경중(輕重)을 보다 분명하게 인식하라는 메시지이기도 하다. 그런가 하면, 꼭 술이라고만 불러야 하나, 곡차라고 부른다고 해서, 발효차라고 부른다고 해서 본질이 훼손되지 않는데, 굳이 '술'이라고 부르고 인식하는 경직된 사람들의 인식사고에 지체하지 말라는 경고이기도 하다. 그야말로 본질은 하나인데 인식수단은 관점과 입장에 따라 얼마든지 다양하게 명명되거나 개념화할 수 있다는 논리이다. 그런데 그러지 못하다. 당연히 소통부재다. 말이 안 통한다. 텍스트에 연연하여 콘텍스트의 이해로까지 진행하지 못하였다. '손가락은 달을 가리키는데, 달은 보지 않고 손끝만 뚫어지게 바라보고' 있으니 소통이 되지 않는다. 어느 사회, 어느 조직이고 인간관계이든 소통이 되지 않으면 탈이 난다. 경직되고 교조화된 인식수단을 되풀이하면 더 큰 재앙을 맞을 수도 있다는 의미이기도 하다.

앞장에서 논한 〈중태기의 유래〉인 (각편-13)도 예외는 아니다. 그의 신이한 행동이 결국 어린아이들에게 인식의 전환을 가져오게 만들었다. 경직된 사회에서 배태된 인식사고가 고질화되어 버리면 아무 생각 없이 수용하고 부정적인 태도에 고착된다. 객관적 세계에 대한 사고 인

식이 주체적 사고에 기반하지 않고 부회뇌동식의 비판과 비난으로 사
회적 심리와 정신을 확대재생산한다. 아직 자라나는 아이들에게 그러
지 말라고, '중은 고기를 못 먹는다'가 아니라 '중이 고기를 먹었더니
살아서 나왔다'는 기사이적이 아이들에게 인식 전환의 계기를 만들게
하였다. 따라서 이 땅에 고정불변하는 인식체계는 없다고 '제법이 무아
이요(諸法無我), 제법이 무상(諸法無常)이다.'는 불교적 인식 사유를 통
해 경직된 사회 체제나 그를 지탱해온 사람들의 심리저변을 환기시켜
주고 있다. '왜 꼭 그렇게만 바라보아야 하는가?'를 '다르게도 바라보
라'고 다양한 시각, 태도를 견지하라는 의미이기도 하다.

한편, 민중들의 일상화된 삶 속에서 형상화된 작품에 반영된 신이한
모티프는 '일상성'에 대한 파격 행위를 통해 지향하는 가치체계를 강조
한다. 여기에 해당되는 작품군을 상정하면, (각편-5) · (각편-6) · (각
편-7) · (각편-15) · (각편-17)이 해당된다.

위의 작품군들은 일상적인 생활에서 의식주와 밀접하게 관련된 설화
들이다. 전체적으로 불교인물전이고 불교 인물 설화인 만큼 불교적 사
유체계에 기반하고 있다. 그렇지만 민중들이 향유하는 설화 세계인 점
을 감안하면 꼭 그렇게만 바라볼 것은 아니다. (각편-5)의 설화는 승려
집단에서 일어나는 예사로운 이야기이다. '바릿대에 담긴 바늘'이 '국
수'로 변하였다. 중승들이 강요한다. '진정 네가 기춘을 사랑한다면 무
엇이든지 필요한 대로 다 만들어 줄 수 있지 않느냐?'이다. 그렇지 않다
면 불교의 인연에 따라 지계 혹은 파계이자, 진묵의 진실성이 의심받는
다. 많은 중승들이 지켜보는 가운데 '바늘'을 '국수'로 만들어서 맛있게
먹는다. 그런데 문제는 '국수'를 맛있게 먹는 사람은 진묵밖에 없다는
점이다. 시쳇말로 '세상에 이런 일!'이다. 그리고 '왜? 내 말을 못 믿어'

이다. 기사이적을 눈으로 똑똑히 확인한 중승들은 할 말이 없어졌다. 문제는 '믿음[信]'과 믿지 않음[不信]이다. 믿음의 가치가 소중하다는 의미이겠지만, 결국 믿는다는 행위가 선행될 때, 무엇이든지 이루어질 수 있다는 논리이다. 중승들처럼 의심하고 회의만 일삼다가 진묵의 기사이적 행위 앞에서 놀라운 표정을 짓는 그 자체가 그들 심리 속에 믿음의 진실성이 결여되어 있다는 것이다. 어느 조직 집단이고 진실하게 믿어야 소통이 이루어지는 법인데, 그러지 못하면 불신과 위화감만 조성될 뿐이다. 적어도 불신만 조장하지 말고 믿어보라는 것이다. 궁극적으로 인간관계의 조직이나 사회이고 어느 것 할 것 없이 유교적 이데올로기인 오상(五常) 가운데 요체는 '신(信)'이듯이 종교 행위뿐만 아니라 인간 만사가 다 믿음으로 성사되고 귀결된다는 인식의 강조라고 보인다. 더군다나 신앙행위를 하는 중승들이 믿지 못하는 것이 더 큰 문제이다.

(각편-6)에는 어머니가 모기에 시달리자 모기를 쫓아내어 지금까지도 그곳에는 모기가 없다는 내용이다. 민중들에게 겪게 되는 갖은 고통 가운데 왜곡된 질서, 즉 인위적 질서에 의해 겪는 고통은 말할 것도 없다. 그런데 여기선 자연 생태적으로 나타나는 해충의 피해이다. 사계절의 변화가 뚜렷한 우리나라에서는 추위와 더위와 여름철의 해충의 피해이다. 부모의 효를 실현하는 수단으로 해충 피해를 없앤 점인데, 민중들의 소박한 삶의 전형을 보여주는 동시에 진짜 낙원과 행복은 먼 데 있지 않다는 논리이다. 생활 주변의 사소한 것들이 행복이고 소중한 세속의 가치라는 인식을 심어준다.

(각편-7)에는 부모의 제사를 지낼 수 없는 승려가 어머니의 제사를 위해 풍수지리를 이용한 '천년향화지지(千年香火之地)'의 관념적 주입이 소통되게 만든다. 당시 도참사상이 풍미하던 시대를 감안하면 풍수

지리에 의해 나타난 민중들의 봉제사 관념이 뿌리 깊게 자리하고 있다. 오늘날까지 제사의식이 가문의식이나 효의 규범에 의해 매우 중요하게 받아들여지고 있는 현실이다. 그 가운데 유교적 기반을 둔 제사의식이 곧 하나의 규범문화이면서 정신문화의 연장선에 놓여있는 체계라는 점을 주지한다면, 진묵의 소박한 개인적인 꿈의 실현이 그의 숭고한 모습으로 이루어지고, 거기에다 민중들의 소박한 관념과 바람을 반영하고 있는 것이다.

(각편-15)·(각편-17)에 신이한 행위는 불교 세계에서 일어날 수 있는 관음보살의 신험이라 볼 수 있는 대목이다. 문제는 시공간을 초월해서 행위화가 이루어지고 있다는 점이다. 그야말로 시간 개념이나 공간 개념이 일상적인 인식 수준을 초월하여 이루어진다. 일반인들의 시공간적 개념을 초월한 행위가 곧 진묵 부처의 실상이겠지만, 이야기 속에 나타난 신이한 요소를 벗겨놓고 재구해보면, 불교의 보물이 있는 해인사 장경각이 어떠한 재해를 입어서는 안 된다는 소망이다. 그나마 해인사가 소실되지 않았다는 것이 억불숭유적 현실 속에서 불교의 명맥을 이어오지 않았겠느냐는 인식이다. 그리고 대둔사와 대원사는 거리로도 상당히 떨어져 있다. 두 공간의 소통과 왕래가 곧 불교의 명맥이나 흐름과 밀접하게 연관된 일임을 보여준다. 따라서 유교적 이념과 그 명분이 대세를 이루고 있는 현실에서 불교 경전의 소실과 사찰간의 소통이 갖는 의미는 매우 크다 하겠다. 즉 단순히 형식상에서만 보더라도 불교의 단절 내지는 쇠락을 의미한다. 그렇지만 어디 그렇게 되겠느냐는 민중들의 인식이다. 아무리 유교적 질서에 의한 조선사회나 혹은 근대 사회라고 해도 불교적 의식이나 규범, 그 가치는 백성들 속에 정신적으로 막대한 영향을 끼치고 있게 마련이다. 그러므로 불교에 의한 사회적 공

공성은 지속된다는 민중들의 꿈의 시현이자, 진묵 인물의 숭고한 행위를 집약해놓은 이중주라고 해도 과언이 아니다.

그밖에도 시공간을 초월한 행위, 즉 기사이적이나 신이한 행위가 주요 모티프로 작용하는 작품들이다. (각편-9)·(각편-10)·(각편-12)·(각편-16) 등이다. 일상적인 시간과 공간 속에서 삶이 이루어지는 세속적인 사람들에게는 시공을 초월한 행위가 곧 인간 소망의 압축이라고 보면 틀림없다. 이를테면 교통수단이 발달하지 못한 조선조 시대나 산업화 초기에는 전주에서 서울까지 가야하는데 몇 날 며칠이 걸렸다. 그래서 그런 수고로움을 덜 축지나 집약은 인간심리에 내재된 이상적인 희구였다. '독서삼매경', '안내 등불', '수심의 환영', '묵처선(默處禪)'에서 보는 바와 같이 시간 개념이나 공간 개념이 보편적인 인식의 범주를 초월한다. 이런 양상은 초탈의 절대 경지에 이르면 가능한 일이다. 따지고 보면 '부처의 행위'로 구체화하고 가시화된 증거가 아닌가? '탈아입선(脫我入禪)'의 경지에서는 육체적이고 정신적인 현상이 보편적인 인간의 인식 수준을 초월한다. 즉, 인간의 지적 사유 너머의 세계이기 때문에 현재까지의 인류지식으로 해결될 수 없는 인간 존재와 사유의 한계이기도 하다. 마치 선사인들에게 컴퓨터라는 개념이 선사인들에게는 인식 밖의 일이었듯이 현대인들의 인식 밖의 개념으로 현재까지 불가사의한 영역과 범주로 치부될 뿐이다. 신기한 현상으로 밤길과 방향타를 결정해주는 등불을 제재로 한 (각편-10)도 진묵에게는 언제 어디든지 자유자재한 삶을 살아가는 신이한 능력을 갖추고 있다. 여기에서 신이한 모티프를 벗겨내면 일반적인 사람들은 밤길 걷기가 어렵고 두렵기만 한데 진묵은 손쉬웠다는 점과 예사 사람들은 방향을 제대로 알지 못해 갈피 잡기가 쉽지 않았는데, 진묵은 바른 방향으로만

다닐 수 있었다는 점이다. 이 부분이 민중들과 진묵의 차이점이기도 하고 비범한 인물과 범속한 인물의 차이를 통해 신이한 능력을 지닌 종교적이고 문화적인 영웅의 실체를 확인하고 있다. 그리고 민중들이 당장 겪고 있는 혼란과 그릇된 질서에 나름대로 인식의 태도를 보여주고 있다는 점이 주목된다.

　마지막으로 세간의 아전이 관아의 물품을 횡령하여 도망할 처지에 놓이게 되었는데, 진묵의 도움으로 문제를 해결하였다는 작품 내용이다. (각편-11)에서 진묵이 나한에게 명령하여 아전을 도와주는 데, 신이한 요소가 나한의 현몽이라는 점이다. 그런데 문제는 진묵대사가 세간의 비리나 부정축재의 구체적인 사건에도 부탁만 하면 다 들어주는 존재이다. 이 작품에서 진묵이 세간의 이해관계에 깊숙이 개입해서 문제를 해결하였다기보다는 당대의 시대적 흐름을 꿰뚫어보는 안목이 놀랍다는 데에 무게를 두어야 할 것이다. 전혀 세속적인 삶에 간여하지 않아도 미리 앞을 내다보고 문제를 해결하는 처방을 내려준다. 그 뿐이 아니다. 산골짜기에서 노루를 잡아놓고 소금이 없어 쩔쩔매는 사냥꾼에게 소금을 갖다 주도록 하는 내용인 (각편-14)도 보지 않고도 보이는 신이한 능력을 통해 그들의 욕구를 채워준다. 어떤 문제에 봉착되어 곤경에 처하였을 때, 그 문제를 해결하는 과정은 다양하다. 그런데 진묵의 신이한 능력을 통해 해결하는 능력이 예사 사람들의 해결방식을 초월한다.

　이러한 신이한 행위는 불교적인 혜안에서 비롯된 것으로 종교적인 확신과 가치를 대별하지만 민중들의 관점과 시각에서 들여다보는 설화의 구연 현장에서는 민중의 메시아이자 현실 극복의 원조자인 셈이다. 그러면서 그 이면에 흐르는 민중들의 갈망과 희구는 모순된 현실을 그들 방식대로 이야기하고 향유하도록 만든다. 그만큼 진묵의 신이한 능력이 필요한 현실이 안타까울 뿐이지만 민중들의 의식 속엔 현실 인식의 다채로운 창구가 되는 셈이다.

Ⅴ. 진묵설화의 주제적 특질

지금까지 진묵설화의 많은 하위 유형 중에서 대표적으로 진묵과 봉곡의 갈등, 유교와 불교의 갈등을 제재로 한 〈진묵이 죽은 이유〉·〈중태기의 유래〉·〈진묵과 봉곡의 도력시합〉을 중심으로 구조와 그 의미를 탐색해 보았다. 그리고 진묵설화의 개별작품인 각편(各篇;version)에서는 신이한 능력이 서사적으로 어떻게 기능하고 있는지를 살펴보았다.

진묵설화는 현실세계의 당면 문제를 불교와 관련해서 형상화된 작품이다. 그래서 현실 문제에 대한 인식이 비록 승려인 진묵을 인물전승으로 채택되어 전승되고 있거나 문헌에 정착되어 있다고 하더라도 궁극적으론 설화가 구연되는 현장인 공간이 보통사람들의 생활터전이다. 그렇기에 그것은 민중들의 몫이었고, 생활공간의 일부였다. 고승대덕인 진묵이란 한 인물이 설화로 정착되어 민중들의 삶과 밀접하게 밀착 소통되면서 그들의 아픔과 고민, 철학, 사상, 문화 등의 제반 인식이 농축되어 반영된 적층문학의 구체화된 실상일 뿐이다. 지금까지 진묵설화의 구조와 의미를 탐색한 것을 바탕으로 진묵설화의 문학적 형상화; 사회, 정치, 종교, 문화의 서사화된 내용과 형식, 구조, 상황에 따라 진묵설화의 주제적 특질을 아우르고자 하는 것이 주된 목적이었다.

진묵설화에는 다양한 유형의 이야기가 담겨 있지만 그 속에 담긴 주제적 특질을 하나하나 열거하는 것도 무리이고 개별 작품들 각각의 주제를 보다 큰 범주나 갈래로 취합하여 정리하였다. 그것이 본장의 연구 의도이며, 이에 기초해서 대별해 보면, 불교 교의의 홍법과 고양(高揚), 민중의식의 지향, 유교와 불교, 도교의 교섭과 갈등으로 정리할 수 있겠다.

1. 불교 교의의 홍법과 고양

진묵은 신이한 행적을 모티프로 하여 설화로 형상화된 불교 인물이다. 그의 신분이 승려라는 점에서 불교와 관련을 짓지 않을 수 없고 그런 불교의 자양분이 문학을 방편으로 삼아 불교의 교리를 전파하고 포양하였음은 주지의 사실이다. 그렇다고 다 불교적인 것만도 아니다. 따라서 불교와 관련된 에피소드이든 아니든 일차적으로 불교의 교화와 홍법을 위해 진묵의 신이한 능력이 설화의 소재이자, 작품으로 완성되어 있다. 불교의 팔만대장경이라고 할 때 팔만 사천 가지 법문을 일반인들이 다 이해할 수 없다. 불교의 교의를 다 이해할 수는 없어도 이해시키고자 한 교리는 윤색하고 풀어서 보다 쉽게 해야 할 형편이다. 거기에 설화를 적극적으로 활용하여 그 주제와 교리의 의미를 깨우치게 만들었다. 그래서 불교는 교리를 윤색하고 풀이하기 위하여 설화를 이용하였으며, 그런 자료가 전해져서 신라 이래의 고승을 주인공으로 한 독자적인 불교 설화를 형성하는 데 좋은 자극이 되었다.[96]

진묵설화도 대부분 불교와 관련되어 문제의식을 표출하고 있고 그들의 문제의식을 진묵과 연관해서 형상화된 조선조 고승의 이야기이다. 그야말로 진묵설화는 신이한 행적, 기사이적이 대부분이라고 해도 과

---

96) 조동일, 한국문학통사 3, 지식산업사, 1989, p.94.

언이 아니다. 그래서 진묵설화는 신이 모티프로 형상화된 작품인 만큼 신이한 행위가 수반되지 않으면 설화적 기능도 사라질 뿐만 아니라 흥미소도 함께 사라지고 만다. 진묵설화는 영이한 행적이 소재여서 신이한 행적과 결부시켜 민중들로 하여금 향유하게 된 이야기이며, 그들의 현실의식과 삶의 양태를 반영한 창작물로 신성한 위치로 격상하게 하여 진묵이라는 인물을 숭고하게 만들게 한다. 그렇게 해서 농촌이나 저자거리 할 것 없이 신이한 내용으로 구연되면서 청자들에게 종교적인 주제와 그 의미에 감동하게 만들고 감동을 주기도 한다. 물론 신이한 능력과 모티프가 불교 작품에만 있는 것은 아니다. 어떤 신앙행태를 유지하든 거기에는 불교의 신이한 성격과 같은 신이성이 존재하게 마련이다. 종교적인 신이성이 해당 종교와 밀접한 관련되어 있어 그들의 세계관을 보여주게 만든다. 종교와 관련유무를 떠나 신이한 행위를 통해 그들의 시련이나 고난을 극복하는 기제로 활용되는가 하면, 그들의 꿈이 좌절되는 일반 신이담이 더 많을 것이다. 그럼에도 불구하고 일반 신이담이 아닌 진묵설화의 신이담의 개별 작품들을 망라해서 정리한다.

〈진묵이 죽은 이유〉 개별 작품에서 신이성이 불교의 홍법과 고양이란 측면이 강하게 부각되어 있지만, 한편으론 민중설화임을 감안할 때, 민중을 구제하는 메시아로서 역할을 하고 있기도 하다. 기존 그릇되고 왜곡된 유교지배 질서에서 겪게 되는 억불숭유의 불교 탄압과 민중의 고통은 파탄지경으로 내몰린다. 이러한 유교 현실의 질곡에서 벗어나고자 발버둥치는 민중들의 바람이 담긴 작품이다 보니 현실을 타개하고 극복하고자하는 방편이 신이한 능력의 구사가 된다. '진묵이 서천서역국으로 팔만대장경을 가지러 가는' 내용 자체가 현실과는 괴리된 서사전개이지만 그 자체가 신이한 능력으로 이루어지는 불교적 신이성의 구현으로 이해되는 내용이다. 또한 '죽어야 할 노인은 죽지 않고 정작 젊은이들이 죽어나가는 안타까운 현실에 의약과 농사법을 들여와서 젊은이를 살리겠다는 발상'이 궁극적으론 현실의 고난이다. 그런데 민중들의 질곡을 타파하고 도탄에 빠진 민중들을 구제할 원조자가 진묵이니, 불교 세계의 고양이고 그것을 바탕으로 부조리한 유교적 현실을 불교로 대체하고자 하는 민중들의 의식이 표출된 작품이다.

〈중태기의 유래〉의 작품도 진묵과 유가 사람들, 어린이, 마을 청년들과의 대립이지만 그들의 조롱과 멸시를 받으면서 불교 계율인 불살생과 방생, 자비심을 통해 죽은 물고기를 살려낸다. 진묵의 신이한 행위로 솥에 삶아진 중태기를 살려내어 불교적 취의를 강조하면서 진묵과 대척점에 있는 자들을 교화시키고자 하는 것이다. 팔천(八賤)의 한 부류인 승려 집단을 조롱하고 폄시하던 세간의 사람들이 평소 부정적인 태도를 불식시키는 인식의 전환을 맞이하게 한다. 진묵이 행한 신이한 능력으로 하여금 유가의 사람들에게 다면적인 효과를 갖게 함으로써 더 이상 경직된 유가 사회가 빚어놓은 허상에 함몰되지 말라는 강력한 메시지이기도 하다. 따라서 유가 사람들은 독선과 아집으로 유가 이념을 표방한 사회 체제의 우월성을 자랑할 수 없을 뿐만 아니라 함부로 불교를 얕잡아 볼 수 없는 처지에 놓이게 된 것이다. 그렇게 해서 불가의 신이한 능력이 불교에 대한 엄격성과 숭고성을 갖게 만들어 놓았다.

〈진묵과 봉곡의 도력시합〉의 작품에서는 '진묵이 봉곡의 책을 빌려보고 길거리에서 찢어버리거나 내버림'으로써 갈등을 빚고 그걸 기회로 진묵의 신이한 능력을 적극 활용하여 원래 상태로 만들어 놓았다. 그뿐 아니다. 불교의 교의도 아닌 주자강목이나 유가적 이념을 달달 외우고 난 뒤 버리는 행위가 불교의 주제를 강력하게 전달한다. 봉곡은 다시 진묵에게 계란쌓기 시합을 요청한다. 그렇지만 진묵은 고난도의 계란쌓기 시합으로 봉곡을 단번에 제압해버린다. 이것으로 진묵의 신이한 능력이 불교의 요체인 '득어망전(得魚忘筌)'의 실상을 확인하게 한다.

예나 지금이나 우리나라에서 불교에 대한 이해는 지극히 제한적이다. 불경이 대체로 한자로 기록되어 있어서 민중들에게 불경을 학습한다는 것은 엄두도 낼 수 없었다. 대체로 염불이나 주문을 외우는 불교가 성행할 수밖에 없는 환경이었다. 굳이 불교 교리를 이해하고 실천할 수 있는 방법이란 이야기 문학 양식을 취하는 것이 적지 않은 효과를 낼 수 있었던 것이다. 경전의 적지 않은 부분이 이야기 양식을 취하고 있다는 것도 그만큼 난해한 경전의 이해나 불교 철학의 사유를 전달하는 데 효과가 있기 때문이다. 비단 불교의 경전과 교리 내용 뿐 아니라 불교가 전래된 환경에서 나타난 사회문화적 충돌과 억압의 기저에 불교적 세계관과 기존의 신앙체계와의 충돌과 교섭 등이 빈번하게 일어날 수밖에 없었다. 그런 상황 아래 불교를 통한 신이한 행위와 그 능력이 불교 교의의 홍법과 포교에 중요하게 작용하였다. 대체로 평민층 이하의 민중들에게는 '대기설법(對機說法)'의 기치 아래 개개인의 근기에 따라 불교적 이해를 심화시켜야 하는 방법을 모색하기도 하였다. 16, 7세기 정치사와 관련해 이 기기에 성행한 이인설화는 당대에 있어 성리학의 내면적 심화에 필적하는 사상사적 의미 관련을 갖는다는 점을 들어 16, 7세기 이인설화가 성행되었다.[97]

진묵설화의 성행도 당대의 사회 풍조와 분위기가 어떠한 형태로든 소재나 배경으로 작용할 수밖에 없었을 것이다. 설화는 역사적 사실과 전설적 상상력의 충돌에서 배태된 문학양식이란 점을 주지한다면, 이

---

97) 박희병, 한국고전인물전 연구, 한길사, 1992, p.199.

것은 순전히 역사와 문학, 사실과 상상력이라는 대립적 문제에 근거
한[98]이라고 본다. 더군다나 신이한 모티프를 내용으로 하는 불교 관련
설화는 교의와 인물, 역사와 전설 고사 등을 결합하여 현실감과 생동감
을 강조하는 것이다.[99] 함축되어 형상화되었다. 따라서 진묵설화는 신
이한 행위를 드러내는 불교 설화이기에 유교적 세계관과 대립하고 교
섭하는 양상을 통해 불교의 교화 홍법을 목적으로 전승되거나 문헌에
정착되었다. 그래서 불교적 세계를 고양시키고자할 목적 이외에 민중
들의 현실 인식에 기반한 그들의 삶의 모습을 이야기 속에 응축하여 구
비전승된 측면이 없지 않다는 사실이다.

2. 진묵설화에 투영된 민중의식

역사적인 실재 인물이 설화화 과정을 거치면서 본래 인물의 행적과
는 거리가 먼 인물의 전형을 창조하기도 한다. 그런가하면, 어느 정도
역사적인 사실의 바탕 위에 정착되는 인물설화도 있다. 진묵이라는 실
제 인물이 설화화되는 과정에서 실제 등장인물만을 제외하고 역사적
사실과는 전혀 거리가 먼 설화문학으로 정착되어 새로운 창작과 변모
를 도모하기도 한다. 이런 과정을 되풀이하면서 설화는 본래의 목적을
유지한다. 민중들에 의해 유포되고 변개되며 언제든지 첨삭과정을 거
치는 가변성을 지닌 문학이 설화였다면, 진묵이라는 인물이 어느 특정
지역을 중심으로 해서 전승력을 확보하고 있다는 얘기는 그만큼 그 지
역민들의 생활과 의식이 적지 않게 반영될 게 분명하고, 그것이 너울처

---

98) 임재해, 민족설화의 논리와 인식, 지식산업사, 1992, p.266.
99) 임기중, 고전시가의 실증적 연구, 동국대 출판부, 1992, p.52.

럼 파급되어 확산되는 과정을 거치면서 더욱더 큰 전승력을 유지하면
서 생명력을 갖는다. 이런 절차로 해서 진묵설화는 승려 집단에서 강한
전승력을 확보하고 있으며, 그 이외에 민중집단에서도 그들의 세계를
일정한 형식으로 수용되면서 탄생, 성장, 소멸의 과정을 거쳐 보다 생
명력 있는 설화로 구비전승되기도 하였다.

〈진묵이 죽은 이유〉에서 '진묵과 봉곡은 도통한 사람'이다. 이들은
서로 공존과 상생으로 양립할 수 없는 운명으로 설정되어 있다. 그래서
그들간의 충돌은 불가피하다. 봉곡이 버티고 있는 암담한 현실은 진묵
에게 큰 좌절을 안길 수밖에 없다. 그렇지만 그냥 그대로 당할 수 있는
현실은 아니다. 왜냐하면 진묵과 봉곡의 도통은 지향하는 바 목적이 다
르기 때문이다. 진묵이 행사한 도통은 민중들의 구제와 구원, 즉 질병
과 가난으로부터 구휼하고자 하는 데 목적이 있지만, 봉곡이 행사한 도
통은 단순히 민중들과는 거리가 먼 그 자신이나 지배계층만을 위한 집
단이기주의적 성격이 강하다.

진묵이 도통을 발휘하여 민중들을 구제하려고 힘썼으나 봉곡의 방해
로 이루어지지 않는다. 그 결과 민중들은 경직된 유가적 질서 속에서
그에 준하는 기득권을 옹호하려는 봉곡을 원망하지 않을 수 없다. 민중
들은 '의약'과 '농사법'을 도입하여 도탄에 빠져 허우적거리는 민중들의
고통어린 삶을 구제하고자 한 진묵이 봉곡에 의해 그 꿈이 좌절되었다
면 그들이 살고 있는 현실이 고통스러울 뿐이다. 그것은 바로 유가적
현실의 불합리성과 경직성으로 겪게 되는 민중들의 고통이 계속된다는
것을 의미하기 때문이다.

그런데 아무리 훌륭한 도통, 즉 봉곡보다 더한 도통을 진묵에게 주어
져 있어도 그것을 행사해서 봉곡의 권위와 질서를 압도하려해도 그 당

시의 시대상황이 매우 중요하다. 정치적, 경제적, 사회적 환경을 두루 지배하고 있는 봉곡이 버티고 있기 때문인지 진묵의 도통은 한계를 가지지 않을 수 없었다. 또한 진묵이 '미륵불의 현현으로 신흥종교'까지 확장되어 전승되는 것은 유·불·도 삼교를 교섭하여 태동한 증산교나 원불교의 미륵사상의 한 신앙행태에서 그 자취를 찾을 수 있다.

봉곡에 의해 좌절되어 버린 '농사법'과 '의약'의 도입, '과학문명국가'를 실현하지 못하고 원망에 쌓여 도솔천에 가 있는 진묵이다. 봉곡에게 죽임을 당해 원(寃)에 쌓인 진묵을 강증산이 원을 풀어 데리고 와 선경 사업을 역사하고자 하는 부분까지 문학적으로 상상력을 발휘하여 확장한 것이다. 그래서 도탄에 빠진 민중들을 가난과 고통으로부터 구제하고 근심과 걱정이 없는 세상, 즉 미륵정토와 같은 세계를 만들어 보겠다는 의지와 직결되어 있다. 기아와 질병, 재난, 불안 등이 가중될 때, 미륵신앙 행태가 활발하였던 그 근저에는 민중들의 의식과 직결되어 있다.

진묵설화는 당시 승려들과 민중들이 겪어야 했던 참상에 대한 보복 의지와 보상심리에서 형성된 것이라고 할 수 있다. 진묵의 신분에서 제기된 조선사회의 구조적인 모순에 대한 비판, 봉곡이라는 유학자의 횡포에 대한 저항, 유교적 현실주의의 질곡을 극복하고자 하는 민중들의 정신적인 승리의식을 발현하고 있다. 또한 유·불의 갈등으로 빚어지는 참상이야 그들 간의 문제이지만 이것으로 말미암아 백성들의 삶에 직, 간접적으로 영향을 끼친다면 그것이야말로 민중들의 고통이다.

동서고금 세계 역사를 살펴보면 종교의 갈등이 백성들의 삶과 동떨어진 적이 없었기 때문에 이런 점만 봐도 유교와 불교의 갈등이 어떤 형태로든 민중들에게 막대한 영향을 끼쳤음은 분명할 것이다. 따라서 민중들은 유교적 현실에 대한 적대적인 정서를 복합적으로 표출하였

고, 그걸 바탕으로 그들이 평소 지녔던 현실인식을 드러낸 것이라고 볼
수 있다.

다음은 〈중태기의 유래〉에 나타난 민중의식이다. 이 설화 개별 작품
은 불교의 교화 방편으로 활용된 내용이다. 이 작품에서 등장인물의 성
격규정을 통해 유교와 불교의 대립적 양상이 첨예하게 나타나기도 하
지만 등장인물이 누구냐에 따라 전혀 다른 개별 작품으로 나타나기도
한다. 어찌 되었든 등장인물이 누구인가 관계없이 교화의 방편이 강하
기도 하다. 게다가 적층문학인 설화의 특성상 민중들의 바람과 원망,
기대 등이 투영될 수밖에 없다. 유교적 지배질서 체제에서 '술과 밥과
물고기를 잡아 천렵하는 유가 사람들'과 '도통한 진묵'과의 만남이다.
진묵이 살던 당시라면 신분질서가 엄연하게 존재하는 상황이므로 진묵
은 그들에게 조롱감이 될 수밖에 없었다. 그야말로 진묵은 '고양이 앞
에 쥐인 꼴'이다.

계급적 질서가 엄존했던 봉건 사회에서 개인의 도통 능력보다 신분
적 질서에 따라 인간의 능력이 자리매김당하는 사회 체제라는 점을 각
인시키고 있다. 민중들은 이 이야기를 통해 계급질서에 따른 신분이 제
약되는 사회구조의 모순을 진묵이라는 승려신분에 투영시켜 놓고 있
다. 민중이 바라는 대로 역사 진행이 이루어지지 않고 강자의 논리에
의해 지배되는 사회에서 민중들의 보상심리는 봉곡과 진묵, 때로는 유
가 사람들과 진묵이라는 대결구도를 통해 위안을 삼는다. 그야말로 민
중이 바라는 대로 역사가 진행되지 않고 민중에게 역사 진행이 상처를
줄 때, 민중은 이러한 마음을 보상하려는 의도로 역사를 허구로 만들어
낸다[100]는 논리가 상기된다.

---

100) 유영대 앞의 책, p.69.

조선조의 신분질서가 빚어낸 현실 질곡을 엿볼 수 있다. 따라서 민중들이 지향하고자 하는 것은 천렵을 일삼고 있는 유가 사람들보다 재주 있는 진묵이 인정하는 사회 체제가 되어야 한다는 의미가 내재되어 있다. 단순히 외형적으로 드러나는 중태기의 유래가 진묵에 의해서 생겨났다는 설화적 생성 연원을 불교의 교화 방편으로 일견 치부되는 부분도 있지만, 그 이념에는 인간은 능력에 의해 평가되어야지 신분에 의해 평가되어서는 안 된다는 논리를 강조하고 있다. 아울러 봉곡과 유가 사람들은 '그들'만을 위한 세계와 그 질서를 위해 대결을 활용하고 있는 반면에, 진묵은 불교뿐만 아니라 전체 사회의 구성원인 '우리들'을 위한 차원에서 되새겨 볼 만한 논리를 동시에 표출하고 있으므로 결국, 민중의식의 발로라고 강조할 수 있겠다.

〈진묵과 봉곡의 도력시합〉에서 보이는 민중들의 의식도 유가와 불교의 도력시합이라는 구체적인 양상으로 표출되어 있지만, 훌륭한 재주를 지닌 두 사람의 갈등과 대립의 표출이 종교적 이념, 지배 이념의 상호작용과 갈등을 강조한 데 지나지 않는다. 특출한 재주 겨루기를 통해 봉곡의 재주보다 진묵의 재주가 언제나 한 수 위이다.

외관상 '진묵과 봉곡이 책을 가지고 도력시합을 하고 있고, 이에 멈추지 않고 승부를 인정하지 않는 봉곡에 의해 계란쌓기 시합으로 최종 결판을 내려한다.' 이기고 지는 것이 시합의 성격이기도 하지만 '책'과 '계란'으로 이기고 진 것도 아니고 용호상박의 박빙의 승부를 펼치는 것도 아니다. 진묵은 두 시합에서 모두 이겼다. '책'이 두 집단 간의 이념적 결정체로 분별한다면, 결국 경전 읽기이다. 두 경전의 실체는 진묵에게는 불경도 공부했고, 유가의 덕목을 설파한 유가의 경전도 다 섭렵하였다는 것이고, 그에 비해 봉곡은 오로지 유가의 경전만 섭렵하고 말았다.

그러니 진묵의 아량이 봉곡의 아량과 비견될 것이 되지 못한다. 물론 설화 내용에서는 '득어망전'으로 불교 논리를 빗대었지만 두 이념의 세계관에 대한 사람들의 인식여부에 따른 차이이다. 진묵은 '자기것'도 읽었고, '남의것'도 읽고 이해하였다. 봉곡은 '자기것'만 읽고 '남의것'은 거들떠보지 않았다. 결국 봉곡의 질문에 진묵의 대답이 완벽하게 이루어지니 더 이상 강목의 질의와 응답은 진묵의 우위로 정리하고, 두 번째 도력 시합을 제안한다. 이념적으로 대립한 상태에서 지적 사고의 문제는 진묵이 우위에 섰다. 봉곡이 그대로 물러나지 않는다. 계란쌓기 시합이다. 계란쌓기마저 진묵이 한 수 위로 봉곡을 제압했다.

문헌에 보이는 진묵과 봉곡의 교유가 매우 우호적으로 기술되어 있는데 비해, 민간에서 전승되고 있는 설화는 대립과 갈등으로 두 인물을 대립시켰다. 민간에 전승되는 진묵설화에서 대립과 갈등으로 표면화시켜서 그들 세계에 대한 이해를 확대시키고 있는 것이다. 즉 능력이나 실력 면에서 앞서 있는 진묵을 외면하고 수용되지 못하는 현실도 안타깝긴 마찬가지이다. 하지만 무기력하고 무능한 집단이 지배 계급으로 버티고 선 우리나라에서 진묵과 같은 도력이 나라를 위해, 백성을 위해 두루 통용되어야 한다는 논리이다.

요약해 보면, 훌륭한 도력을 지닌 진묵이 현실에서 유익하게 쓰이지 않고 배척되고 있는 상황을 비판하고 있으며, 한편 경직된 유가적 질서 속에서 봉곡의 무능과 권위가 강자로서 군림하고 있는 세계를 비판하고 있는 것이다. 즉, 강자의 권위에 의해 지배되는 사회는 매우 경직되고 유연성을 상실할 뿐만 아니라 민중들에게 피로감과 고달픔만을 가중시킬 뿐이라는 민중들의 냉소와 비판이 클로즈업되어 있는 것이다. 그야말로 역사적 진실이 어느 집단에 의해 왜곡되거나 역사 진행이 백성들이 바라는 바대로 진행되지 않을 때, 역사적 진실이나 사실을 민중들의 관점에서 이해하고 수용하는 방식으로 문학적 상상력과 사회적 상상력을 덧붙인다. 그래서 민중들이 내면화된 그들 집단의 보상심리를 구비전승하여 위안을 삼고자하는 문학 양식을 자리매김하였다는 점이다.

3. 유(儒) · 불(佛) · 도(道)의 교섭과 갈등

진묵설화 작품들은 텍스트의 특성상 불교와 유교의 갈등과 교섭이 동시에 나타나는 그것을 바탕으로 얼개가 짜여진 인물전의 양식으로 전승되었다.

진묵설화는 조선 중기의 역사적인 실존 인물이 입전(立傳)되어 문헌에 정착하기도 하고 구비전승되기도 하면서 오늘날까지 민간에 분포되어 있는 이야기이다. 진묵 이야기는 민간 사회에서 전승되는 것이 예사이지만 그보다 승려라는 신분과 밀접하게 관련되어 있다 보니 승려와 무속인 등 제 종교의 관심영역으로 자리하고 있다. 구한말의 신흥종교인 증산교와 원불교, 무속 신앙에서 활발하게 성역화하고 있는 것을 보면, 당대인의 문제의식과 떼어놓을 수 없는 관계에 있음이 분명하다.

필자가 현지 답사를 통해 확인한 것만 보아도 짐짓 헤아릴 수 있었다. 즉 진묵이라는 역사적 실존 인물이 조선시대를 관통해서 현대에 이르기까지 등장인물들과 제보자들이 들려준 서사물의 일면을 두루 살펴보면, 증산교, 미륵불, 원불교, 유교, 옥황상제, 윤도솔암, 세속인들이다. 앞서 고찰했던 〈진묵이 죽은 이유〉·〈중태기의 유래〉·〈진묵과 봉곡의 도력시합〉·〈진묵대사의 갑옷과 자〉·〈죽은 나무에 잎 피우기 시합〉 등이 종교적 교섭 양상이 나타나 있다.

〈진묵이 죽은 이유〉 하위 유형인 개별적인 작품에서 종교적 갈등이
나 대립이 두루 나타나는데, 죽지 말았어야 할 인물, 죽어서는 안 될
인물이 죽었으니 죽은 이유가 보다 분명하게 구체화해서 드러나게 마
련이다. 유가의 갈등과 대립 속에서 죽임을 당하거나, 옥황상제의 말을
듣지 않아 죽임을 당한다. 유한적 존재인 인간이 죽는 것이야 당연한
일인데, 제명에 죽지 못해서 문제가 된다. 고종명(考終命)을 해야 하는
데 하지 못해서 원한이 쌓였고, 그 원을 해소하기 위해 다양한 방법을
강구해야 한다. 더군다나 '팔만대장경', '의약', '농사법'을 들여오기 위
해 서천서역국으로 가야하는데 훼방꾼이 나타났다. 바로 봉곡이다. 일
정 지역을 기반으로 한 유가를 대표하는 무소불위의 권력자가 아닌가?
불교와 유교의 첨예한 갈등이 시작되었고, 갈등의 실체도 일방적이고
전제적인 폭압이다. 그 뿐이 아니다. '진묵이 도교의 도통을 받아서 세
상을 이롭게 하는데 쓰지 않고, 물욕에 사로잡혀 돈벌이에 급급한 나머
지 옥황상제의 징벌을 받아 천상감옥에 갇혀 있다'는 내용에서 산업화
이후 종교인들의 세태를 반영한 이야기 전승이다.

기복신앙(祈福信仰) 행태가 발달한 우리나라에서 진묵의 위상은 곧
신의 반열이다. 제보자가 머물고 있는 사찰과 요사채에 진묵영정이 제
단에 괘불되어 있고, 그 안에서 '천서(天書;일종에 부적이라고 보면 됨)'
와 '미륵불'이라고 칭불하고 있지만 사실 이 지역이 미륵불이 산재된 공
간이란 것을 알면 민간 신앙에까지 널리 유포되어 있고 미륵불과 동일
시해서 인식하고 있는 현상이 당연 하다. 따라서 민간신앙에 습합되어
버린 진묵의 실체는 벽사진경(辟邪進慶)의 기능까지 아우르고 있는 형
편이다. 그만큼 주술적이고 복합적인 신앙행태를 드러내고 있는 특징
이라면 이 지역에서 미륵신앙과 민간신앙이 시대적 상황과 결부되어 형

성된 신앙 행태라고 보여진다. 따라서 진묵이 승려로서 이인적인 행위가 무격, 도교, 유교, 불교 등의 제사상과 혼재되어 형상되어 있으며, 그런 정황을 고려할 때, 작자와 독자의 역학적인 관계에서 과거 작품의 이해는 '현재와 과거의 변증법적인 성찰'을 거친 현재화를 통해서 이루어져야 한다[101]는 연구방법에서 중요한 의미를 갖는 것도 분명하다.

〈중태기의 유래〉의 등장인물의 신분을 고찰해보면, 이들이 지향했던 세계와 의식이 결국, 진묵의 갈등과 화해의 측면도 없지 않기 때문에 상황적 질서에 따른 총체적인 의미 탐색이 이루어져야 할 것이다. 당대 시대상을 엿볼 수 있는 승려에 대한 조롱거리가 억불숭유정책의 실상이다. 그래서 기성 어른에서부터 심지어 철부지 꼬마 아이들에 이르기까지 '중중 땡중', '땡초'라고 놀리는 것이 일반화되어 있다는 반증이다. 문헌상에는 진묵과 봉곡이 매우 우호적인 관계 유지가 지속된 것에서 당시 교유가 이루어지고 있었지만 설화의 세계에선 그냥 비틀어서 역사의식을 투영시켜 버린다. 결국 진묵이 유가 사람들에게 불교적 기사이적을 보여줌으로 해서 그들이 인정해버렸다. 곧 타문화에 대한 이해가 선행되었으니 교류와 교섭이 활발해질 수 있다. 불교적 자비와 관용, 포용과 시대적 심리나 정신에 따른 왜곡된 사실이 직접 기사이적을 시연해 보임으로써 그들의 마음을 움직였고, 그들이 더 이상 진묵을 조롱의 대상으로 일삼지 않게 되었다.

〈진묵과 봉곡의 도력시합〉은 승려인 진묵이 유학자인 봉곡으로부터 유교서를 빌려오는 대목에서 이미 유교와 상통하고 있었고, 그걸 빌미로 불교와 유교의 갈등 양상이 펼쳐진다. 선승과 유학자의 교유가 조선시대 심심찮게 있어왔고, 유학자들이 대의명분에 있어서 호불(好佛)할

---

101) 차봉희, 수용미학, 문학과 지성사 1991, p.40.

수는 없어도 심적으로는 얼마든지 친불행위(親佛行爲)를 하였다. 우리
나라 산문이나 한시에 유학자들이 심산유곡의 사찰, 요사채 암자에 머
물면서 자연 경관을 빗대어 자신들의 심회를 토로하는 걸 보면 익히 알
수 있다. 따라서 우리나라의 종교적 관념이나 종교 의례의 제행태가 혼
재되어 있는 경우가 적지 않았다. 제종교간의 갈등과 대립이 극대화된
우리 역사보다는 제종교 간의 교섭과 회통이 우리나라 종교가 가지고
있는 큰 특징이기도 하다.

　종교적 갈등이 매우 극심하게 일어나고 있는 세계 도처의 실상에 견
주어 보면, 우리나라는 종교적 갈등 양상이 매우 적고 한민족 역사에
매우 지엽적인 현상으로밖에 일어나지 않았다. 시대적으로 법란이나
탄압이 아주 없었던 것이 아니다. 이데올로기의 교체기인 여말선초나
그 이후로 억불숭유의 실상이 국가의 기강으로 내세웠어도 저항이나
탄압도 그리 극심한 편이 아니다.

　진묵설화에서 나타나는 제종교의 갈등과 대립, 회통과 교섭이 민중
들의 인식적 기초 위해 이야기문학을 향유하고자 하는 의도를 실었기
때문에 외형적으로 진묵과 봉곡의 종교적 갈등인 측면이 크게 대두되
는 면이 없지 않다. 하지만 그보다는 당시의 시대 심리, 시대정신에 따
른 경직된 사회 질서와 국가 체계의 불합리한 모순에 중심을 두고 그들
의 의식을 종횡으로 엮어 이야기 방식으로 전승한다는 점도 주목하지
않을 수 없다.

　국가 체제나 이데올로기에 의해 저질러진 불합리, 모순, 무소불위,
횡포, 강자의 일방적인 폭압은 민심의 이반을 조장하기도 한다는 역사
의 실재를 설화는 이야기 방식으로 수용해서 그 본질을 정확하게 관통
하고서 민중들의 꿈과 논리에 맞게 해석하고 이해하려 한다. 하지만 지

배자들의 지배논리가 민중들에게 체제 순응적인 태도를 보일 수 있도록 교묘한 술책이나 유인책이 시대사마다 없지 않았던 사실에 감안하면, 종교 지도자나 종교 의례인들의 구국과 충군 의식과 사상이 정치적 관계를 맺어 그 위력을 도모하기도 한다. 그 중심에 종교의 힘을 빌려 체제를 유지하고 공고화하기도 한 종교적 실상을 진묵설화는 역설적으로 국가체제의 횡포와 지배 이데올로기의 허구를 비판하고 있는 작품이다. 아울러 승려 신분을 지닌 진묵이 우리 민족의 정서와 시대인식에 기초해서 무격의 절대자가 되기도 하고, 원불교, 증산교의 해원 사상의 토대가 되고 유교와 교섭하고 갈등하는 일을 반복하는 현상이 중심에 선 불기적 인물이다. 그야말로 삼교회통의 구심점에 선 자유인이라고 볼 수 있다.

VI. 결론

역사와 철학과 문학의 경계가 명확하게 구분되지 않은 우리의 유형, 무형의 문화유산들을 접하다 보면 과거의 역사적 편린들이 미래에는 충분한 내재적 가치가 있겠거니 하며 막연한 기대나 설렘 같은 것을 체감한다. 역사적으로 실존했던 진묵이라는 조선조 승려이다. 그런 그가 산업화 과정 이후에도 전북지역을 중심으로 자주 입에 오르내리고 있는 신이한 행적을 보이는 인물로 전형화되어 전승되고 있다. 이런 점에서 불교 승려 신분을 지닌 인물이니만큼 불교적 연구방법과 해석을 바탕으로 한 승전 연구와 관련을 맺을 만하다. 하지만 인근 지역에서 향유되는 현장에서 보면 불교적인 주제와 색채도 중요하지만 한 시대의 삶을 풍미한 민중들의 의식 성향과 태도를 적나라하게 반영된 작품이란 점에서 적층문학인 일반 설화라 해도 과언이 아니다.

본고는 인물 전승 설화를 텍스트로 하였다. 그를 주 대상으로 역사적인 인물의 위상이나 새로운 승려사나 불교적 취의의 새로운 지평을 열고자 하는 바는 아니다. 진묵과 관련된 설화이거나 주된 인물이 진묵인 설화를 텍스트로 하여 작품의 구조와 유형, 의미 해석, 상황적, 의미적 의미까지 다 아우르는 진묵설화의 실체를 확인하였다. 그리고 아직까지 연구되지 않는 진묵설화를 일목요연하게 정리하고자 한 것이 주된 연구 목적이었다.

진묵은 조선 명종조에 살았던 역사적으로 실재했던 인물로서 전생애를 통해 민중들과 함께 호흡하기도 하고, 혹은 고독한 존재로 심산유곡 도량처에 은일자적하며 수많은 기사이적과 일화를 남겼다. 오늘날 그가 남긴 행적은 역사적 사실도 사실이지만 그보다는 설화라는 문학적 범주에서 깊이 있게 고찰해도 무방할 주요한 텍스트가 되었다. 본고가 설화 속에서 살아있는 진묵을 중심으로 현장 채록한 자료를 토대로 하고『구비문학대계』와『진묵대사소전』,『동사열전』을 텍스트로 하였다.

먼저 진묵설화가 형성되어진 시대적 배경과 그의 생애와 사상을 일별해 보았고 그가 인근 지역의 민중들에 의해 설화화의 과정에 중심인물로 설정된 연유가 무엇이지도 살펴보았다. 당대 억불숭유정책의 조선조 사회에서 불교의 황폐화와 민중들의 삶은 피폐해질 대로 피폐해져서 혼란만 가중되어 앞날을 기약할 수 없었다. 갈수록 경직된 유교 중심 사회 현실의 질곡과 불합리, 모순이 당대의 백성들을 더욱 어렵게 만들었다. 가난과 고통으로 신음하는 그들은 불기적 태도를 보이고 있는 진묵이라는 선승이자 민중승려에게 의탁하여 그들의 원망과 현실에 대한 비판적 태도를 동시에 표출하였을 것으로 짐작된다. 진묵대사는 승려로서 민중들을 위한 길이라면 세속적인 삶을 거부하지도 않았으며, 출세간과 출출세 간의 경계를 넘나들며 그들과 밀착된 삶으로 일관하였다. 진묵의 역사적인 행적이 민중들로 하여금 그들의 문학적 상상력과 소망과 원망이 오롯이 교직되어 인물설화로 정착되었던 것이다.

향유층과 전승현장에서는 진묵설화 향유층을 승려와 민중들로 대별하고 고찰하였다. 진묵설화가 승려 집단이나 민중들에게 널리 향유되어지면서 교화와 흥미, 당대의 역사인식을 문학으로 형상화한 것이다.

그것은 또한 향유층의 신분질서와도 무관하지 않았을 뿐만 아니라, 이야기 향유자들의 인식태도도 종교의 유무와 일정 정도 관련을 맺고 있어서 실재한 역사와 비실재한 역사로 구분되기도 한다. 그렇지만 실재이든 허구이든 개별자들의 주관적이고 개인적인 심리 현상일 수 있으므로, 어디까지나 문학의 범주에서 고찰할 텍스트임을 주로 하여 흥미와 교훈을 강조한 문학작품으로 구조와 의미를 분석하였다.

진묵설화의 설화 유형 가운데 종교간 갈등과 대립이 주된 모티프로 작용하고 있다. 〈진묵이 죽은 이유〉·〈중태기의 유래〉·〈진묵과 봉곡의 도력시합〉을 중심 텍스트로 연구하였다. 게다가 진묵설화가 기사이적의 신이한 모티프로 하였기 때문에 그 이외 개별 작품이나 하위 유형에서 구비설화와 문헌설화를 다 아울러서 유교와 불교의 대립은 물론 교섭과 소통의 실체도 고찰하였다. 이렇게 진묵설화를 종교간 갈등 대립의 산물로 형상화한 데는 민중들의 역사 인식과 시대의식의 철저함이 반영되어 있다. 그리고 민중들이 처한 상황에 어울리게 그들의 인식과 원망을 내면화하고, 그 위에 불교의 주제와 취의를 덧씌우고 마지막으로 신이한 요소를 흥미 거리로 뭉뚱그려 놓고 때로는 역사처럼, 때로는 사랑방의 이야기처럼 향유하였다.

진묵설화의 주제적 특질은 크게 세 갈래로 정리하였다. 신이성을 바탕으로 한 불교 교의의 홍법과 고양, 진묵설화에 투영된 민중의식, 유·불·도의 교섭과 갈등으로 정리하였다. 그리고 그 이외에 진묵설화의 개별 작품이나 하위 유형에서 나타나는 변이양상을 면밀하게 살펴보고 신이한 모티프가 갖는 문학적 상상력과 의미를 정리하였다.

설화 작품을 채록하기 위해서 직접 현장을 돌아다니다 보면, 역사와 문학의 경계가 모호하다. 그래서 이것을 이성적이고 합리적인 지식체

계를 바탕으로 제보자들의 지적 사고의 한계와 인식의 한계를 지적해
야 되는지 많은 우려와 회의가 앞서기도 하였다. 그러나 제보자의 정보
를 중시하기로 하고 역사와 문학과 철학 사상이 혼재된 개별 작품들의
현장론적 접근과 분석이 이루어지고 나면 그 작품의 유형, 무형의 가치
가 매우 중요하게 인식될 것이라는 확신을 저버리지 않는다.

진묵은 선승이기도 하며 세속인과 같은 거리낌 없는 행동을 서슴지
않게 하였다. 그의 행위가 불교적 지계나 취의와 거리를 둔 것도 아니
고 그렇다고 민중들의 고달픈 삶을 외면한 것도 아니면서 그들을 위한
일이라면 다 해결해 준 미륵이었고 메시야였으며, 구세주였으며, 안민
보국의 불기인이었다.

진묵이라는 선승을 인물 전승으로 하여 제대로 된 연구서 하나 변변
하지 않은 마당에 본고가 일조를 하였으면 하는 바람이다. 게다가 아직
도 현장 채록을 하다보면 많은 진묵설화가 전승되고 있는데, 그것을 다
시 추려서 설화문학의 토양을 풍성하게 하고 갈무리하는 것도 좋은 공
부가 될 것이라고 믿는다.

참고문헌

『인조실록』

『한국구비문학대계』

범해 찬, 김윤세 역, 『동사열전』, 광제원, 1991.

『국역본완당전집』2권

김무조, 한국신화의 원형, 정음문화사, 1989.

김삼룡, 한국미륵신앙의 연구, 동화출판사, 1983.

김영태, 한국불교사개설, 경서원, 1986.

김용옥, 나는 불교를 이렇게 생각한다, 통나무, 1989.

김태곤, 한국민간신앙 연구, 집문당, 1987.

말강서일, 이기영 역, 화엄경의 세계, 한국불교연구원, 1985.

목정배 외, 진리를 찾아가는 길, 대원사, 1988.

박대복, 고소설에 수용된 민간신앙 연구, 중앙대 박사학위 논문, 1989.

박용식, 한국설화의 원시종교사상 연구, 일지사, 1988.

박윤원 외, 조수삼 리상적 작품선집, 종합인쇄공장, 1965.

박희병, 한국 고전 인물전 연구, 한길사, 1992.

안원전, 증산교(상)-만국활계남조선-, 대원출판사, 1991.

원광대학교 원불교 사상 연구원, 유·불·도 삼교의 교섭, 원광사, 1992.

유영대, 설화와 역사인식-이성계 전승을 중심으로-, 고려대석사 학위논문, 1981.

이강오, 한국신흥종교총람, 한국신흥종교 연구사, 1992.

이능화, 조선불교통사-하편-

이병도, 역주 삼국유사, 명문당, 1987.

이을호 외, 한사상과 민족종교, 일지사, 1990.

임기중, 고전시가의 실증적 연구, 동국대 출판부, 1992.

임재화, 민족 설화의 논리와 인식, 지식산업사, 1992.

_____, 설화 작품의 현장론적 분석, 지식산업사, 1991.

장덕순 외, 구비문학개설, 일조각, 1990.

전북사학회 한국사 연구실 편, 한국 사회, 사상사론선, 학문사, 1983.

정석종, 조선조 후기 사회변동 연구, 일조각, 1992.

정의행, 한국불교통사, 한마당, 1991.

조기준, 한국경제사, 일신사, 1991.

조동일, 한국문학통사 3권, 지식산업사, 1985.

_____, 한국 설화와 민중의식, 정음사, 1977.

_____, 한국소설의 이론, 지식산업사, 1977.

차봉희 편, 수용미학, 문학과 지성사, 1991.

최운식, 한국 설화 연구, 집문당, 1991.

한국도교사상연구회 편, 도교 사상의 한국적 전개, 아시아문화사, 1989.

한국사특강편찬위원회, 한국사특강, 서울대학교 출판부, 1990.

홍윤식, 불교문학연구입문,(산문, 민속편), 동화출판사, 1991.

_____, 한국불교사 연구, 교문사, 1988.

황선명, 조선조 종교사회사연구, 일지사, 1987.

황패강, 신라불교설호 연구, 일지사, 1986.

【자 료】

1. 제보자:전북 완주군 용진면 간중리, 김광현(남, 58세)
1991.11.24일 간중리 구판장 앞에서

제보자는 봉곡 선생의 9대손이라고 하였다. 그는 정규학교를 다니지 않고 어렸을 때, 서당을 조금 다녔다고 한다. 조사자의 유도에 의해 진묵에 관한 이야기가 거리낌 없이 자연스럽게 하다가 약간의 흥분된 상태를 구술이 진행되었다.

1. 진묵대사의 기술(진묵과 봉곡의 도력 시합)

(조사자:진묵대사에 대한 얘기 좀 들려 주십시오.) 봉곡선생과 싸운거? 뭐 내가 알간디, 그저 쪼깨 들어서 알지. 근디 왜 그런고 하면 이런 얘기는 헐 소리는 아니지만 알기쉽게 나보다 잘난 사람 있으면 죽일라고 허자녀. 알기 쉽게 무식한 얘기로. 어으--언시조, 원시조는 아닌디 중시조 양반인디, 봉곡 양반도 도통한 양반이고 진묵대사 그분도 도통한 양반인디, 근디, 여기 올라가자면 큰 독지란디가 있어요. (조사자:예?)독지 독지, 큰 독지 산이름이지. 이거 (산을 가리키며)무슨무슨 산허드끼, 작은 독지 큰 독지 올라가자면 그렇커든근디, 큰독지라는 데서 우리 봉곡 할아버지는 공부를 하시고 또 진묵대사라는 하는 양반은 봉서사 큰 절 뒤에 그전에 봉서사 큰 절이 세간데 있었어. 내가 알건대는 절이 세간대나 있는디 한 가운데 기서 큰 절이 있어 큰 절이 있는데, 큰절 뒤에가서 문턱골이라는 데가 있어 문턱골, 산이름여, 문턱골 독지 어른 허든 식으로 문턱골이라 허는 데 가서 요먼한 펀펀한 대가 있어. 거기 가서 시암이 있어 시암이 있어야 물을 머그감서 공부를 허는데 하루는 진묵이가 긍게, 인자 지나간 얘그이

지만 그전에는 양반 상놈을 찾었잖여? 지금은 양반 상놈 안개리지마는. 근
디 그전에야말로 중은 상놈이라고, 봉곡 앞에서는 말허자면 행세를 못혔
어. 말자면 지금은 양반 상놈 안 개리지마는 그전에는 양반 상놈 개릴저그
진목은 기술은 좋아도 쌍놈이라고. 그냥 지앵이 앞에 말하자면 지 노릇 혔
어. 그냥근디 진목이 하루는 독지에 와서 선생님 그 선생님 보는 책 좀 한
번 빌리달라고 말혀. 그리드랴. 그니까 그 책을 빌리줬어. 한 권을, 근디
가만히 책을 줴놓고는 감서 보니까, 무조건 찾는 것이 찢어내삐리는 거여
책을(조사자:보면서요?)응 책을 보는 거시 아니라 찢어 냇싸버려 이렇게
(시늉)그냥 (가면서요?)응 가면서 으 자기, 자기 공부하는 대로 가면서, 절
로 올라가면서 공부하는 데로 가면서 책을 찢어 봤사. 연신 계-속 찢어 내
삐리는 ㄹ거슬 알았단말여 일고는 그 이튼날 됀뒤해 불났어. 그책을 봤으
면 가져오느라 가져간 걸 알고. 가져 오니라고 했어. 긍게 예-. 선생님 이
틀만 연기를 히돌라고 히드래 이틀만. 그면 그래라. 그래서, 이틀을 착흐
연기를 히졌어. 히졌더니 아닌게 아니라 그와 같이 그대로 가지고 왔더랴!
그책을. (조사자:버렸는데?) 아먼. (조사자:다시 써왔단말이죠?) 긍게 어
떻게 했든지간에 그책을 그대로 되려 가져왔다 이거여. 다 찢어 내비렸는
디. 그만큼 긍게 기술이 좃잖여. (조사자:머리가 뛰어나단가요?) 응, 그치
나보다 높고 기술이 좋다는 얘기지 봉곡보다는. 근디 가만이 생각한간에
요놈에 한테 잡으야것는디 잡알 길이 없어. 봉곡이 마자면 그 때 봉곡은
유교고, 유교, 유교를 믿고, 또 진묵은 마자면 불교지. 자- 자-다산게 불
곤디, 불교한테 유교가 치컷드라 이거야. 가만이 볼 때 치게 생겼어. 그래
서 인자 책을 가져왔는디 그러면 딱허니 또 봉곡이 진목을 불렀어불러가지
고는. 야, 오늘 우리 오늘은 개란쌓기를 시합을 혀자 그맀어. 그링게 진목
이 허자는대로 혀 봉곡 허자는대로 마르자면 지금으로 마르자면 대통령이
그밑에 있는 애들복 부하를 보고 야 이렇게 허자믄 이렇게 허고, 저렇게
하자믄 저러케하고 그런 시대같이 지금 시대같이 예를 들어서 그런디 봉곡

은 방에서 개란 쌓기 시합을 하는디 땅엣 외줄로 싸오리는디 개란을. 이 방바닥에서 외줄로 쌓아 올려가지고는 천장까지 딱허니 부쳐왔어. 외줄로 외줄로 붙여 놓았는디 이자 그렇게 진목이 허는 말이 있다가 뭐라고 허닝고이는 그러면 인제 제가 쌓가요. 그믄 너도 인지그믄자 쌓바라 그런단말여. 그더니 진목은 어떻게 쌓는고하니 천장에서 붙여서 밑으로 싸내려오는 사람허고 밑에서 싸올리는 사람허고 같으겄어. 하! 기술이 나보다 좋으니 큰일났단말여. 그래가지고는 가만이 생각한게 안되겄어.(잠시 쉬었다가)

1-2 지는 해를 잡아 밤길을 밝히다.

근디 그러고 진목대사가 우리가 말듣기론 어디 사람인가 허니 저그 김제 용지 사람여. 김제 용지 사람인디 거 문턱골 거시서 공부를 허는게 자기 누님이 왔어. 긍게 자기 동생이 공부한당게 가볼 것도 아녀. 누님이 (조사자:누님이라뇨?)아, 인자 출가를 힜어도 아주 승려는 아니고 진목은 승렬망정. 형제가 있었던 모냥이지 와서 봉게 공주를 허고 있는데 해가 뉘엿뉘엿헌디 가라고 허거든. 누님보고, 집이럴 누님집이를 가셔-그러니까. 여소 동생 해가 시방 이렇게 다 넘어가는데에 어떻게 밤중의 지금잉게 차가 있지. 그전에는 차가 있어깐디. 차도 없고 육로로 걸았달 판인디 근디 누님 집에 가시더락은 해가 안 떨어질테니가 집으로 가소. 하이 동생이 가라는디 어떻게 혀. 꼼짱 못허고 그냥 와. 와 이놈의 해가 자기집을 다 걸오와도 해가 안 떨어져. 그래서 인자 방에 막 들어가서 누었응께 닥울더라. 닭이 울어. (조사자:그런데 밤인데도 해가지지 않았군요?) 아믄, 아 그만큼 도통을 했다는 얘기지. 알기쉽게 가서 신벗고 방에가 드러누엇응게는 닭울더라. 저녁네 걸어왔어도 햇빛이 있다는 얘기지. 말허자면 그렇게 도통을 했다는 얘기지.

1-3. 진묵이 죽은 이유

그러고 그 진묵이 죽었어. 죽은지 모르자나. 어떻게 죽은지를 어떻게서 진묵이 죽었는고하니 나도 이 얘기소리를 듣고 아는 것여. 어떻게 죽은능고허니 진묵대사가 가만이 ㅎ세상물질9물정)을 다 쳐다보니까. 지금은 말허자면 노인들은 안죽고 절믄 사람이. 안죽을 사람들이 자꼬 죽거든 긍게 서천서역국으로 팔만대장경인가뭔가 어-- 지금은 말허자면 알기 쉽게 극락세게에 가면, 아- 애 테레비도 나왔잖여. 아무석이(아무개) 잡어오니라 허고. 그 책을 가질러 갔어. 서천서역국으로 말허자면, 팔만대장경이란 책을 가질러 갔는디, 가는데 어떻게 가는고허니 몸뚱이는 못가, 육신은, 육신까지 가딜 못혀. 육신까지는 가딜 못허고 혼이 가 혼. 혼만 나가. 혼만 나가는디 어떻게 나가는고허니 그 집 상좌 있을거 아녀. 상좌, 미티 상좌들보고, 야 내가 어디로 가, 어디를 갔다가 며칠만에 올테니까. 틀림없이 이 아래 봉곡 선생님이 와서 나를 죽었다고 화장을 시킬 것이다. 근디 인자 자기 잇는 방으는 자기 혼이 나가버리거든, 시체는 방에가 있지 말허자면 일종의 죽었지. 쇠를 탁 허니 채버렷어. 쇠때를 채놓고 일르고 가버렸어. 갔는디, 봉곡 선생님이 와서 내방의 문을 다라고 할 것이다. 따라고 하니까. 절대로 다주지 말어라. 죽어도, 다 알어 그 사람들은 다 알어. 그 양반들은 도통한 사람들이라. 이 얘기소리 들어보면 그러니까 아니라까 오늘 새복으 떴으면 오늘 나즈때, 그냥 와가지고는 봉곡 선생님을 갓어 봉곡도 알어. 시체는 남아 있고, 혼만 나가 있는지를. 다 도통한 분들이라. 인자 가서 알고 가갔고는. 야! 이바 문열어라. 너그 시님 여깄지? 긍게로 있다고 문열어라. 중은 죽으면 화장을 시키는 법이다. 긍게 워느니 어느 영이라고 안 열을 재간이 없어. 문을, 그라가고 꼼짝 못허고 문을 따줬어. 문을 따고는 야 죽엇어. 너그 스님, 건드리봐. 혼은 벌써 나갔어. 죽었싱게로 갖다 빨리 화장시켜. 그러가꼬는 어느니 영이라고 말을 안 들을 재간이 없어. 귀앵이 앞에 머셔 지노릇헝게 그 당시는. 그러가꼬는 참 화장을 시커버렸어. 어디다 붙을 디가 붙을 디가 없어. 그러면서 뭐라고 허닝고로니 는 이런 말이 있어. 여그 와갖고 진묵대사가 느 봉곡 자손들은 호맹이자루 를 면을 못할것이단말여. 호맹이는 그전 논매는 호미. 지금은 논을 안매지 마는. 논에는 호미를 면허지 못헐 것이다. 그 말은 공중에서 히였어. 그 말을 이 얘기를 들어서 알아.

그리고 저, 또 한 가지는. 그전에는 여그가 (간중리)물레방아 열두틀이 있었어. 열두틀, 열두 채가 있었다고 그려. 열두틀이 있는디 여그서 봉곡 선생님 나락을 갖다가, 지금잉께 발통기가 있고 정미소가 있지, 그전에는 발통기가 있었간디? 매로 돌려서 소, 말로 돌려서 갈아갖고 매로 갈아서 쌀 찧어먹고 그랬다고. 그것이 있었고 그리고 시방 소양 송강알잖여. 송강 으로 여그가 근디 송강물이 그전에는 요리 나왔다. 이거셔, 이 꼴짝으로 그런디 그 뒤로 말은 누구말은 숯껌장 하나가지고 물구넉(물구멍)을 그 진 목대사가 이것 빡에 없어. 이 얘기가.

2. 제보자:전북 완주군 상관면 마치리 정수부락 129번지, 김홍 진(남, 75세), 1991. 2.13일 제보자의 안방에서

정수사를 찾아 진묵대사에 관한 설화를 채록하려 했으나 주지 승려가 출 타 중이어서 인근 말에 들러서 김홍진 할아버지와 그의 아내와 아들 김 용덕시와 같이 정수사에 얽힌 얘기와 아울러 진묵대사가 도를 통해 종적없 이 사라져간 이야기를 화기애애하게 들려주셨다.

2-1. 정수사의 내역(진묵대사가 수도한 절이라고 함)

정수사는 일곱 번 옮겨 세운 절인디요...
(할머니):"이 절이 천년이 넘는담서"
(아들):"저기 우예서 거기서 이 절을 뜯어 가지고 내려 왔데요."

(할머니): "그 진묵대사 어른이? 그러면 굉장히 오래된, 고래 때 시절이고먼."

(아들): "그러닝게 절지둥이 몇 번 뜯어다는 흔적이 남아 있잖아요."

(할머니): "그런디 옛날에 그 쥜지둥이라네, 쥜지둥."

(아들): "쥜지둥이 아니라는디?"

(할아버지): "칙지둥이 하나 있어. 어른이 그런디 칙지둥이라고 들었어."

(아들): "이것이 일곱 번 옮겨온 절이라고..."

(조사자): "일곱번여? 그러면 진묵대사에 관한 얘기를 좀 해주십시오."

(할아버지): "절 우에 도세암(도솔암)이 있었어. 이 절이 큰 절인디 여기가 팔만구암자여."

(아들): "절이 열 두개가 되어야 부덕이 선다는 거여."

(할아버지): "무슨 열두개여? 도승이 여그 와갖고 도를 닦아야 저 부득이 있어 부득이 근디……"

(조사자: 진묵대사 얘기 좀 해주세요.)

2-2. 중이 고기 먹은게 그 놈이 인자 중이 고기를 개워 놓았당만 그런게 그 놈이 살아서 돌아다니는게 중태기라고 헌다능만, 진목어른이.

2-3. 죽은 나무에 잎 피우기 시합

죽은 나무에 잉자 서로 내기를 허닝게 두 살마이 서로 도통힜다고 누가 먼저 입사구 핀가 보자고 인자 그걸 줬어 앗말도 안 힜는디 눈을 감고 잇는 사람은 갠찮은디 하나는 어찌 욕심이 많어가지고 자꾸 눈을 떠바가지고 저 사람이 먼게 핀게 그놈 몰리 가지고 지얄 갖다 꼬바 났네? 그거를 알아가지고 왜 남으 손에 거슬 가져갔느냐고 그맀댜. 내야가 핀디 왜 니가 가져간냐고 힜디야.

2-4. 진묵대사의 갑옷과 자

(이어서)진묵대사가 어디갔는지를 모른다능만 거시기 갑옷을 입으면 비를 안는 다능만 가봇 하나허고 자 하나 있었는디 그 도통한 사람이 갖고 갔는디 안 빈디야. 옆에 있어도 안 빈디야. 그거 갑옷을 입고 자즘을 가지면 그서 어디를 갖는지를 모른디야 히여. 어디가 있어도 모른다고 혀 갑옷을 입고 있으면 자떼 그 놈만 가지면 깐치라도 저 놈으 죽으라면 죽는다능만 사람에게도 자때를 고느면 죽는다능만 (손짓을 하며)널러 가는 짐승도 이렇게 허면 떨어져 버려(손짓으로 시늉을 함)갑옷을 입으면 사람에게 비를 안현야. 그 사람이 그래서 어딜 간 줄 모른디야. 갑옷허고 자떼만 가지며는.

2-5. 바위구멍에서 살이 나와 밥해먹기

그 양반들은 바우서 쌀이 나와서 밥히먹었다네. 그 때는 저 시랑 절이라고 머시냐 절 지어놓고 마러자면 중 노릇을 함소 도통힛는 가빈디. 오늘 손님 몇 오시면 살이 손님 먹을만큼 나오고 딱 일절 안 놔온디야. 시암 미티 바우서 상좌허고 중하고 있는 디 목을 놈만 나오지 더는 다시 안 나온디야. 인자 손님 올라면 더나오고 아 가서 상좌허고 가서 나올라면 쪼매 더 나오니라고 부시땅으로 꽉 수셔버렸다. 그 구멍ㅇ르, 긍게 물만 쭈루 나왔댜. 근디 아 가봉게 쌀도 안 나와 근디 바우는 큰디 키는 요만허등만(손짓하며)나물 캐면서 뒤져봤어. (조사자:흔적이 남아 있어요?) 아 바우는 있어요.

3. 제보자:전북 김제군 금산면 청도리, 김용길(남, 67세)
1992년 2. 14일 청도리 마을회관 앞에서

귀신사에 들러 사무장이라는 분을 만나 귀신사에 관한 유래와 절터의 규모를 대략 소개받고 점심 때가 되어 사무장인 최한완 부부와 식사공양을 대접받고 나오던 중 동네 어른을 만나 길가의 담벼락에서 구술하였다. 이 고장에서 7대 이상을 살아왔다고 한다. 그는 얘기하시는 데 무척 흥미를 띠고 있어 입담이 매우 좋으셨다. 그러다 마침 얘기할 상대가 없었는데 모처럼 만나 얘기할 기회가 되었다는 듯이 자랑스럽게 구술하였다.

3-1. 수항사의 쌀 나오는 구멍

(조사자:진묵대사에 관해 혹시 아는 것이 있는지요?)진묵대사는 최진묵 대사라헌디, 최가라 헌디, 이씨라고 허거든 연안이시라거든, 봉곡시가 태워지기 따고(태워 죽이다) 허거든(화장). 대원사서, 근디 이근방서 망경, 이 근방은 터가 망경이 제일 좋아 망경서 출생한 분넨디, 공부를 허로 승녀촌으로 대닌디, 대원사라고 모악산 저쪽 대원사라는 디가 있어, 그런디 절도는 ㅁ 몰앵이 절이라는 디가 있어. 물왕, 물중에서는 왕이라, 대원사에서 공양을 허느디 스님으로 있는디, 딱 상좌는 탁발이라고혀 탁 목탁을 치고 지방에 댕김서 염불을 히주면 시주를 주어 그노을 얻어다 자기는 끼리 먹고 긍게 말허자면 대사 대기전에 진묵대사 공부허는 절, 쌀은 물나오는 구녁에서 나왔어. 그놈으로 밥을 지어서 대사는 공양허고, 상좌는 밥먹고 나와서 탁발을 히가지고 자기는 먹고살고 그러는디. 햐! 여그서 많이 나오면 탁발하지 않고 동냥하지 않고 염불허고 둘이 먹고 사는디 아 스님은 쌀이 나오고 저 먹을 것은 안 나오네. 상좌먹은 것은. 그렇게 자구 작작 쑤셨어. 많이 나오라고 그렇게 벌을 받아 갖고 물이 나와버렸어. 그렇게 물중에슨 제일 왕이라 그렇게 물왕이라고.

3-2. 누이의 밤길을 밝힌 해

(이어서) 진묵대사는 망경(만경)사람인디, 그쩍이나 지금이나 동구간이나 형지간은 마찬가지지만, 지금은 남매간이나 형지간이고 다 지금 먹고

살기 위해서 정이 거리가 멀고 허지만 그때 형지간들이 한 몸둥이 같이 헌디 망경서 누님이 동생을 보러 와 그때는 걸어다닐 때라, 망경서 걸어서 모악산을넘어 대원사 동생헌티 보고, 동생이 잘 있고 못 있고 공부하는 것을 살피고 쉬어가고 하루 왔다가는 가네. 석양이라 달이 헌히 비쳐 망경가들까지는, 그러면 동생이 망경이 간다고 형게 그러면 잘 가쇼. 그러면 저녁네 달이 밝어. 그래가지고 누님이 자기집에 딱 들어서면 날이 딱 어두어지면서 닥이 깨깨댁 닥이 울 저녁내 걸어갔다는 결론이 나지. 저녁내 강게 자기 누님의 눈에달을 박아 주었다는 것여, 도술로, 저녁내 걸어갔다는 것이지 모악산에서 망경까지 닥이 울드락까지.

3-3. 진묵이 죽은 이유

그만큼 도술을 좋아했는데 지금으로 마러자면 서천서역국이, 그 때는 인도에서 불교인게 거시서 대장팔경이 인도에서 온 것이거든 인도에 가서 대장팔경을 외아가지고 한국에다 대장팔경을 전파를 해야 것는디, 갈 사람이 없어. 긍게 진묵대사 제자 보고 제자도 도통을 했지. 그도 그것도 몰랐어. 내가 서천서역국가서 대장팔경을 외와갖고 올터니 너 그간에 날 지키라. 자기는 말어자면 인제 일주일을 계산했단말여. 하루는 널러가지고 하른 널러오고 닷새간은 책을 넹기서 외능거. 근데 에---탁 전주서 봉곡, 동산촌 봉곡들이 수잡이(무논) 좋았다능만. 김봉곡 후손들이 많이 살어. 참 논이 좋아 근디 거그가 지금은 전부 밭이 되었어. 가마이 봉게 대장팔경은 서천서역국 갔거든. 봉곡이 봉게 봉곡은 유교로 통했어. 이는 불교로 통허고. 긍게 진리는 철학인게진리는 다 같은디. 교가 틀리서 굿치. 가만이 봉게 서천서역국서 와서 질마다 뒷빙이 있어. 덕 신체를 뉘어놓고 혼만 널러가갖고 혼만 오는 판에 외와갖고 오는 판에 전주서 김봉곡씨가 긍게 하인들 시키서 태와 버리라고 힜어. 중놈이 이럴 수가 있느냐. 사찰의 뒷방이다. 송장을 갖다노응게. 태워버리라고 아닝게 아니라 신체(시체)가 누

어 있거등. 양반 세상에 종놈같은 것은 문제가 아니거든. 문제가 장작불을
태우는 판여. 긍게 공중에 왔어. 아무개야. 내가왔다. 내 신체가 타고 있으
니 내가 붙을 수 없고. 이 대장팔경을 적으라. 밑에서 상좌가 받아 적고
중간에서 외고 우서 외고 밑에서 받아 적고 글짜하나 안 틀리고 허는디,
근디 서천서역국가서 글자를 보고 다 욀적으 한 구테이(구석)이가 탁 꾸부
러졌어. 그걸 그냥 넘기갖고 그걸 못 외았어. 안봤싱게. 아무개야. 너그 집
안은 빈천하게 살으라고. 소양 물길을 구녁을 뚫어 다른 디로 내버리갖고
지금은 밭으로 됐디야.

4. 제보자:전북 완주군 용진면 간중리 산 봉서사.
법원(남, 33세)속명 서영준, 1991년 11. 2일 봉서사의 요사 체에서

완주군 용진면 간중리 산 2번지에 있는 봉서사를 찾아가서 서남수 주지
를 찾았으나, 그 분은 계시지 않고 법원 스님만 계셔서 그 분의 방에 가서
구술을 하였으니 분위기는 대체로 서먹서먹한 가운데 구연하였다. 그런데
다 녹음기의 사용을 절대 허락하지 않아 필기를 하였다.

4-1. 진묵대사 탄생담

진묵의 어머니는 남편과 불거촌에서 살았단다. 진묵이의 누이와 살다가
남편을 사별하고 말았다 이겁니다. 그런데 하루 저녁 꿈을 꾸었는데 조의
씨가 풀밭에서 붉은 구슬하나가 있어 진묵의 어머니는 그것을 치맛자락에
안고 집에 들어와서 진묵이를 낳았다고 한다.

4-2. 진묵은 화신불

진묵대사가 7세에 봉서사에 입산하였는데 봉서사에서 청소를 시키고 부

처님에게 공야드리고 하면서 지냈다. 그러던 어느날 주지 스님 꿈에 진묵이를 시켜먹는다고 호통을 치는 바람에 그 다음날 진묵이 묵고 있는 방을 몰래 보니까 방안에 광채가 서려 있었다고 한다. 그 후로 진묵은 일을 시키지 않고 주지스님이 모셨다고 한다. (진묵스님 영정 봉안이 3층으로 되어 있다고 함)그러니까 진묵대사가 성불하였다는 것이다. 부처의 화신불이 진묵대사라고 한다.

4-3. 해인사의 불을 끄다.

그 때, 병자호란 때 합천 해인사에 불이 났었는데 진묵대사가 시자보고 물을 가지고 오라하여 주전자의 물을 머금고 뿜으니까 구름이 되고 비로 변하여 해인사의 불을 꺼서 팔만대장경을 구했다고 한다.

4-4. 중태기의 유래

봉서사 밑에 물레방아가 일곱 개나 있는 냇가에서 유가 사람들이 고기를 잡아 솥단지에 끓이고 있었는데, 지나가는 진묵대사를 보고 우롱하고 빈정대기를 "스님 고기 좀 드실라요."하니까 먹는다고 하면서 솥단지째 들어서 고기국을 마셨다. 그래 가지고 바위 위에 걸터앉아 냇가를 향해 설사를 하였더니 고기가 살어서 나왔다. 이걸 본 유가 사람들이 깜짝 놀라 진묵대사를 존경하게 되었다는 것이다. 그런데 유독 한 마리가 머리가 없이 몸둥아리만 나온 것을 보고 유가 살마들이 말하길 이는 어지 된거냐고 물으니 이것은 솥단지 가에 머리가 달라 붙어서 그래가지고 못 산다고 하였다. 아마도 요즘의 방생의 시원이 진묵대사가 아니가 추측한다고 한다. 그 후부터 고기 이름을 중이 먹은 고기라서 중태기라고 한다.

4-5. 송광사 일화

대원사에서 천일 동안 주석하면서 중승들의 객승이라고 차별을 해서

"너희들 밥은 먹지 않겠다"하고는 송광사에서 날라다 먹었는데 어떻게 했냐며는 사시(11시) 불고을(화포리) 부처님께 올리는데 정오에 대승공양을 행자승할라고 보니 바지(불기)가 없어졌다이거여. 진묵스님이 조화를 부려 나한님에게 시켜서 가지고 오라하여 먹고 다시 갖다 주고 그랬단 것이여(미소를 띠며)그러고는 진묵대사가 이절은 400년 동안 가난하다고 하여 그 뒤로 절이 가난하게 지낸다고, 요새야 절로 인가를 받았다는 얘기지요.

4-6. 대원사 일화

객승이라 하여 중들이 시기하여서 바지에다가 조로가 모래를 넣어 놓으면 조화를 부려 살로 만들어 먹었다고 한다. 그리고 하루는 진묵대사가 말하길 "고생한 댓가로 오늘 정오 만발공양하겠다"고 하여 일곱 개의 바지에 쌀밥을 담아 놓고 다 같이 식사를 헐라고 할 때, 진묵대사가 조화를 부려 쌀밥을 모래로 변하게 하여 모두 먹지 못하고 있는데 진묵대사는 맛있게 잘 먹었다. 중승들은 우두커니 바라만 보다가 굶었다는 이야기.

4-7. 송광사 일화

송광사에서 머물다가 나오는데 걸망에다 똥을 한 바랑 집어넣고는 "잘 가시오"한게 사자는 냄새가 진동하니까 도망가 버렸다. 진묵대사는 그 속에 손을 넣고 빼내어 보니 국수로 변하여 맛있게 먹었다는 얘기이다.

4-8. 스승도 제자도 없는 진묵대사

진묵대사가 스승과 제자가 없는 이유는 진묵스님의 법을 받을 사람이 없다는 것여. 왜냐면 워낙 법이 높으니까 종승들이 따를 수가 없다는 것이기 때문이다. 그리고 내 입이 산비석이라 하였다는 것여. 그 말은 이심전심 통하였다는 것이라고 함.

4-9. 유가와의 선문답

진묵의 친구 중에 김봉곡이란 사람이 있는데, 호는 봉곡, 이름은 동준이라는 사람인데, 유교에서 일인자라고 혀도 과언이 아닌 사람인데, 저수지에서 진묵대사 앞에 가는 봉곡의 제자가 책을 80여권을 지게에 지고 앞에 가니까 진묵대사가 그 책을 보자고 하니 잘 안주지. 그 책을 못 본다고. 좀 보자고 하여 유교책인데, 그 책을 한 장씩 찢어버리는 것여. 그러니까 김봉곡이 와서는 유, 불 대표로 선문답합시다. 하고서 김봉곡이 책을 보면서 책 몇 장 몇 줄에 있는 뜻이 무슨 뜻이오? 그래. 한문 내용은 이런 뜻이 있지 않습니까? 하니 묻는 쪽쪽 훤히 알거든 그래서 진묵이 이겼다고 한다.

4-10. 진묵대사가 죽은 이유

저 아래 김봉곡이 와서는 보니까 진묵대사 방에 신발은 있는데 문은 잠겨 있어. 그래 가지고 자물쇠를 뜯어 열고 보니까, 사신이거든. 진묵대사가 뭐라고 하고 갔냐면은 서천에 가서 과학문명을 배워가지고 와서 조선늘(조선을) 과학문명국으로 만들겠다고 하고 갔거든. 그래서 서천에 가서 그 다음 날 와본께 천상에서 보니까 내 몸이 없거든. 김봉곡이 화장해 버린 것여. 화장하고 보니까 사리가 일곱말 일곱되가 나왔는데 김봉곡이 사리를 어다 놓았는지 모른데요. 그 때 돌아와 보았을 때, 진묵의 몸만 있었으면 한국의 과학문명이 달라졌는가 모르지만. 진묵의 왈 예언하기를너희 후손은 호메자루 못 면헐 것이라고 했대요. 그래 가지고 몸이 없으니 다시 신명들을 데리고 서천으로 가버린 것요. 불가에서 3천년 후에 미륵부처가 오신다고 하는데 진묵이 아니겠느냐하고 자기들(증산교, 원불교)끼리 예언한다고 합니다. 그런데 봉서사에 있는 본전불이 아니라 여러 전에서 나한님이 한시 이후에 목탁치는 소리가 들립니다. (조사자:원불교, 증산교라뇨?) 거기에 원불교 교리에 진묵대사님이 나오고 증산교에도 나옵니다. 그리고 지금도 진묵대사님의 부도가 크고 있어요.

4-11. 삼례지명의 유래

일본놈들이 쳐들어 와갖고 삼례에 있는데, 호남들로 갈라고 하며 사방을 둘러 본께, 서방산을 본게로 기가 세거든 그러면서 그 자리에, 땅바닥에 넓적 엎드리어 진묵대사님을 향하여 잘못 했다고 해서 큰 절을 세 번 했다고 해서 삼례라 한답니다.

5. 제보자:전북 완주군 상관면 마치리 김갑례(여, 79세)
   1992년 10. 11일 산신제 지내는 굿터에서 .

만덕산 굿터에서 제보자를 만나 진묵대사에 관해서 애기 좀해달라고 하였더니 드려 주었다. 그녀는 만덕산 자락에 무허가 집을 짓고 살아 오다가 관청에서 나와 뜯기고 간신히 움막을 치고 생활하고 있다.

5-1. 천상감옥에 있는 진묵대사

(조사자:진묵대사에 대해 애기좀 해주십시오.)나 몰라. 아는 것이 있간디. (한참 있다가) 그런디 진묵대사는 나쁜 사람여. 옥황상제님이 진묵대사에게 도통을 내려 주었는디, 세상에서 널리 도통을 풀어주지 않고, 아글씨 진묵이가 그걸로 돈벌 속셈으로 장사 속으로만 놀아낭게로 옥황상제님이 가마니 보니까 나두서는 안괴겠다 싶어서 김봉국에게 죽이라고 힜어. 그래서 김봉국이 짐묵대사를 죽있어. 돈만 아는 짐묵대사를 죽이갖고 옥황상제님이 데려갔어. 아 그리 가지고 지금도 짐묵이는 지옥에도 없구 옥황상제님이 기시는 천상감옥에 지금도 갇혀 있다는구먼. (조사자:그래요.) 아 글씨, 절에서는 지금도 진묵기를 왕으로 여기는 모양인디, 별게 아니여. 사람은 자기 헐 일을 히야지 아무 짓이나 못히여. 저기 저 사람들도 옥황상제님이 보내준 사람들이여.(마침 조사자가 있던 곳에는 산신제가 행해지고 있었다.)무당을 아무나 허는 것이 아니여. 신선들과 같아서 함부

로 대히서는 안디야. 이 산에 지금 칠성장군님이 기시갖고 저 사람들도 인
사드리는 거여.

6. 제보자 :전주시 동서학동, 유동석(남, 75세)
1992년 10월 8일 전주대교 옆에서

제보자 할아버지는 전주대교 ○ 펴에서 다른 할아버지들과 같이 놀고 계
셨다. 조사자가 지나가다 할아버지들이 하는 이런 저런 얘기를 듣다가 진
묵대사에 관한 얘기를 물어보았더니 구술해 주었다. 녹음기의 고장 등으
로 불가피하게 채록이 여의치 않아 구술을 필기하였다.

6-1. 가래침을 먹고 도통한 진묵

진묵 아버지가 아들을 공부시키려고 절간으로 보냈다. 아들을 가르쳐달
라고 보낸 뒤 살펴보니 허구헌 날, 하늘 천 따지만 가르치고 있었다. 삼년
동안 이것만 가르친 것이다. 진묵 아버지는 안되겠다싶어 데리고 간다고
하니, 스님이 있다가 가래침을 뱉어 주면서 이것이나 먹고 가라고 하였다.
진묵은 가래침을 받아 먹고 도통하였다.

7. 제보자:전북 익산군 춘포면 오산리 267번지 동방스님(남, ?)
1992년 3월 12일 요사체의 옆에 잇는 목공소의 사무실에서.

동방, 법랍은 극구 알려주기를 거절하고윤도솔행보살, 윤사리불, 선녀
보살에 대한 애기가 전부였다. 동방 스님은 순천 송광사에서 행자승으로
있다가 오대산 월정사에서 수도정진하여 도솔암에 주석한지는 일년 남짓
밖에 되지 않았다고 하였다. 동방 스님은 조사자의 녹음 채록을 극구 반대

하면서 필사로 대신하였다.

7-1. 부처가 된 진묵

(조사자:진묵대사에 대하여 아는 대로 말씀해주세요.) 예. 진묵대사는 만경사람인데 그분이 자칭 부처님이라고 하고 나오셨으며 글을 배우지 않고도 전생의 글로서 모든 것을 다 알았으며, 동진출가하셔서 절이 내집이다. 누가 말리느냐하며 걸승행각을 하셨답니다. 이것 밖에 모릅니다. 책을 통해서 조금 알고 있습니다.

8. 제보자 : 전북 익산군 춘포면 오산리 267, 윤보살(여, 90)
1992년 3월 12일 요사체에서

동방스님이 자세하게 밝히지 않았지만 여러 짐작으로 연세가 90세 이상 되었을 것이라고 하였다. 또한 귀가 어두워 이야기를 채록하는 데 장애가 조금 있었다. 요사체 안 벽장에 큰 공간이 있는데 거기엔 천서(天書)라고 하면서(부적인듯하다.)

8-1. 도통한 진묵

(조사자:진묵대사님에 대해서 이야기를 해주세요?큰소리로) 내가 26살때, 진묵대사님을 모셨어요. 나는 진목스님을 모시는디 저그(손가락으로 진묵대사라는 글자를 가리키며)적을 소자 나라의 적을 소자 수를 놓아 가지고, 저렇게 진묵스님 집을 지어 드렸어. 여그(양초) 한번 들그 봐바. 쳐다봐바. 글자 내가 수놓서(귀가 먹어 조사자의 말을 잘 이해하지 못함) 의봉사에 봉서 의봉사 전주, 이미 인공난리에 야단 날 적으 진묵스님이 못 모셨어. 모셔놓고는 (봉곡과 싸운 얘기 아셔요?)진묵스님이 의봉서 크게 도를 통하있어. 봉서사 진묵스님 족자를, 글자를 가져왔어. 그러다 인공난

리에 저그로 저렇게 모셨어. 나는 진묵수님, 인공난리에 나던 나가지고 야단 난리 그 진묵스님이 그 절이를 못 모시게 되어서 내가 저렇게 족자를 모셨어. 글자를 모셨서. 수를 놓아 가지고 집을 지었어.(왜 적을 소(小)자로 수를 놓으셨어요?) 진묵스님이 놓으신 어른여 진묵스님이 공부를 잘 히셔서 나는 내가 글허게 모셔놓고 그 뒤를 기도를 하는겨.

9. 제보자:전북 완주군 봉동읍 성덕리, 김판님(여, 75세)
전북 완주군 용진면 상월리, 최규선(여, 70세)
1991년 11월 12일 봉서사의 요사체에서 채록하다.

김판님 할머니는 전남 구례군 곡성에서 20세에 이사와서 완주군 봉동읍 성덕리에 살고 있었으며 이절을 30년 이상 불공다녔다고 한다. 최규선 할머니는 상당히 조사자를의식하며 후환이 있을 것 같다며 처음에는 구술을 안 하다가 거의 끝날 무렵 하였다. 조사자의 질문에 번갈아 가며 구술을 하였다.

9-1 중태기를 먹고 살려내다.

(조사자:진묵대사에 대해서 잘 아시죠? 얘기 좀 해주십시오.)
진묵대사님이 여기서 공부럴 히고 여기 기시다가 돌아가신다는 가비요. 지금이 진묵대사 도사의 말을 들으갖고 재비를 받으요, 앞으로, 꼭 그린 줄 알아요. (조사자:남수 스님이 진묵대사의 도력을 받아 가지고 이 양반이 도술을 부린다고요?)아먼, 얼마나 재주가 좋다고! (조사자:진묵대사에 관한 얘기들 있잖아요. 중태기, 어머니 묘소에 대해서 얘기 좀 해주세요?) 진묵대사의 어머니 묘소가 김게가 있고 태어나기를 김게에서 태어나고, 애초에 일곱 살에 여기를 오십답디다. 말 들은 게 전설여 예. 이야기여 예. 공부를 여기서 히가지고 도사가 되어서 아쉰말로 중태기를 먹고 생으로 내놓고 그런디 뭐.

9-2 누이의 밤길을 밝힌 진묵

(조사자:도사가 되어 가지고 그래서요? 또 다른 얘기는?) 어머니가 왔는데 가는 데 해가 이만치 (손동작을 함)남았는데 가시라곳드래요. 애 어디를 가냐 그렇게로 강게 방문닫고 있응게 해가 딱 떨어지드래요. 저기가 진묵대사가 화석이 다 있어요. (조사자:왜 해가 이만치 남았는데 김제까지 갔어요?)그렇게 요술, 요술이지 걸어서, 이 해에 어디를 가라고 그러냐 긍게로 지금 가도 충분히 강게로 해가 그만치 있응게 가싱게로 내나 가드락 갔는디 방문 닫고 들어승게 이만치 해가 그대로 있대요.

9-3 중태기를 먹고 살려내다.

(조사자:들었던 대로 얘기해 주세요.) 중태기를 뜨건 놈 펄펄 끄는 놈을 쪽 마싱게 왜 이렇게 마시냐 그렇게, 그 놈을 그대로 기어노마, 기어농게로 또 나오드래요. 근디 요 만은 거시기가 끄터리가 없드래요. 그렇게로 저그 끝인 솥단지 봐라. 그렇게 솥단지에 붙었드래요. 그 사람들이 끓인 놈을 마시라공게 마셨어요. 나는 안 봤시요. 예. 조사히요?

9-4. 신령스런 소리나는 법당

북소리 한번 씩 나지. (어디서요?)명산인게 밤붕이면 큰 북소리로 나고, 요령소리도 나고 목탁소리도 나고, 그건 나, 산에서 나기도 허고 거기서 (법당) 나기도 허지요. (왜 나는 거예요. 명산이라서/ 진묵대사가 도력을 부려서 그래요?)재주를 부려서 허지롸. 인자 한 밤중에 나요. 한밤 중에 나요. 안 나지는 안어지롸. 정도 한 번씩 울리고 그리요. 이게 징소리 목탁소리나는 요령소리 나는 것은 다 듣는 것이 아녀. 원청 지성으로 드리면 다 들으실 수 있죠. (예?)나요. 왜 안 나요노상 나잔에 어지다 한번씩 나거

든 우리는 댕김서 지성으로 자손이나 잘 되라고 그리 죄나 사해 돌라고 허
지 지성이면 감천이라고.

9-5. 쌀 나오는 구멍

(조사자:쌀나오는 구멍 얘기는 없어요?) 물나오는 것도 부정타면 안나
와. 부정타면 이 물이 끊어지지. 옛날에 거시거지 지금은 어디 있으오. 좀
채로 어디사 있어요? 옛날에는 쌀 나오라면 쌀 나오고 저 봉실문에 있다
대. 그전에 그렸다대 물나오라믄 쌀 나오라믄 쌀나오고 돈 나오라믄 돈 나
오는디 상좌란 놈이 많이 나오라고 밥허다가 부시땡이를 꾹 쑤셔박고는 끊
어져 버렸댜. 그 다음은 어찌, 말지. 봉서사는 그런 일 엇이 단암산에서 그
렇다데.

9-6 진묵대사 출생담

진묵대사 어머니가 나도 듣기는 들었어 빨래를 헝개로 애기를 못났다등
가 어질다등가 그렸댜. 다 느닷없이 빨래를 한 통 이어가서 빠릉게로 막
뇌성벽락을 험서 느닷없이 소나기가 낙달비로 막 쏟아지드랴. 근디 그래
서 청도복송이 내롤 때가 아니라. 아 긍게 겨울이나 된디, 때글 땔이 된디.
근디 그러던내 복송이 버끔을 싸매갖고, 버끔으로 싸잽히갖고 복송이 청
도복송 이쁜 놈이 내려 오드랑만 내려 오드랑만, 당시 빨래 허는디로 그
복송이 오드랴. 그서 박맹이로 잠겨갖고는 그놈을 건져갖고 쪼개봉개로
이 놈 복송이 참 좋드래여. 비어 먹을 건디 안 비어먹고 물에다 흘쩍 띠웅
게 도로 오드랴. 도로 오더니. 인자 히야긋고만(웃으면서)그놈을 먹웃디
야. 그런디 태기가 있어갖고 진묵대사 아버지를 낳드당가, 어머니, 아들
진묵대사아버지를 낳다는개벼,낳는디.

9-7. 도통한 진묵(목화에 대한 설화)

인자 하루 미영을 갈아갖고 하루 미영을 재주가 종가 아니가봐. 따갖고 그놈을 손톱으로 까갖고. 그놈으로 씨앗으로 나눠갖고 타갖고 그놈의 하루 자서갖고 하루 그 놈을 날어갖고. 매고, 짜고, 히갖고 열 두시 안에 저 고리 바지를 지어서 입혔댜. 지어서 입혔는디 일곱 살을 먹응게로 온디 간디 없어져쁘릿드래요. 그래갖고는 나중에 가서 크게 되었다등만 그 얼마나 재조가 좋아 하루 싱구갖고 하루 꼬갖고 얼마나 재조가 좋아(조사자:진묵대사가 그랬어요?) 아니 진묵대사 어머니가 그랬지. 진묵대사 어머니가 그랬지(조사자:어머니도 도통했네요.)아먼 그렇게 아들이 크게 되었지.

10. 제보자: 전주시 동완산동 3통 4반 , 추복룡(남 85세)
1992년 3월 16일 제보자 안방에서 채록

전주 대교를 지나치다가 자연스럽게 접근하여 진묵대사에 대해 들려달라고 하였더니 호의적으로 구술하였다.

10-1. 도통공부만 하는 진묵대사

(조사자:진묵대사 그분에 대해) 그이가 본래는, 절에 목공으로 들어갔거든 목공이라는 것은 그 절에 가서 신바럼허고 일허는 사람, 천머냐 거기 들어갔을 때는 요새말로 상좌지. 그 절에 가서 인자 일도 히주고, 인자, 그거 거기서 먹고 살어. 일히주고. 그런디 그 사람이 가마이 생각에, 에-, 절이라믄 절 중치고는 아는 것이 있으야 한단말여. 아는 것을 불공을 다외울 줄 알아야 허고, 또 그림 한 장 잘 그릴줄 알아야 허고, 또 말이란태로 유식허니 존 말 헐 줄 알아얀디. 중이라는 것은 그런디, 진묵대사 저이 진묵대사 친머냐 들어가서 인자 일을 많이 허고 인자, 식생활을 허다가 중치고는 아는 것이 있어야 하는 것인디. 알 것도 몰라 안된다고 그이가 법당

에 들어가서 인자 부처님 앞에 참 기도를 드리고는 공부만 혀, 그런디 아 인자 그런디 몇 해를 허고 보닝게 야 인자 여러 중들이 미워한단말여 일거리, 절이라는 건 불공도 들보고 여려가지 일거리가 들어오는디. 일나와서 시주는 안하고 방에 법당에 들안자서 가만이 앉아서 참 도를 베풀라고 앉었는디. 아 모든 중들이 싫어하고 그도 배는 고풍게 끄니는 나와서 밥을 먹는디. 나중에는 밥도 안췄어. 바도 안주고는 인자 일거리가 들와서 두부를 맨들면 한쪽으로 비지를 봐줘서 내놓고. 근디 비지라도 먹고 들어가서 혼자 들와서 공부만 혀 늘 도를 베풀고 아, 그래서 인자 몇 해가 갔더니 인자 시간이 가고 해가 가서는 아 느닷없이 법당에 가만히 앉아 있던 사람이 바깥을 뛰어 나오더니 아! 합천 해인사가 불이 났다! 그렇게로 그러고는 인자 쌀 씻은 뜨물을 그 쪽으로 퍼 던진단말여. 아 그런 이후에 한사날 있응게 거기서 사람이 왔는디. 하마허면 불이 나서 법당까지 태울뻔 알았는디. 마침 거믄 구름 한떼가 오더니 그냥 느닷없는 소나기가 퍼부어서 밥당은 불안붙었다고 그랬거든. 그랬더니 인자 그렇게 왠 중들이 그제야 벌써 도를 통한 사람으로 알았어. 먼저는 미워허고 천허게 알았던 사람들이 나중은 그 사람으로 변한게 아니냐. 물응게 보고 고개를 숙인단 말여.

10-2. 중태기를 살려내다.

그러는디 인자. 그 사람은 또 한 친구가 있었던 모냥여. 근디 그 친구가 나뻐. 근디 인자. 한번은 천렵은 가자고 긍게로 진묵대사가 그러자고 갔어. 아 가서는 솥단지랑 모다 갖고는 개기를 많이 잡아갖고 솥단지에다 끓인단말여. 천렵갔응게 인자 먹을라고 아! 펄펄 끓는 놈을 봉곡이라고 허는 사람이 뭐라고 허닝그로는 아 이거 들어마시겠냐고 그렁게. 응 들어마신다고 솥단지를 들고 둘둘루 들어 마신단말여. 아 근디 쪼깨 있다가 가서 또랑으 가서 확 기어농게 개기가 삶어 쥑인 개기가 살어서 구물구물 놀아. 아 근디. 가만이 봉곡이가 봉게 겁나거든 풀풀 끓는 솥단지를 들어마셔 도로 괴기가 긔어놓게 또 물으서 살아서 놀으 대가리 없는 괴기 한 마라가 놀거든. 아 이거 어쩐 일이단가 허고, 고 솥단지 우그가 대가리 하나가 늘어붙었더랴. 고기 한 마리가 태가리가 그래 인자봉곡이란 사람이 그 나뻐 언제든지 마음을 좋게 먹들아녀. 그런 사람을 우대해주어야하는디. 아 해만 붙일라고 근단말여. 그래 인자 아이는 인자 도를 통해 났응게로.

10-3.

서천서역국가서 팔만대장격을 가져와(야) 허는디 육신으로는 가서 가절 수가 없어. 원 멀어서. 그러닝게로(그러니까) 안 절에서도 한 골방에 가만이 누어서 상, 상좌더러 말어기를 내 누가 와 찾던지면(찾아오면)스님이 출타하고 안 기신다고(계시다.) 히더라 그렸단말여. 출타하고 안 기신다고 허라고 힜는디 인자 그러고는 말 이러고는 참 혼신이 팔만대장경을 가질러 갔어. 아 가서 혼신이라는 건 막 널러가거든 그냥 아 그래서는 팔만대장격을 갖다놓고 보니 아 봉곡이가 와서는, 아 인자 찾는디 상좌가 출타하고 안 기신다고 힜는디. 아 이놈이 들와서 뒤졌단말여. 그러니 절을 뒤닝게로 (뒤지니)한 골방으 가서 시체가 가만이 누어 있응게로 이 중이라믄 죽었으며는 화장을 히야는디 너 이놈 왜 이렇게 놔둬냐. 그리고는 웰로 봉곡이라고 허는 사람이 내다 처질러 버렸어. 아 그렇게로 진묵대사가 혼신이 와서는 아 붙을 디가 있어야지. 신체가 있어야 허는 디. 붙을 디가 없응게로 공중에서 외았어. 너 이놈 니가 나를 화장을 히버리었으니 내 들으갈 디가 없어. 너 이놈 너도 내 그냥 두둘 안어겠다고. 공중에서 원단말여. 왜더니 아 봉곡이라는사람도 결국은 안, 죽었지. 칠성구녁으로 피를 토허고 죽었단말여. (조사자: 칠성구녁이 뭐예요?)칠성구턱이란 저 귀, 눈, 토, 잎. 그렇게 욈서 허는 말이 네 자손이 대대로 인지 곤란하게 살어 잘사는 놈이 엇게 될팅게로 너 봐라. 그냥, 사그라졌어(사라지다). 그래 인자, 팔만대장격을 갖다 놓앗지마는 이디로 인자, 잘 둘 수가 없응게로 그 팔만대장경이 인자 합천 해인사로 갔어. 거그서, 그렁게로 그 그 얘기 짧아, 질든아녀(길지는 않아).

10-4.

(조사자: 진묵대사에 대해서 다른 얘기는 없어요?) 아, 근디 아슴아슴허니.(기억이 아른 아른거린다는 뜻)남고사 절이 옛절이거든 옛절인디 거기에서 한 사람이 도를 통해 간 사람도 있어. 근디, 그 사람 이름이 당최 안 나오네(갸우뚱거림, 기억이 떠오리지 않다는 듯이)오! 태성록이! 태성록인 사람이 저 진안 어디냐 진안 백우면 사는디. 이 사람이 인자 하도 인자 그 촌이라는 건 나무를 해다 때거든 시방도 히다 때. 근디 시방은 다 다리를 놓았지만읏 옛날은 다리가 없고 독다리(돌다리)그걸 놓아서 징검징검 인자 건너 댕기는디. 아, 눈이 와서 나무를 히갖고 오다 미끄러졌네. 거서 나뭇짐에다 불을 질너고는(질러놓고는)버리고는 그 때, 전주가 시방은 시였지만 그때는 부로 있었거든. 전주부로 있을 때, 모다 인자 촌사람으로 와갖고는 뭐 알아야지. 안껏도 모르고 인자, 아는 사람도 없고 뭐시냐, 낫만 하나 들고는 여그 저그 섰으닝께. 아, 그 부청에서 똥구르마를 집집이 똥을 퍼다가 인자 가져가거든. 구루마로 실어서 그렇게 인자. 똥구루마 끄는 사람들이 그 사람을 물었어. 물응게 진안 백운면서 왔다고, 그래. 그러믄 낼 우리랑 함께 대님설로(다니면서)집집마다 통가ㅣ고 들어가서 똥을 퍼내겄다고, 거 헌다고 그래 갖고는 집집마다 돌아댕김서 똥을 퍼내는디, 아 저그 다가동 다가동서 그전에 정석모라고 재산가 재산간디, 정석모 거기가 그이 집을 들어가서 똥을 풍게로 정석모라고. 그게 부인이거든 여자여. 그 어이서 왔냐. 형계로 내가 진안 백운면서 왔다고, 그려. 그 때 돈 오전이므는 막호 단배가 한 각여(갑). 오전이라며 그 시절의 쌀 한말으 일원도 안 가고 칠십전 팔십전밖에 안갖어. 그 시절의 그렇게로 돈오전을 줌설로(주면서)우리 집을 저녁으 찾들 못헐팅게로 내가 돈 오전 주께 이 근

방으 와서 정석모씨 네 집만을 물으면 누구든지 가르쳐 줄텅게로 아무라도 돈 오전을 줌서 우리집을 물으라고 저녁으 그렁게 낮으는 내동 일허고 저녁으 와서는 낮으 오란 사람 왔다고 인자, 그 집 마당으 들어와서 말했던 말여. 글서 인자, 존 오전 주닝게 딱 대줬어. 가렷중게로 그 사람보고 그러면 사랑의 들안즈라고 들안츠서는 참 저녁밥을 잘 채려서 먹고는 그 정석모가 그 때, 부자 사람이라 저녁으 있다가 만큼은 여그 우리집 서사들이 와. 서사들이 와서 사무들을 보닝게 누구냐고 물응게 먼저간의 일된다라고. 그렇게 말히라고. 그렀거든. 그렀는디, 대처 저녁으 앉아쑹게 얼매큼 아닝게 그 자리서 서사들이 둘이와서 사무를 보앗는디. 인사도 허고 물른단말여. 먼저간의 일가된다고 그래서 거기서 하루 저녁 자고 인자 아침이 나오니 아침이 날이샜어. 나오닝게로 웅 정석모씨 그 들안즈라고 들안즈서 있응게 아지밥을(아침밥을) 채리와(차려와) 잘 먹고 또 인자 그런디 사람을 보닝게로 인물도 괜찮고 사람을 촌으서 왔지만 사람은 인물이 좋다고. 그러닝께 가만이 사람을 적게볼라고(겪어보다) 허닝게로 아느넋이 없어. 무식혀. 그을 몰라. 그래서 남고사 쪽으로 남고사 절로 데리꼬 왔어. 그 삶을 그 전에는 노승들이 있어서 노승들 허고 그래 이자허는 말이 어 사람 요식은 내가 얼마든지 댈탱게로 글을 가르쳐 주라고 그렀어. 그래갖고는 절에서 팔년 공부를 했어. 팔년을 노승들한테 배웠는디. 아 그날 팔년을 공부를 허고 보닝게로 아 글이 능통하단마려. 그래서는 인자 정석모씨가 보더니 글도 잘 허고 글씨 잘 쓰고 그래서 글을 팔년 갈치고는 그만 갈췄어. 근디 그 동안의 절으서 인자 일거리가 불교에 그러고 허는디 젊은 여자가 왔등가 일허러 왔등가 그 여자가, 태성록이를 좀 보자고 히갖고는 어떻게 봤던 모냥이라. 그래갖고는 아이를 하나 났어. 아이를 나서는 그 아이는 낳거든 그걸 어떻게 할거여. 남자가, 그렇게 정석모씨 부인이 그걸 알고는 아이를 달라고 힜어. 그런디 그 애는 키워서는 고동학교 그 때, 시절 고등학교 시방 대학보당 커. 뭐이든지 히먹었어. 그래서는 인자 고등과

까지 가르쳐서 인자 여보까지 두었어. 그 사람 태성록이는 인자 배운 것이 있으닝게로 자기 고향을 갈란다고. 진안 백운면 고향을 갔다 올란다고 갔다오라고, 아 고향을 인자 한 동네 살던 친구가 아 닷새만 되면 꼭 죽게 생겼거든. 허 닷새만 되면 죽게 생겨, 살리야긋는디 살릴 방도가… 친구 적엄마 보고 허는 kaf이 당신이 야 아들 닷새만 되면 죽어 죽으닝게로 여그 질가에 근 질가에 사람 많이 댕기는 질가에 가서 무덤을 하난 맨들어 묘를 하나 맨들어 놓고는, 가를 이름을 부르고는 울고 있으라고. 아! 아! 그리닝게로 그 무덤에서인자 무덤을 맨들어 적엄마가 울고 있으 아 그래 사자들이 그리 가다가 저 놈이 벌써 죽었다. 죽어도 벌써 죽어갔고, 적엄마가 울고 앉았다. 그럼서로 에이 가지 죽었어. 벌써 무덤으로 사자를 되돌려 보내 버렸어. 그 태성록이라는 사람이 남고사에서 팔년이…그런 도를 통헌디 뭐시냐 누구든지 아퍼서 곤란을 허며는 잠간 내가 약을 지어갖고 올팅게 누가 액지갖고 잠깐만 있으라고담배 한 채 처이(?) 벌서 거그서 어느 절에 약 지어갖고 가 그래서는 약을 그이가 약을 지어주는디 잘 낫어. 그렇게 그 근방서는 그냥 이름이 나버렸단말여. 아프고 허면은 그 사람헌티 가서 듣기만 하면 그로 약도, 어느 절의 사람 능력으로는 여그서 진안 백우년이라믄 백리길 넘는디 그 어느 절으 왔다 가걲어. 그다 거 술법이라 그리그 사람이 이 절서 십년을 뺐더라고 참 좋을 판인디 팔년 이태를 못히갖고 (웃음) 그래갖고는 적은 술법배끼 안 썼어. 그런 그리고 진묵대사는 그걸로 끝났지, 한굿허며는 봉곡이라고 그 사람이 친구는 친구였는디, 그 사람이 해를 붙여어. 갖다가 안 처질렀으면 혼식이 드러가서 깨어나는디, 그 팔만대장격을 가갖고는 그것 갖고 그냥 들어갔어. 고거 봉곡이 땀시 그 지눅대사 그 밖에는(조사자:그밖에 없어요? 그러면 봉곡이라는 사람이 어떤 사람이죠?)봉고이라는 사람이 그때로 말허자면 이자 권력자지 권력자. 지눅대사와는 알기는 알았는디 언제든지 마음이 나뻐서 해러(음해)를 단헌단말여. 그리갖고는 결국은 지눅대사 시체 찾아 태우고 나서 저도 안 죽었간디. 그냥 칠성구녁으로 피를 토허 죽엇지.(조사자:그고 자손도 못살게 되구요.)아먼 봉곡이 자손 자손들 살든 못혔어.

11. 제보자:전북 완주군 구이면 원기리 상학마을, 이연순(여, 72세) 이인순(여, 71세), 1992년 3월 15일 안방에서 채록

이연순 할머니는 임실에서 시집와서 이마을에서 지금까지 살아왔다고 한다. 젊었을 때, 이 고장에서 고생한 주변 이야기를 하다가 진묵대사에 대하여 간략하게 들려 주었다. 이인순할머니는 이웃 마을에서 시집와서 가난 때문에 고생한 이야기로 한숨을 쉬면서 대원사에 관한 이야기만 하였다. 말 주변이 없었으며, 간간이 관세음보살을 되뇌이며 들려 주었다. 어떤 때는 번갈아 가며 구술하였다.

11-1. 대원사가 가난한 이유

(세상사에 대해 당신들의 이야기를 하고 난 다음 대원사에 대해 유도 질문하여 구술하였다.) 대원사 절이 가난히서 들어믄 나가고 들어문 나가고 히면서 스님들이 그려. (조사자:그런데 왜 대원사가 가난하게 된 이유, 진묵대사가) 긍게 옛말이 그런다요. 적어책에다. 아 근디 진묵대사님 그렇게 문을 열어갖고 뭐 가난이 십년이다냐. 삼십년이다냐 가난이라허고 시상을 떴다요. 그리갖고 뭔 독(바위)이 흐여 졌다네. 바우가 응, 응. 그랬댜. 십년이냐, 이십년이다냐 스님이 그림서 그 시님이 그림서 대원사가 가난하다. 그, 그 상좌들이 문을 열어 버려서, 스님 세상 뜬다고 문열어 갖고, 그리갖고 가난히서 기도를 스님이 허고 세상을 떴대롸. 인지 몇 해가 인자 십년이다냐, 이십년이다냐여. 대원사 가난히라고, 아조 가난허라고 호났당게.(조사자:돌이 하얗게 된 이야기는 뭐예요?)

돌팍이 거그가 바우가 하나 잇는디 그 바우가, 그 비글(秘訣)이 그렇게

났다요. 그 돌팍이 그 놈이, 인지, 깨까드면(깨끗해지면)대원사가 부자가
된다. 그리 인지 흐이지. 근디 히여졌다데. 히으졌데. 조깨 흐이짔냐. 근
디 관광차가 여리 대원사를 도와 줄라고 사십대가온댜. 사십대가 온디댜
근디 정래네 옴마가 그려. 몰라, 와봐야 알지. 며칠날? 정월보름날 헌다고
아녀. 정월 보름날(조사자:정월달 안에 절을 찾잖아요?)우리는 보름 안에
가는 디 오는 사람은 날을 받어 갖고 온디댜. 아조 날마다 갖고 온디댜.
(조사자:그런데 절에 불공드리러 갈 때, 무엇을 가지고 가요?)돈오고 쌀어
고 갖고 가지. 그 다음 초사고. 아들 잘 되라고 돈도 놓고 건강하게 히달라
고 다, 우리 식구도와. (조사자:불공드릴 때, 절을 몇 번해요?) 아, 천번을
히야한대요. 나는 허리 하프고다리 아프고 몇 번 히간디. 쪼끔 허고 와 많
이 모뎌. 늙어서 애에? 백번을 허도, 히야 눈을 뜬다지. 부처님이 백번을
히야 눈을 띤댜. 근디 허리가 아파서 모뎌. 쪼끔 허다가 말어 허다가 말지.
그리갖고는 대원사가 부자가 되야 시주 스님이라고 전라북도 큰 스님이거
든 아르끄 산신각을 짓고 송월주 스님이 와서 내나 했어. 거시기를 신도들
오는 날 낙성회를 했어롸이. 신도들이 오는 것도 서둘러서 송월주 스님이
힌 것 같여.

12. 제보자:전북 김제군 만경면 화포리 주행산, 조갑술(남, ?)
1992년 3월 23일 요사체 마루에서.

조갑술거사는 유앙산에 대해서 물어 보았더니 별로 아는 것이 없다면서
진묵대사소전을 보라고 하면서 극구 사양했다. 그래서 조사자의 유도에의
해 十술하였다.

12-1. 고시래의 유래

(진묵대사 조의씨, 누이와 사찰에 대해 물어보았더니 제문으 가지고 나

와 읽어 주었다. 이어서)(조사자:진묵대사와 조의씨, 누님도 있다고 하는데)
근데 그건 약간 흘러가는 소린디. 여기 거시기가, 여기가 고씨 할머니
산소. 고시 할머니 산소 그려. 근디 인자, 궁게 인자, 무(문헌)네에 나오들
안 어고 세상이 오래된 게 진짜 성이 고간가 문기허들 안했단말여. 그 문
언에 나오들 안이쌍게 조의씨는 말어자면 약사에 약력에 말어자면 조의씨
조오라고 나온 디가 있어. 인자, 그리고, 그 두고 고시 할머니 산소 그링게
고가 고씨 할머니 지방에서 그렇게 알고 있죠. (조사자:이지방에 잇는 농
사를 짓는 사람들이 여기와서 고씨 할머니 산소, 고씨 할머니 하면서 제를
지내면 영험함이란 것이 있으면 들려주세요.) 고씨 할머니 산소, 고시래
(高氏禮) 인자, 속가에서 말어자면 점슴밥 내가지고 인자 고시 할머니한테
고씨래, 고시에 예합니다. 말어자면 풍년들게 해주쇼. 이런 말이 거시기
있어. 그리고 진묵대사 소전에 있으면 있드라마는 다른 거시기는 많어, 많
어. 우리 인재 승가에 있어서는 자기 우상을 자기 행전을 내놓틀 안으고
감출라고 허는저기가 있어. 하튼, 그런 아까운 그 행적을 없애기가 안타까
우니까. 초의스님이 인자, 유림에서 그 효사들이 유림의 거사들이 선비들
이 이런 양반을 그냥 그렇게 하기가 없어지며는 쓰것소. 초의스님에게 상
의를 해서 초의스님이 거추기가 있당게. 풀초자, 옷의자, 말어자면 그 스
님이 제작히갖고 진묵조사 유적고라고 하는 원본이 있당게.

13. 제보자:김연춘(여, 80여세 가량된 노파) 전북 완주군 상관 면 마치리의 산속 만덕산 서쪽 기슭에 초막을 짓고 친성제 를 올린다고 하였음.

(조사자:진묵대사에 대하여 얘기 좀 해주십시오.) 나 몰라. 아는 것이 있
간디. (한참 있다기) 그런디 진묵대사는 나쁜 사람여. 옥황상제님이 진묵
대사에게 도통을 내려 주었는디……세상이서 널리 도통을 풀어주지 않고,

아 글씨, 진묵이가 그걸로 돈벌 속셈으로 장사 속으로만 놀아낭게로 옥황
상제님이 가마니 보니까. 나두서는 안되겠다 싶어서 김붕국에게 죽이라고
힜어. 그래서 김붕곡이 짐묵대사를 죽있어. 돈만 아는 짐묵대사를 죽이갖
고 옥황상제님이 데리갔어. 아 그리 가지고, 지금도 짐묵이는 지옥에도 없
구. 옥황상제님이 기시는 천상 감옥에 지금도 갇혀 있다는구먼. (조사자:
그래요?) 아 글씨, 절에서는 지금도 진묵이를 왕으로 여기는 모양인디 별
게 아니여. 사람은 자기 헐 일을 히야지 아무 짓이나 못히여……저기 저
사람들도 옥황상제님이 보내준 사람들이여. (마침 필자가 있던 곳에서는
암벽 밑에 제당이 있었는데, 산신제가 행해지고 있었다.) 무당을 아무나
허는 것이 아니여. 신선들과 같어서 함부로 대히서는 안 디야. 이 산에 지
금 칠성장군님이 기시갖고 저 사람들도 인사 드리는 거여.

〈진묵대사의 행적〉

잔잔한 바다 위에 닻을 내린 고깃배들이 졸 듯 떠 있고, 초가집들이 옹
기종기 모여 꿈꾸는 듯한 어느 마을로 늙수그레한 스님 한 분이 지팡이를
끌며 터덜터덜 걸어가고 있습니다. 부처님께 바칠 시주를 모으러 가는 길
이었습니다. 머리에는 용수갓을 쓰고, 낡아빠진 장삼에 꾀죄죄한 바랑을
맨 꼴이 언뜻 보아서는 거렁뱅이 같았지만, 이글거리는 눈빛만은 사람의
마음 속까지도 환히 꿰뚫어볼 것 같았습니다.

스님은 더위를 피해 잠시 동구나무 아래로 갔습니다. 동구나무는 마을
을 한 눈에 굽어 볼 수 있는 언덕에 수호신처럼 버티고 서 있습니다. 매미
소리가 냉수처럼 시원했습니다. 아이들 몇이 그늘에서 고누를 두고 있습
니다.

스님은 환히 트인 바다와 들판을 번갈아 바라보았습니다. 동구나무 그
늘만큼 시원한 바다와 들판이었습니다. 어린 아이들은 스님에는 별 관심
없다는 듯 히히덕거리며 고누만 둡니다.

"천금지석산위침 월촉운병산위침 대취거연잉기무 각혐장수괘곤륜"

시님은 거침없이 시 한 수를 읊었습니다. 그제서야 아이 하나가 눈길을 주며 물었습니다.

"스님, 방금 읊은 시가 무슨 뜻인지요?"

"허허허, 알고 싶으냐?"

"예, 그렇습니다.."

스님은 한동안 먼 하늘을 물끄러미 바라보며 염주알을 굴리더니 이윽고 입을 열었습니다.

"하늘을 이불삼고 땅을 자리로 산을 베개로 삼았도다. 달은 등불이요, 구름잡아 병풍치고, 바닷물로 술잔 기울이며 크게 취해 한바탕 멋진 춤을 추고 싶은데, 이 금의 장삼이 곤륜산에 걸려 거추장스럽구나. 이런 뜻이다."

"스님이 술을 마시고 춤을 추어요?"

"아니다. 내 마음이 그렇다는 얘기다. 내 마음이 허허허⋯허허허허."

스님은 한바탕 큰소리로 웃더니 자리를 털고 일어났습니다. 그런데 아까부터 스님이 가까이 오기를 기다리고 있는 청년들이 있었습니다. 땟국이 졸졸 흐르는 장삼자락을 움켜잡고 염불을 외우는 이 볼품없는 스님을 골려주기 위해서였습니다.

청년들은 마을 어귀 바닷가에 가마솥을 걸고 물고기국을 끓이는 중이었습니다. 그물을 던져 잡아올린 싱싱한 물고기였습니다.

"스님, 저 좀 보시겠습니까?"

청년 하나가 스님에게 합장을 하며 말을 걸었습니다. 동네에서 망난이로 소문난 청년이었습니다. 그 청년 말이라면 누구든지 혀를 휘휘 내둘렀습니다.

"무슨 일이요?"

"칠팔월 긴긴 해에 탁발(중이 마을로 다니면서 동냥하는 일)하러 다니시기에 배가 좀 고프십니까? 여기 물고기국이 맛있고 끓고 있으니 한 그릇

잡수고 가십시오."

　부처님을 믿는 사람도 살생을 꺼려하는 법인데 하물며 스님이 어찌 생명 있는 물고기국을 먹을 수 있겠습니까. 분명 스님을 골리자는 속셈이었습니다. 청년들은 연신 히죽거렸습니다. 그렇지만 스님은 아무렇지도 않은 듯 태연하였습니다.

　"허허허, 후한 인심이로다. 그래 젊은이들은 먹지 않고 왜 나만 먹으라는 거요?"

　"여기 있는 사람들은 배가 터지게 먹었습니다. 그러니 스님이나 배불리 드시지요."

　"나무아미타불 관세음보살."

　"맛이 기막힙니다. 둘이 먹다가 하나가 죽어도 모를 정돕니다."

　"허허허, 정 그렇다면 소승이 한 번 먹어보겠소."

　스님은 청년들을 가여운 눈초리로 바라보더니 장삼과 바랑을 풀어 놓을 생각도 아니 하고 부글부글 끓고 있는 가마솥 앞으로 성큼성큼 다가갔습니다. 그리고는 그 큰 가마솥을 두 손으로 불끈 들더니 단숨에 훌훌 들어 마셨습니다. 정말 기가 막힌 일이었습니다.

　어느 힘센 사람이 물고기와 물이 가득 든 채 끓고 있는 가마솥을 그렇게 가볍게 들 수 있을 것이며, 무쇠로 만든 사람이 아니고 어떻게 그 뜨거운 걸 마실 수 있겠습니까?

　"아니, 이 양반이?"

　"허!"

　"허허!"

　눈 앞에서 벌어진 일에 청년들은 눈이 휘둥그래졌습니다. 아니 벌린 입을 다물지 못했습니다.

　"고맙소. 덕택에 잘 먹었소이다. 나무관세음보살."

　청년들은 말 한마디 못하고 못에 박힌 듯 움직이지 못했습니다.

입에 묻은 국물을 손으로 쓱쓱 닦고 난 스님은 서둘러 바닷가로 갔습니다. 청년들은 그제서야 스님이 가는 곳을 바라보았습니다.

바닷가를 따라 얼마쯤 가던 스님은 엉덩이를 내놓고 바닷물에 변을 보았습니다. 그러자 또 하나 기가 막힌 광경이 눈 앞에 펼쳐졌습니다. 조금 전 가마솥에서 푹푹 삶아져 스님의 입속으로 들어갔던 물고기들이 펄펄 살아서 바닷물 속으로 헤엄쳐가는 것이었습니다.

꿈속인양 넋을 잃고 바라보던 청년들은 스님 옆으로 다가가 무릎을 꿇었습니다.

"대사님, 가엾은 중생들이 고명하신 대사님을 몰라 뵈었습니다. 너그러이 용서해 주십시오."

"허허허, 나무 관세음보살."

스님은 청년들에게 한 마디의 꾸지람도 없이 연주알을 세며 훌훌 자리를 떠났습니다.

그 늙은 스님이 바로 1562년 명종 17년, 기제군 만경면 화포리에서 태어나 1633년 인조 11년에 극락으로 가셨다는 진묵대사이십니다.

일곱 살 때에 완주 봉서사에 출가하였다는 진묵대사는 학문이 깊었으며, 술을 잘 마시고, 신통력이 뛰어났을 뿐만 아니라 팔만대장경을 글자 한 자도 빠트리지 않고 외울 수 있을 만큼 불심이 두터운 분이기도 하였습니다.

그래서 진묵대사가 가는 곳에는 어디든지 재미있는 이야기가 따르기 마련인데, 그 가운데 또 한 가지가 팔만대장경에 얽힌 이야기입니다.

진묵대사가 봉서사에 팔만대장경에 얽힌 이야기입니다.

진묵대사가 봉서사에 있을 때였습니다. 대사는 봄, 여름, 가을, 겨울철에 맞추어 해인사로 가서 불공을 드리는데, 어느 날 갑자기 아기스님에게 해인사에 갈 채비를 하라는 것이었습니다. 대사가 해인사에 다녀온 지 불과 사나흘 밖에 되지 않았는데 말입니다.

"아직은 가실 때가 아니온데 어찌 행장을 꾸리라 하시오니까?"

아기 스님은 못마땅한 표정으로 퉁명스럽게 물었습니다.

"팔만대장경에 불길이 보인다. 어찌 가만히 앉아 있을 수 있겠느냐?"

"그럼 팔만대장경판이 불탄다는 말씀이옵니까?"

"그렇다. 어서 서둘러라."

팔만대장경이 불탄다는 소리에 아기 스님은 깜짝 놀라 서둘러 행장을 꾸리고 대사를 따라나섰습니다.

사흘이 걸려 대사와 아기 스님이 합천 해인사에 당도하였습니다. 그러나 해인사는 보통 때와 조금도 다름이 없었습니다. 그윽한 향내음 속에서 불경을 외우는 스님들의 낭랑한 소리만 들릴 뿐이었습니다.

"큰 스님, 팔만대장경에 어디 불이 났습니까?"

"잠자코 있거라. 분명 치솟는 불길이 내 눈에는 보이니까."

"칫, 헛고생만 했사옵니다."

아기 스님은 뽀로통해서 승방으로 들어 가버렸습니다.

그날 밤이었습니다.

아기 스님의 대사를 따라 막 잠자리에 들려던 참인데 사람들의 웅성거리는 소리가 들려왔습니다.

"불이야, 불!"

"장각에 불이 붙었다.."

아기 스님과 대사는 맨발로 뛰어나왔습니다. 불길이 활활 타오르며 장각(대장경을 넣어 놓은 창고)으로 번지고 있었습니다. 절에 있던 수많은 스님들은 난데없는 불에 어찌할 바 모르고 발만 동동 구르고 있었습니다.

대사는 치솟는 불길을 바라보다가 대웅전에 있는 석가존불상 앞으로 가더니 무릎을 꿇고 합장을 하였습니다. 불을 끌 생각은 하지 않고 합장을 하고 앉은 대사를 아기 스님은 이해할 수 없었습니다.

"가서 솔잎을 한 웅큼 따오너라."

"소나무 잎 말이옵니까?"

"그렇다. 더 번지기 전에 서둘러라. 어서!"

아기 스님은 고개를 갸우뚱거리며 솔잎을 한 웅큼 따왔습니다. 솔잎을 받아 든 대사는 불길이 치솟는 장작 옆으로 가서 솔잎에 물을 적시어 불을 끄려는 듯 몇 번 뿌렸습니다. 정말 어처구니없는 어린애 장난처럼 보였습니다.

그런데 이것이 웬 조화입니까. 별빛이 초롱초롱 빛나던 마른 하늘에서 번갯불이 번쩍거리고, 천둥소리가 요란하게 들려오더니, 매서운 바람과 함께 굵은 빗방울이 쏟아져 내리는 것이었습니다. 참으로 기적 같은 일이었습니다.

"큰 스님은 살아 있는 부치님이시옵니다."

"스님!"

"대사님!"

아기 스님을 비롯하여 발만 동동 구르던 수많은 스님들은 대사 앞에 무릎을 꿇고 합자을 하며 머리를 조아렸습니다..

거세게 타오르던 불은 삽시간에 꺼졌습니다. 그리하여 팔만대장경은 아주 탈이 엇었습니다.

만일 진묵대사가 아니었다면 팔만대장경은 어떻게 되었을까요? 아마 오래전에 한 줌 재가 되었을 것입니다. 그러니까 지금 우리가 팔만대장경을 세계에 자랑할 수 있는 것도 결국 우리 고장 김제에서 나신 진묵대사 덕이라고 할 수 있습니다. 〈김제군지〉

震默祖師傳

祖師名一玉 號震默 萬頃佛居村人也 母調意氏 生時佛居草木 三年萎枯人或曰 間氣而生也 生而不喜葷腥 性慧心慈 又曰 佛居生佛也 年七歲歸全州西方山鳳栖寺 始讀內典 若刃迎觸解 過目成誦 不可師授故 衆不知而小沙彌視之 住持者 命燒香禮神衆 久之住持夢神衆齊謝曰 吾儕小神 安敢受佛禮乎 願勿復燒香 得晨夕

自便也 於是衆噪而爲佛再世也 鳳栖寺之五里許 有若鳳谷金先生 沙溪先生之高
弟也 相與往來 爭席爭寵爲方外之交 皆一時魁偉之人也 先生借與綱目 使一奚隨
之 師於路信手披閱而了一号 輒抛之 奚從而拾之 比及寺盡覽一部 他日先生謂師
曰 借書而抛之何也 曰得魚忘筌 先生抽卷試之 無一字錯焉 一日先生 使女奴餽
饌 路見師望空而立 奴致命 師曰汝恐靈氣之妄泄 遠屛空外 歸語於先生其過從之
頻數 情誼之默契 類多如此師沙彌時 過昌原馬上浦 有童女 見愛而勢不得相從故
遂死而爲男子 會師於全州之大元寺 而爲侍童 名曰奇童 師愛之 與之遊戲於離樂
三昧之中 經有離樂三昧 誰能認眞於居塵獨耀之際 所以無眼衆僧 尙乞師爲奇春
洗麵 師許 命衆僧 同坐展鉢 令侍者各投一針於鉢水中 師鉢之針 變爲細麵 飣飣
滿鉢 喫之自若 諸僧之鉢 依舊是一針而已 師居日出庵 母居倭幕村 以蚊爲苦 師
屬山靈 毆蚊於他方永無蚊子之苦 母沒歸葬於萬頃北面維仰山 有掃除酹侑者 輒
得農利 故遠近村人爭先恐後 至今數百年 封域宛在 香火不絶 師尙喜飮 然穀茶
則飮 酒云則不飮 有僧漉酒 酒香入鼻 往問曰 汝漉甚麽 曰漉酒 師默然退 又往問
曰 汝漉什麽 答之如前 無聊而返 又往問之 答以下酒 遂斷望而返 俄有金剛力士
以鐵棒打漉酒僧師棲於邊山月明庵 侍者有忌故 往俗家 先判齋供 置卓上而啓之
曰 供養在此 時至自齋 時師在方丈內 推窓而坐 以手加閱而閱楞嚴經 侍者宿家
而來 坐如昨日 風戶噬指而血忘却收手 閱經自若 卓供如舊 侍者問候師曰 汝不
參祀而徑來耶 盖入首楞三昧 不知夜之已經也 每夜自東燈光來照 尋得 乃淸涼山
木覓庵佛燈也 師遂移錫 改爲遠燈庵 十六羅漢 常與師侍奉 燈光之遠照於日明者
府有一吏 素與師善 欠逋數百 而將欲逃之 來辭於師 師曰 負逋逃走豈男兒事 但
歸家判數斗米 却來供養羅漢 有好道理 吏去依敎而來 供養羅漢 謂吏曰 府有闕
窠麽 曰獄刑吏闕而甚薄無聊 師曰勿謂無聊亟往自請爲之而幸無過三十日 吏去
師入羅漢堂 以杖次第打羅漢頭曰 某吏事善助之 羅漢現夢於吏曰 儞有所求就我
言之 何以枉扣於師傅 致我苦也 以汝則不顧 師命不可不遵 故視汝事而後無如此
吏知有助 請爲獄吏 旣已獄訟繁興 囚徒盈陛 三十日內 刷了所連 讓任他吏 未幾
新吏 拘於徵賂之罪 師獨行 途中遇一沙彌 同至樂水川邊 啓曰 小僧先渡 測其淺

深淺輕輕而涉 師將厲之 身淹水中 沙彌徑來扶出 始知羅漢見戱 一揭記之曰 寄
汝靈山十六愚 樂村齋飯幾時休神道妙用雖難及 大道應問老比丘師値泉少年川獵
烹鮮于溪邊 師俯視沸鼎曰 好箇魚子 無辜而受鑊湯之苦 一少年曰 這一沙鑼盡喫
師攬銅沙鑼灌口頓呼 衆人佛戒殺生 豈僧耶 師曰 殺則非我 活之在我 解衣背水
瀉之 無數銀鱗 從後門出 活躍水面 師曰好箇魚子 遠遊江海 勿再罹鑊湯之苦 衆
人解網而去 師喚侍者送鹽于寺南婦谷中 侍者曰 送與阿誰曰去當自知 侍者持鹽
下谷 獵士數人方膾獐肉 思鹽 不飮而坐 致鹽于前皆喜 此必玉老 憐我之飢 活人
之佛谷谷有之者 正謂此也 師索水 侍者進溫泔水 接之 含數口 向東方噀之後聞
陜川海印寺失火 將至沒燒 一陣驟雨 西而至 注滅之 其雨滴白濁粘物成瘢 其寺
失火之日 乃師噀水之時也 師住上雲菴 神足輩以乞粮遠出月餘乃返 師面上蛛網
膝間塵堆 爲之掃塵掇絲 通名拜謁 師曰儞還一何速耶 師住大元寺 每齋惟以麥和
水而食 諸僧厭薄之 又穢汚其麩 俄有一僧 持飯盂 自空而來 進於師 師曰 送飯則
可 何必親來 僧言小衲見住大芚 方食飯 盂自動 怪而執之 爲神力推引到此 師方
說請齋之由 僧大異之 請願朝夕供養 拜辭而出 不霎時 還其寺 自是飯往盂來者
四年師語諸僧曰 汝寺當遭七世之厄 果至今貧窶云 天啓壬戌 完府松廣 鴻山無量
同時塑像 並請證師 皆不往 各授一物置證壇 以旆運觀之用曰 必當善成後 勿率
爾改塗 且戒曰 量寺化僧 點眼前 愼勿出沙門外 松寺送柱杖 卓證壇 日夜孤立不
倚 量寺送數珠 安證席 珠常呱呱自轉矣 鴻山以三千金 獨當三尊之塑費者 常言
來參而過期不來 化僧因其侯望 不覺出於門外 忽被甲士打之而死 師吟偈曰 天衾
地席山爲枕 月燭雲屛海作樽 大醉居然仍起舞 却嫌長袖掛昆崙 一日沐浴淨髮更
衣 曳杖出門 沿溪而行 植杖臨流而立 以手指水中己影 而示侍者曰 這箇是釋迦
佛子也 侍者曰 是和尙影 師曰 汝但知和尙假不識釋迦眞 遂入室而坐 召弟子曰
吾將逝矣 恣汝所問 弟子曰 和尙百歲後宗乘嗣誰 師曰 何宗乘之有再乞垂示 師
不得已而曰 名利僧也 且屬靜老長 遂怡然順寂 歲壽七十二 法臘五十二 癸酉十
月二十八日 鳳棲寺 有影像閣 又有語錄판 草衣意恂 霽山雲臯 校正刊行－梵海,
〈東師列傳〉

■ 저자 **김명선**

전북 임실 출생
우석대학교 국어국문학과(박사)
현재 우석대학교 국어국문학과 강사
저서로는 『불교 문헌 설화집』(역서),
『조선조 문헌 설화 연구』 등이 있다.

진묵설화 연구

초판 1쇄 발행 _ 2007년 4월 27일

저 자 _ 김명선
발행인 _ 김흥국
펴낸곳 _ 도서출판 보고사
등 록 _ 제6-0429
주 소 _ 서울시 성북구 보문동7가 11번지 2층
　　　　전화 922-5120~1(편집) 922-2246(영업)
　　　　팩스 922-6990
　　　　메일 kanapub3@chol.com
　　　　www.bogosabooks.co.kr

정 가 _ 12,000원
ISBN _ 978-89-8433-563-9 (93810)